L'Espace littéraire

文学空间

Œuvres Choisies

de la Pensée et de la Culture

Françaises Contemporaines

当代法国思想文化译丛

杜小真　高丙中 主编

Maurice Blanchot

L'Espace littéraire

当代法国思想文化译丛

文学空间

〔法〕莫里斯·布朗肖 著

顾嘉琛 译

商务印书馆
The Commercial Press
创于1897

Maurice Blanchot

L'ESPACE LITTÉRAIRE

当代法国思想文化译丛

出 版 说 明

法国思想文化对世界影响极大。笛卡尔的理性主义、孟德斯鸠法的思想、卢梭的政治理论是建构西方现代思想、政治文化的重要支柱；福科、德里达、德勒兹等人的学说为后现代思想、政治文化奠定了基础。其变古之道，使人心、社会划然一新。我馆引进西学，开启民智，向来重视移译法国思想文化著作。1906 年出版严复译孟德斯鸠《法意》开风气之先，1918 年编印《尚志学会丛书》多有辑录。其后新作迭出，百年所译，蔚为大观，对中国思想文化的建设裨益良多。我馆过去所译法国著作以古典为重，多以单行本印行。为便于学术界全面了解法国思想文化，现编纂这套《当代法国思想文化译丛》，系统移译当代法国思想家的主要著作。立场观点，不囿于一派，但凡有助于思想文化建设的著作，无论是现代性的，还是后现代性的，都予列选；学科领域，不限一门，诸如哲学、政治学、史学、宗教学、社会学、人类学，兼收并蓄。希望学术界鼎力襄助，以使本套丛书日臻完善。

商务印书馆编辑部

2000 年 12 月

目　　录

第一部分　　根本的孤独

第二部分　　接近文学空间

第三部分　　空间和作品的要求

第四部分　　作品与死亡的空间

第五部分 灵感

第六部分 作品与交流

第七部分 文学与原初的体验

附录

第一部分

根本的孤独

当我们感觉到孤独一词的含义时，似乎对艺术已知一二。一
些人滥用了这个词。然而，"独自一人"又是什么意思？人在何时
是独自一人的呢？提出这个问题不应仅仅让我们发表一番感叹的
言论。世俗意义上的孤独是个创伤，对此无需赘言。

我并不想过多地谈论艺术家的孤独，常言说，这种孤独对于艺
术家从事艺术创作来说是必要的。里尔克①在给索尔姆·洛巴哈
伯爵夫人的信(1907 年 8 月 3 日)中说："几周以来，除了两次短暂
的中断，我不曾开口说过话；我终于把自己禁闭在孤独中，而我投
身于工作就像被果肉裹住的核一样"，他信中所说的孤独，从根本
上说并不是孤独，而是一种静心。

作品的孤独

作品——艺术作品、文学作品——的孤独向我们揭示了一种
更具根本性的孤独。这种孤独排除个体主义的孤芳自赏，它并不
寻求差异；在一日中显示阳刚之气的片刻时光也驱除不了这孤独。
正在创作的人被置于一边，已完成创作的人被打发了。被打发者
并不知道自己已被打发。无知使他得益，他得以在孜孜不倦的创

---

① 里尔克(Rilke,1875—1926)，奥地利诗人。他的作品从象征主义发展到寻求
艺术和死亡的意义。——译者(本书脚注如无特别说明，均为译者注。)

作中自娱。作家从不知他的作品是否已完成。作家在某本书中已经告成的东西，又在另一本书中重新展开或是一扫而光。瓦莱里[①]在他的作品中欢呼这种无限的特权时，仅仅只看到了最简易的那个侧面：若作品是无限的，这意味着（在他看来）艺术家虽然无法结束自己的作品，却能把作品变成一项无止境工作的封闭场所，而这未竟之作发展了对精神的控制，表达了这种控制，通过权力形式在发展这种控制之中表达了它。在某一时刻，境遇，也就是经由出版商提出的各种财政需求、社会任务一类的事情，告宣了这个短缺的结束，而艺术家得以从这种纯粹强制的结局中解脱之后，又在别的作品中继续从事未竟之作。

从这种观点看来，作品的无限只是精神的无限而已。精神欲在某个单独的作品中得以完成，而不是在各种作品的无限和历史运动中得以实现。然而，瓦莱里根本算不上英雄。他觉得无所不谈、什么都写很有意思：因此，世界这个分散的整体使他放弃了作品这个独一严密的整体，而他心甘情愿地从中脱离出来。"等等，等等"便隐藏在各种不同思想、主题之后。

然而，作品——艺术作品、文学作品——既不是完成的，也不是未完成的：作品存在着。作品所表达的东西，只是这一点：它存在着——仅此而已。除此之外，作品什么也不是。欲使作品表达更多东西的人将一无所获，他会发现作品不表达任何东西。依赖于作品而生活的人，或是为创作，或是为阅读，都属于那个只表达存在这个词的东西的孤独：这个词，言语将它掩饰起来，从而遮蔽

---

① 瓦莱里(P. Valéry, 1871—1945)，法国作家、诗人。

它，或是当言语消失在作品的寂静的空无中时使它显现出来。

作品的孤独的首要框架是没有这种不允许把作品当作完成的和未完成的东西来阅读的要求。孤独是无证据的，正如它是无用途的一样。孤独不可验证，真理可把握住它，名声将它照亮：这样的存在与它无关，这种显而易见的事实既没使它变得可靠，也没使它变为现实，没有使它变得显眼。

作品是孤独的：这并不意味着它始终是不可交流的，是无读者的。但是，阅读作品的人进入了对作品孤独的肯定，就像写作品的人一样投身到这种孤独的风险中。

作品，书本

若要弄明白这样的断言会将我们引向何处，也许应当寻找一下它们的来龙去脉。作家写书，但书还不是作品。作品，只有当存在这个词通过作品——即在作品成为某个写作品和阅读作品人的内心知己时完成的事件——在作品特有的启始的猛烈中，从作品中体现出来之时才成为作品。因此，人们会自问：倘若孤独是作家的风险，那么它是否表现了这样的事实，即作家被引向作品的公开的暴力呢？而作家从来只是通过书的形式把握了替代物，接近的方式和幻觉。作家属于作品，但属于作家的东西，仅仅只是书本，一堆无声息的、无派生力的词，即最无意义的东西。感受到这种空无的作家，只会认为作品未完成，他觉得，只要再下点功夫，幸运的机缘就会使他独自完成。他便重新投身写作。但是，他欲独自完成的东西依然没有结束，使他卷入一项幻想之作。而最终，作品不再理他,在对无个性,即它这个匿名——仅此而已——的肯定之中,把他的不在场封闭起来。人们发现艺术家只有在去世之际才结束自己的作品,因而他永不会认识作品所要说的。这种看法也许应当颠倒过来,因为,当作品已存在于世时,作家也许并没有去世呢!这正像艺术家本人有时在感觉到一种不可名状的百般无聊时,会预感到的这种情况。①

"勿读我的书"②

与上述相同的情况还可这样来描述:作家从不读自己的作品。在作家看来,他自己的作品是不可读之物,是一种秘密,对它,作家并不正眼相看。说是秘密,因为作家与其相离。然而这种不可阅读性并非纯粹的负面行为,可以说它是作家可能拥有的接近我们称之为作品的东西的唯一实际的方法。凡是还有书的地方,"勿读我的书"就会使另一种威力显露出来。这是一种直接却难以捉摸的体验。并非是一种禁止的力量,而是,通过词语的手法和意思所体现的那种坚持不懈的、生硬的和令人揪心的表示,即那种整体出

---

① 这并非是正在劳作的人的情况,他正在完成自己的使命,而这项使命在世上发生了变化,使他不能尽责。人所做的,正在变化着,而这发生在世上,人通过世界再次把握它,至少能够把握它,条件是异化并没静止,没有转而利于某些人,而是继续进行直至世界达到完善。相反,作家所见的是作品,而他所写的是书。这样的书可成为一种在世上发挥作用的事件(然而这行动总是有保留的和不足的),然而艺术家所见的并不是行动,而是作品,把书变成作品替代物的东西足以把书变成物,物正如作品一样,并不属于世界真理范围,倘若它既无作品的实在性,也无世上认真劳作的严肃性,那它几乎就是一种无用之物。——原注

② 原文为拉丁文:*Noli me legere*。

现在定稿文本中的东西,它却拒绝接受自己,成为那种生硬的、尖刻的拒绝的空无,或是,以毫不在乎的态度排斥那个写成作品后欲想通过阅读再次把它重新更改的人。不可阅读性是这样一种发现:现在,在创作所开辟的空间里,已不再有创作的位置了——而对于作家来说,除了一如既往地写作便无其他可能性。任何一个已完成作品的人都不可能生活在、停留在作品旁边。作品就是决定本身,它把作家打发走,把他删除,把作家变成劫后余生者,变成百般无聊、无所事事者,变成无生气的、艺术并不依赖的人。

作家不可能在作品旁逗留:作家只能写作,作品告成时,作家仅仅只能在粗鲁的"勿读我的书"中辨清接近作品的方法,而"勿读我的书"使作家远离,将他隔开,或是迫使他回到他起初进入的这个"间距",以同他所要写的东西沟通。以致,他现在又回到初始,再次成为这外在物的近邻和漂泊不定的知心,而他并不能在外在物处逗留。

这种磨炼也许会将我们引向我们正在寻求的东西。作家的孤独,即成为他的风险的这个处境,也许便由此而来:在作品中,作家属于总是先于作品的那种东西。作品通过作家而产生,并成为坚定的启始,作家本人则属于犹豫不决重新开始的那段时间。一种驱之不散的念头把作家同某个偏爱的主题联结在一起,迫使他再次去说他已经说过的东西,有时才气横溢,有时却絮絮叨叨,苍白无力地诉说着同一件事,越说越没劲,越说越单调乏味,这念头表明这种必然性:看来又返回原处,又走上老路,坚持不懈地重新开始那个对于他来说永不会开始的东西,似乎他归属于事情的影子而不是事情的实在,归属于形象而不是事物,归属于这样的东西:

它使词语本身变成形象、表象——而不是符号、价值、真实能力。

惩治式握笔

　　有时，握笔的人，即使非常想放下笔来，他的手却不松开：相反，这只手握得更紧而不放开。另一只手正在更成功地介入进来。但是，人们看到那只可说是有毛病的手在慢慢地勾画着，设法赶上那正在远去的东西。奇怪的是这动作十分缓慢。这只手在一段几乎非人的时间里活动，这时间并不是行动可行的时间，也不是希望的时间，更多的是时间的影子，这只手本身是那只正在不规则地移向成为自己影子的那东西的手。这只手，在某些时刻，感到一种强烈的抓的需要：它应当拿起笔，必须这样做，这是命令，是不可违抗的要求。这种现象名为"惩治式握笔"。

　　作家似乎是自己笔杆的主人，他可以变得有能力牢牢地控制词语，控制他想让词语表达的东西。但是，这种控制只是成功地使作家与那种固有的被动性建立接触并保持接触，在这种被动性中，由于词语仅只是它的表象和某个词的影子，它永远无法被控制，也无法把握，它始终是不可把握的、无法把握的，那是令人迷惑的不确定的时刻。

　　作家的控制并不在那只写作的手里，这只"有病"的手永不会放下笔，它不可能放下笔，因为它并没有实在握着它所握着的东西，它所握着的东西属于影子，而且它自己就是影子。控制始终是另一只手的事，那只并不写字的手，在必要时它能介入进来，能抓起笔来并能放置一边。因此，控制包括那种停止写作和中断正在写着的东西的能力,同时又把自己的权利和断然决定还给这瞬间。

我们应重新提出问题。我们说:作家属于作品,但是属于他的、他独自完成的东西,仅仅是一本书。对"他独自"的答复是限定词"仅仅"。作家从来不面对作品,凡是有作品的地方,他全不知道,或更确切地说,他的无知本身无人知晓,只是被作为不可阅读性——这种模棱两可的经验使他又投身于作品。

作家重又投入作品。他为什么不停地写作呢?如果他如兰波那样与作品决裂,为什么这种决裂就像一种神秘的不可能性,使我们感到意外呢?作家只是欲求一部完美的作品吗?作家孜孜不倦地对作品进行加工,仅仅因为完善从来未尽人意吗?他写作就是为了作品吗?他关心作品就像关心使他完成使命的东西,就像关心值得花费如此多的努力去追求的目标那样吗?根本不是。作品从来就不是人们为此可能要写作的那东西(人们所追求的,也许与正在写的东西有关,如同正在行使某种权力)。

作家的使命随其生命而告终,这话的弦外之音是作家的生命经由这种使命在悄然走向无限的不幸。

永无止境,永不停歇

作家通过作品所遭遇到的孤独可表述如下:写作现在成了永无止境、永不停歇的了。作家不再属于这个庄重的领域:自我表达意味着根据事物和价值所限定的意思来表达它们的准确性和确实性。正在写的东西把应写作的人交付给了一种断言,对此,他毫无权威可言,这种断言自身也无稳定性,它不肯定任何东西,它不是安息,那种宁静的尊严,因为它在一切全已说出来之时仍在说着,它是那种不先于话语的东西,因为它阻止他成为启始的话语,正如它剥夺他中断的权利和能力。写作,就是中断把话语和我自身结合在一起的联系,就是中断这种关系——它让我向"你"说话,并以这话语从你那里获得的理解让我说话,因为这话语在呼唤你,它就是在我身上开始的那种呼唤,因为它是在你身上结束的。写作就是中断这种纽带。另外,这是使言语脱离世界的流程,使言语从把它变成某种权力的东西中摆脱出来,而正是通过这种权力,当我说话时,是世界在自言自语,是每日通过劳作、活动和时间在构建起来。

写作就是永无止境,永不停歇。有人说,作家放弃说"我"。卡夫卡曾惊讶地、满怀喜悦地指出,当他能用"他"来替代"我"时,就走进了文学。确实如此,不过这个改变要深刻得多。作家属于某种谁也不说的语言,这语言也不针对任何人,它没有中心,它不吐露任何东西。作家可能认为他用这种语言肯定自己,但是他所肯定的东西已完全被剥夺了自身。当作家公正地对待正写着的东西时,他再也无法表达自己,他也无法更多地求助于你,也无法让他人来说话。凡是作家所在的地方,唯有存在在说话,——这意味着话语不再说话,而是存在着,把自身献给了存在的纯粹的被动性。

当写作即投身于无止境时,甘愿赞成这种行为本质的作家,就失去了说"我"的能力。他便失去了使除了他以外的别人说"我"的能力。由此,他根本不可能赋予作品中人物以生命力,而他的创造力正捍卫着他们的自由。人物的思想——作为小说的传统形式——只是一种妥协,正是通过这种妥协,为求文学本质而身不由己的作家设法拯救他与外界、与自己的关系。

写作,即传播那无法停止说话的东西,——因此,鉴于此因,为得以传播这种东西,我不得不以某种方式强制其沉默。我给这无休止的话语带来了我自身沉默的决定和权威。我通过自己沉默的中介使永不中断的诉说变得敏感,言语向其敞开并变为形象的巨大嘈杂声变成想象的,它具有深度表现力和模糊的圆满,即空无。这种沉默的源头是在写作的人必须保持的隐没中。或者,沉默是其控制力的来源,即那只不写字的手所保留的干预之权,也就是他自身总能说不的那个部分,并且必要时,它会求援于时间,重建前程。

对一部作品,当我们欣赏它的笔调时(因为我们对笔调的敏感正像对作品所具有的最真实的东西那样),我们所指的又是什么呢?这既不是风格,也不是语言的吸引力和素质,而正是这种沉默,这股刚强力量——通过它,写作的人由于剥夺了自身,放弃了自我,在这种持续的隐没中却拥有能力的权威和保持沉默的决断,以致,在这沉默中,那种无启始也无终极的说话的东西才得以成形,取得一致与和谐。

笔调并非作家之声,而是作家强加给言语的那种深邃的幽静,那种使这沉默依然是他的沉默,那种为求谨慎而退居一边的自身中的尚余之物。笔调造就大作家,而作品也许并不关注是什么使他们变得伟大。

在作家必须保持的隐没中,"大作家"克己更加有余:说话的不再是他自身,但也不是人的话语的悄然潜入。他从隐没的"我"中保留着专断的诉说,虽然是无声的。他从积极的时间,从瞬间那里保留着犀利和迅猛。由此,他在作品内部捍卫着自己,在克制不复

23　存有之处保持着自制。但是，正因如此，作品保留着某种内容，作品并非完全内在于它自身。

人们称为古典主义的作家——至少在法国如此——自身放弃了其特有的话语，而让位于一般概念。某种规范形式的安详，摆脱了任性之后的话语的确实性——在其中说话的是非个性的一般性，这一切确保作家与真理之间的关系。真理超越个人，并欲超越时间。文学便有了理性的光荣孤独，这是一种在需要决心和勇气的整体之中的稀有生活，如果这种理性实际上并不是有条不紊的贵族社会的平衡的话。就是说，理性是社会中一部分人的高贵的自我满足，这部分人在自身集中了整体，又孤傲地凌驾于它赖以生存的东西之上。

当写作就是发现永无止境时，进入这领域的作家并不超越自身而向着普遍。作家并不是走向一个更可靠、更美好、更有依据的世界，在这个世界里，在公正的光辉指引下，一切都井井有条。作家发现不了面向众人体面说话的优美语言。在他身上说话的，是这种事实，即不管以何种方式，他不再是他自己，他已不再是任何人。"他"取代了"我"，这就是作家在作品中所遇到的孤独。"他"并不表示客观的漠然无关，创作者的超脱。"他"并不赞美除我之外的他人身上的意识，人的生命的飞跃，——它在艺术作品的想象空间里会保留着说"我"的自由。"他"，即已变成任何人的我自己，变成另一人的他人，因为，凡是我所在之处，我无法再向我说话，而那个向我说话的人不再说"我"，也不是他自身。

求助于"日记"

也许，这令人惊讶：自作品成为艺术追求，成为文学之时起，作家就越加感到有必要保持与自身的关系。因为，作家极其反感放弃他自身而利于这种无形式、无命运的中性力量，它处于整个正在写着的东西之后，许多作者所特有的担心正表露出这种反感和忧虑，即撰写他们称作他们的"日记"的东西。这离所谓的浪漫主义的自鸣得意相去甚远。日记从根本上讲并不是忏悔，不是自身的诉说。这是一本回忆录。作家究竟应当回忆什么呢？回忆他自己，回忆当他不写作时，当他过平常日子时，当他真实和富有生气而不是暮气沉沉毫无真情时的那个他。但是，他为回想起自身而采用的手段，便是遗忘这种因素本身，即写作——这是件怪事。然而，由此造成日记的真实性并不在日记中所包含的有趣的、文学的看法之中，而是在把日记与日常的现实联结起来的无足轻重的细微小事中。当作家预感到他面临的危险的变幻时，日记便体现为作家为认识自我而建立起的一系列标记。这是一条尚可通行之路，类似巡查道，它顺沿着，注视着，有时还绕过另一条道，即游荡作为无止境的使命的这条道。在此，还说着真情实事。在此，说话者保留着姓氏并以自己的姓氏说话，而所记载的日期正是共有时间的日期，即所发生的事情确实发生了。日记——表面上看，这本书是完全孤独的——往往是由作家在作品中遭遇的孤独所引起的恐惧和焦虑写成的。

求助日记表明，写日记的人不愿放弃实实在在的、一天接一天过日子的那种幸福、惬意。日记使写作的活动立足于时间,立足于有日期记载因而受日期保护的日常微琐之事。也许,日记所述并非肺腑之言,也许日记所讲的东西尚欠真实,然而它诉说的是事情,此乃世间的种种事务、事端、交易,属于积极的现时,也许毫无任何绵延的意义,却是超越自身的努力,义无反顾地走向明天,永远向着明天。

日记表明,写日记的人已无法通过一般行为的坚定性,通过共同的努力、共同的职业,通过内在深处话语的简洁和思索的力量而属于时间。他已不再是真正历史的了,但他又不愿意浪费时光,由于他只会写作,不会别的,就在自己每日历史的要求下,与日复一日的操心之事保持协调的情况下写作。有时,写日记的作家是各类作家中最具有文学色彩的,但也许正因为他们如此这般地避开了文学的极端性——如若文学确实就是时间不在场的有诱惑力的领域的话。

时间不在场的诱惑

写作,就是投身于时间不在场的诱惑。或许,我们在此正在接近孤独的本质。时间的不在场并非一种单纯的否定方式。相反,这是这样一种时间,在这时间中,无任何东西开始;首创都是不可能的事;在肯定之前,已经有了肯定的回归。不仅不是一种单纯的否定方式,相反,这是一种无否定的、无决定的时间——当此处也正是无处时,当每样东西退缩到自己的形象中,当表示我们的那个"我"陷入无象的中性的"他"而自我认识时。"不在场的时间"的时间是无现时的、无在场的。这个"无现时"并不与某个过去相关。从前曾经拥有过尊严和现在的积极力量；回忆还体现着这种积极力量，回忆把我从以别种方式将我召回去的东西中解放出来，它赋予我自由召唤它并按我现在的意愿拥有它的那种手段，从而使我获得解放。回忆是对过去的自由。但是无现时的东西同样不接受回忆的现时。回忆讲述事件：这曾经发生过一次，而现在再也不会发生了。关于无现时的东西，关于根本就不曾存在的东西，其不可弥补的特点是：这不曾发生过，从来没有过第一次，但是，它却重新开始，永无止境地重新开始。这既无结束，也无开始。这也无前景。

　　无时间的时间并非辩证的。在它那里所显现的，是无任何东西显现，是处于无存在最深处的那个存在，这个存在只有当什么全无之时才存在，而当有种东西时，这存在已不再存在了：就好像只有丧失了存在，当存在缺少之时，才会有存在之物。在时间的不在场中，这种颠倒时常把我们推回到不在场的在场，而这个在场就如同不在场，推回到如同不在场的不在场，推回到如同肯定它自身的不在场，在这种肯定中无任何东西自我肯定，无任何东西停止肯定自身，在不确定的扰乱中，这运动并非是辩证的。在该运动中，诸多矛盾并不相互排斥，并不相互调和；唯有时间——否定正是为时间而变成我们的权力——能够成为"不可调和物的统一体"。在时间的不在场中，新的东西并不能更新任何东西；现时的东西是不适时的；现时的东西并不表达任何东西，它是自身的再现，它已经并永远地属于回归。这一切并不存在，但却回来，如同已经并永远过

27

去了的东西那样来临，以致我不认识它，但我承认它，而这种承认摧毁了我的认识能力、把握的权利，还把不可把握的东西变成不可放弃的东西，变成我无法停止追求的难以理解的东西，即我无法取得而仅仅是重新取得——和永远不能放弃的东西。

　　这种时间并不是永恒这个词颂扬的理想的静止。在我们试图接近的这个区域里，此处并不曾塌落在任何地方，而任何地方并非此处，停滞的时间是死亡在场、来临而又不断来临的真实时间，犹如死亡在来临的同时使它由之来临的时间变为无果的。停滞的现时是实现在场的不可能性，这种不可能性是现时的，如同超过整个现时，超过现时的影子——现时拥有并掩藏在自身的影子——的东西。当我独自一人时，我并非独自一人，但是，在这现时中，我已经以某人的形式回到了我自身。某人所在之处正是我独自一人之处。独自一人，是因为我属于这个停滞的时间，它不是我的时间，也不是你的时间，也不是共同的时间，而是某人的时间。当无任何人时，某人就仍是为现时的。我独自所在之处，我不在那里，那里也无任何人，而是无名之人在那里：作为预示、先于并化解个人关系的任何可能性的外在。某人就是无象的"他"，就是人们身在其中的"人们"，但是，谁身在其中？从来就不是这人或那人，从来就不是你和我。无人属于"人们"之列。"人们"属于一个无法把其带入光明的区域，并不是因为这个区域可能会隐藏某个完全不可披露的秘密，甚至也不是因为它有可能是完全阴暗的，而是因为它把所有可进入的东西，甚至光线，改变为无名的、无人称的存在，变成非真的、非现实的，却始终在那里的东西。从这种前景看，"人们"，当人去世之时,就是那种最贴近地显现出来的东西。①

我独自一人所在之处,日子仅仅只是逗留的丧失,即与无地点无停歇的外界的亲密相处。来到此处使来者属于分散,属于裂缝,在那里外界是那种令人窒息的潜入者,是人们在其中始终无遮掩的那东西的裸露,冰冷;在那里空间是留出空隙的眩晕。于是诱惑在其中弥漫。

形　　象

为什么有诱惑? 看,必须有距离,有分离的决心,有不接触并在接触中避免混淆的能力。看意味着这种分离却又变成相会。然而,当我们所看的东西,虽然保持着距离,却似乎以某种强烈的接触感触及你时,当看的方式犹如接触时,当看是一种保持距离的接触时,又会发生什么呢? 当被看的东西强制目光接受它时,就好像目光被捕获了,被触及了,与外表相接触了,又会发生什么呢? 这并不是积极的接触,即那种在真正接触中具有主动性和行为性的东西,而是目光被引向并被吸入静止的运动和无深度的基底。保持距离的接触所给予我们的东西是形象,而诱惑人的正是对形象的那种激情。

诱惑我们的东西剥夺了我们赋予意义的能力,抛弃了它的"感觉的"特性,抛弃了世界,退到世界之内并将我们引到那里,它不再

---

① 当我独自一人时,在那里的并不是我,我远离的不是你,也不是其他人和人群。在此,引发了关于"根本性的孤独和在世上的孤独"的思考。关于这个问题,参见附录中的某些段落。——原注

将自己显露在我们面前，却体现在某种同现时时间和空间中的在
场互不相干的在场中。分裂，因可能看到它曾经所是，凝固在目光
中，变成不可能。目光在使其成为可能的东西中找到了抵消它的
力量，这力量并没使它中断，也没有使它停止，而是相反，阻止它终
了，割断它与一切启始的关系，把它变成一种迷惘的、不熄灭也不
照亮的中性微光，变成目光的自我封闭的圈子。我们便有了对这
种颠倒——作为孤独的本质——的直接表达。诱惑人的是那孤独
的目光，那永不停息、不可终了的目光，在这目光中，盲仍是一种视
觉，即那种不再有可能看得见，但不可能看不见的视觉，这种不可
能性体现在并永驻在不会终了的视觉中：呆滞的目光，成为永恒的
视觉幽灵的目光。

　　凡是被诱惑的人，我们可以说他永远看不到任何现实之物，看
不到任何实在的形象，因为他所见的东西并不属于现实世界，而是
属于诱惑人的、不确定的环境。可以说是绝对的环境。距离并没
有被排除，它是超常的，因为它是位于形象之后的无限深度，这是
一种无生命的、不可操纵的、绝对在场的深度，虽然它并非是既定
的，当物体远离它们的方向时，当它们在自身的形象中倒塌时，物
体就深陷在这深度中。在这个诱惑人的环境里，所见之物捕获到
了目光并使它变为不可终了的，在这环境里，目光凝聚成光亮，这
光亮是看不到的却始终在看着的眼睛的绝对闪光，因为这是镜中
我们自己的目光，这个环境是最佳的吸引人、诱惑人之处：光亮，它
也是深渊，是人们深陷其中吸引人的、令人恐惧的光亮。

　　我们的童年诱惑着我们，这样的事会发生，因为童年是诱人的
岁月，童年自身也被诱惑，这黄金时代似乎沐浴在灿烂的光辉中，

因为这光辉不曾显露过，它与显露无关，也无可显露，这是纯净的反射，只是某种形象的绚丽光彩。也许，母亲形象的力量是从诱惑人的力量本身汲取光辉，也许可以说，母亲之所以发出这诱人的魅力，是因为当孩子始终在令人着迷的目光下长大时，母亲在自身汇聚了令人欣喜的全部魅力。正因为孩子着了迷，母亲是有诱惑力的，因此，年幼时的各种印象具有某种属于诱惑的固定的东西。

凡是被诱惑的人，他所看到的东西，从确切意义上说，他并没有看到，但这在最接近的地方触及了他，捕获了他并占有他，虽然这确实让他保持着距离。迷惑力与中性的、无人称的在场紧密相关，与不确定的"人们"，与无所不指的无形象的"某人"相关。诱惑力是目光所保持的那种与无目光、无外形的深度之间的关系——中性的和无人称的、与所见到的不在场（因为它使人目眩）之间的关系。

写　　作

写作，就是去肯定受诱惑力威胁的孤独。就是投身于时间不在场的冒险，在那里，永无止境的重新开始是主宰。就是从"我"进入"他"，以致我所遭遇到的东西，任何人都不会遭遇到，它是匿名的，因为这与我有关，并在无限的分散中重复。写作，就是从魅力的角度支配言语，并且通过言语，在言语之中与绝对领域保持接触，在这领域里，事物重新成为形象，在那里，形象，从对象的暗示成为对无形的暗示，并且，从对不在场描绘的形式变成这个不在场的不成形的在场，成为当不再有世界，当尚未有世界时对存在着的东西的不透明和空无的敞开。

这是为什么？为什么写作与这种根本性的孤独——其本质是掩饰在这孤独中显现——是有关系的？①

---

① 在此我无意直接回答这个问题。我仅仅想问：正如塑像使大理石增辉一样，如果各种艺术欲展现尘世是为了表现自身而加以否认和排除的起码的深度，那么，在诗歌中，在文学作品中的语言相对于日常语言是否就是形象相对于物呢？我们自然会联想到，诗歌是这样一种语言，它更甚于其他语言，满足着形象的需要。有可能这是一种对更为根本性的信息的暗示：诗歌并非诗歌，因为它包含着一定数目的形状、暗喻、比喻。相反，诗歌有这样一些特殊的东西：在诗歌中无任何东西造成形象。因此应当以别种方式来表达我们所寻求的东西：在文学作品中，语言本身是否不会变成整个形象，而不是那种包含着一些形象或把现实置于形象之中的语言，而是它就是它自己的形象，即语言的形象——不是形象化的语言——或是想象的语言，即无人说的语言，也就是这种以自己的不在场为基点，向自己说的语言，如同形象显现在物的不在场之上，这种语言还针对各种事件的阴影，而不是事件的实在，并且由于这样的原因，即表达这些事件的词语难道不是一些符号，而是形象，即事物在其中构成形象的那种词语和词语的形象呢？

由此，我想说明什么呢？我们难道不正走在这样的道路上：我们必须重新回到某些观点上来，好在这些观点是遗留下来的，类似于这种说法，即过去把艺术看成是对现实的模仿、抄袭吗？在诗歌中，如果说语言变成了自己的形象的话，是否意味着诗歌的话语始终是第二位的，是次要的呢？据通常的分析来看，形象是在物之后；形象是物的后续；我们看到了，然后我们开始想象。物之后才有形象。"之后"一词似乎表示一种从属关系。我们实实在在地在说话，然后我们异想天开地谈起来或者我们边谈、边想象。诗歌的话语难道只是唯一的口头话语在一个对有效性要求减弱的空间中的移画印花，浅淡的阴影和移位而已吗？可是，通常的分析也许会弄错。也许，在进一步探讨之前，应该思考：形象又是什么呢？（请见附录《想象物的两种说法》）——原注

第二部分

接近文学空间

诗歌——文学——似乎与某种不可能中断的话语相关联,因
为这种话语并不说话,但它存在着。诗歌不是这种话语,诗歌是启
始,而话语本身永不开始,但总是重新诉说并总是重新开始。然
而,诗人是那个听到了这话语的人,他成为这话语的理解者和中
介,他在说这种话语之时使之沉默无声。在这话语中,诗歌离渊源
很近,因为凡是原初的东西都经受这种纯属无能的重新开始和这
种无果的冗长考验,大量无用的东西和绝对称不上作品的东西毁
掉了作品并且在作品中恢复了没完没了的闲聊。也许,这是源头,
但是,是那种为成为手段而以某种方式会变得枯竭的源头。诗人,
即写作的人,那位"创作者",永远无法从根本的闲散中表达作品;
他永不可能独自从处于渊源的东西中使启始的纯净话语喷发出
来。因此,作品只有在成为某位写作品的人和某位读作品的人的
公开的亲密,成为由于说的权利和听的权利相互争执而猛烈展开
的空间时,才成为作品。写作的人也就是"听到"永无止境、永不停
歇的人,是把他理解为话语的人,是理解他,坚持他的要求并在这
要求中不可自拔的人。然而,由于曾经坚持过这要求,他使之停歇
并在间歇中使它成为可以把握的,他提出过这要求并使它恪守限
度,他有分寸地控制了这要求。

马拉美的体验

在此，有必要引用一下现在众所周知的影射，它让我们感到，一旦把写作挂在心上，马拉美曾经面临怎样的变化。这些影射丝毫没有名人轶事色彩。他确认："我感觉到一些由写作这唯一行为所引起的极其令人不安的征兆"，在此，重要的是"写作这唯一行为"这几个字：某种根本性的处境从这几个字中得到阐明；某种极端的事被把握住了——其领域和实质就是"写作这唯一行为"。写作似乎是一种极端处境，它意味着一种彻底的逆转。马拉美曾简略地暗示过这种逆转，他说："很不幸，如此钻研诗歌，使我遭遇两个令我绝望的深渊。一是虚无……"（即上帝不在场，另一个是他自己的死亡）。在此，意味深长的，正是这种平常的说法，它似以最平淡的方式使我们回到手艺匠人的普通劳作。"钻研诗歌"之时，诗人进入了诸神不在场的苦恼的时间。惊人之语！凡钻研诗歌者

就避开了作为确实性的存在，遭遇到不在场的诸神，生活在不在场的深处，并为这不在场负责，担当其风险，承受其厚待。钻研诗歌者应当抛开任何偶像，与一切决裂，应当不把真实作为视野，把前途视为逗留之地，因为他没有丝毫期望的权利：相反，他应当绝望。钻研诗歌者正在死亡，如临死亡之深渊。

未加工的话语，本质的话语

尽管马拉美想方设法表达出"写作这唯一行为"向他揭示的那种语言，但他也认识到"话语的双重状况，即未加工的或直接的话语和本质的话语"。这种区分其自身单刀直入，却难以理解，因为，马拉美赋予他如此绝对做出区分的东西以相同的实质，为定义它，他遇到了相同的词——沉默。沉默，即未加工的话语："……也许为交流话语，每人只需在他人手里静悄悄地拿起或放下一枚硬币……"静悄悄，因为并无话语，词语完全不在场，纯粹的交流中没有任何交流，在其中，除了交流的动作——什么也不是——之外没有任何实在的东西。而诗人所寻求的话语同样如此，这种语言的全部力量在于不存在，它的全部荣耀是展示在它的不在场中一切都不在场：这是一种非实在的、虚构的语言，是使我们去假想的语言，它来自沉默又回到沉默。

未加工的话语"与诸物的实在有关"。"叙述，教授，甚至描写"向我们显示诸物的在场并"再现"它们。本质的话语远离诸物，使它们消失，它始终是暗示的，它提示，追忆。然而，使"一种本质的事实"不在场，又通过这不在场把握事实，然后"将它移植到它的近乎震颤的消失中"，这又是什么呢？这就是从本质出发说话，也就是思维。思维是纯粹的话语。在思维中，应说出那种至高无上的语言，即语言的种类繁多只能使我们更深感到它的缺失："思维是没有附属物也没有低语的写作，但还是默示着不朽的话语，人世间多样的民族语言使人无法说出词语来——若不说词语通过某种独一无二的模印（其自身从物质上说是真实的）可能存在的话。"（这正是克拉底鲁①的理想,也是无意识书写的定义。)因此,人们会说,思维的语言是地道的诗的语言,而意义、纯概念、观念应该成为诗人关注的东西,因为唯有关注能把我们从事物的重压下,从自然的无形的圆满中解脱出来。"诗歌,接近于观念"。

　　然而,未加工的话语完全不是粗糙的。它所表象的并不在场。马拉美无意"把树木内在的和高密度的木材……归入高级纸张"。可是没有任何东西比日常语言中所使用的树木这个词与树木更不相干的了。词并不命名什么,也不表示什么,并不幸存于任何事物,词甚至算不上词,它在使用中完美地、整个地立即消失。还有什么更称得上本质,更接近沉默呢? 确实,词"在用"。很明显,全部差异就在此:词是惯用的、常用的、有用的;我们通过它属于这世界,凡是在有目标驱使和必须关注终了之处,我们又被它遣返回社会生活中。不错,是微不足道的东西,甚至是虚无,但在行动中这是起作用、劳作和建构的东西——否定的纯粹沉默,导致完成使命的狂热喧哗。

40　　本质的话语在这方面则相反。它就其自身来说是庄严的、令人敬畏的,但不强加任何东西。这种话语同样也远离各种思维,远离始终拒绝最浅淡黑暗的思维,因为诗句的"吸引如同释放","激活分散的、不为人知的和浮动的各种蕴藏物":在诗句中,词语又成为"要素",夜这个词,虽然是亮丽的,却仍然成为黑夜的体己。②

------

　　①　克拉底鲁,柏拉图的《克拉底鲁篇》或《论正名》中的人物。
　　②　马拉美感到遗憾,词语在物质上并非真实,"白天"一词,从音色上说是阴暗的,而"黑夜"的音色却是光亮的,他从语言的这种缺陷中发现了可以解释诗歌的东西;诗是语言的"极佳补充","诗,从哲学意义上说,弥补了语言的缺陷。"这个缺陷又是什么样的? 语言并不具有它所表示的实在,因为语言与事物的实在,与自然的黑暗的深邃不相干,语言属于人类社会——它脱离存在,又是各种存在的工具——这个虚构的实在。——原注

　　在未加工的或称直接的话语中,言语,作为一种言语,保持静默,但人在言语之中讲话,而这是由于使用是言语的归宿,因为言语首先是用来使我们与物相适宜的,因为言语是工具世界中的一种工具,在这世界里,说话的东西,正是实用性,是价值,在言语中,人作为价值在说话,具有个别存在着的物的稳定外观,并且确信自己是永恒不变的。

　　未加工的话语既非粗糙也不直接。然而,它给人以这样的错觉。它是经过周密思考的,包含着丰富内涵。但是往往是,就像在日常生活的过程中,我们无法弄清时间的构建那样,话语似乎是即刻提供揭示之地,它像一种符号,即真实是直接的,始终是同样的,始终不受约束。直接的话语也许事实上与直接的世界相一致,与我们最接近的东西,与我们近邻的东西相关联,但是,共同的话语传递给我们的这个直接只是掩饰起来的远方而已,只是完全外来却让人对之习以为常,只是我们误作习惯而实际是不寻常的东西,这是因为语言这层薄纱,因为词语的这种错觉习惯。话语在其自身拥有掩饰自己的时机;话语由于自我掩饰的能力而在自身拥有这样的力量,通过这种力量,中介——摧毁直接的东西——似乎具有自发性,清新和渊源的纯真。此外,话语在给我们直接的错觉时,实际上只给了我们这个习惯,话语便拥有这种能力,使我们相信直接是我们所熟知的,以致直接的本质在我们看来并非是最可怖的东西(这也许会使我们震惊),即根本的孤独的谬误,而似乎是确保自然和谐的幸福或对乡土的亲切感。

　　在世间的语言中,作为语言的存在和存在的语言,语言沉默了,由于这种沉默,人在说话,人在沉默中获得遗忘和安宁。马拉美在谈到本质的语言时,时而仅把它与一般的语言相对立,一般语言给我们错觉和直接的保证,而直接只不过是习惯而已——于是,他依靠文学,他重拾思想的话语,这沉默的运动在人身上肯定着它的决定:不存在;与存在分离,同时又使这分离成为真实的;创造世界,沉默便是意义本身的劳作和话语。然而这思想的话语终究还是"日常的"话语:它总使我们重返世间,向我展示的世间时而像使命的无限和劳作的风险,时而像某种坚定的地位,在那里我们完全可以设想自己身处安全之中。

　　诗歌的话语不再仅仅对立于一般语言,而且有别于思想的语言。在这种话语中,我们不再重返世间,也不再重返作为居所的世间和作为目的的世间。在这种话语中,世间在退却,目的全无;在这种话语中,世间保持沉默;人在自身的各种操劳、图谋和活动中最终不再是那种说话的东西。在诗歌的话语中表达了人保持沉默的事实。但这一切又是怎样发生的呢?人沉默,但此时诸存在却欲成为话语,而话语欲存在。诗歌的话语不再是某个人的话语:在这种话语中,没有人在说话,而在说话的并非人,但是似乎只有话语在自言自语。语言便显示出它的全部重要性;语言成为本质的东西;语言作为本质的东西在说话,因此,赋予诗人的话语可称之为本质的话语。这首先意味着词语由于具有首创性,不应用来指某物,也不应让任何人来说话,而词语在其自身有自己的目的。从此,说话的不是马拉美,而是语言在自语,语言犹如作品——语言的作品。

　　从这个角度看,我们会发现诗歌就如一个浩瀚的词语天地,这些词语之间的关系、组合及能力,通过音、象和节拍的变动,在一个统一和安全自主的空间里得以体现。这样,诗人把纯语言变为作品,而这作品中的语言回归了它的本质。诗人创造着语言的对象,正像画家并不用色彩复制存在的东西,而是寻求他使用的色彩所产生存在的那个点。或者,像里尔克在表现主义时期曾想做的那样,或者,像蓬热①那样,要创造出"诗-物",它就像无声的有生命之物的语言一般,他想使诗歌通过其自身成为具有形式、实存和存在的东西:作品。

　　然而,语言的这种强大的建构,这个经过精密计算而从中排除偶然性的整体,仅通过自身而生存又以自身为基础,我们称之为作品,又叫作存在,但是,从这个角度看,它既非前者也非后者。称之为作品,因为它是被建构的,经过组合和计算的,但在这个意义上,作品就和任何作品、任何物体一样,是由对某个行业的理解和精明才干造就成的。作品并非艺术品,即以艺术为渊源的作品,通过它,艺术在无任何东西得以完成的时间的不在场中,被提升到对起始的独一无二的、令人惊骇的肯定的高度。然而,同样,被视为独立物的诗歌是自足的,是一种仅为其自己而创造的语言之物,即词语单子,除了词语的本质,没有任何东西在其中得到反映,也许它是一种实在,是一种特殊的存在,具有尊严,具有特别的重要意义,但却是一种存在,正因如此,它并不更接近存在,即避开任何决定和任何实存形式的东西。

马拉美的亲身体验

　　马拉美的亲身体验似乎始于这样的时刻:他从对既成作品,即

①　蓬热(F. Ponge,1899—1988),法国诗人。

某首具体的诗,某幅画的考虑,过渡到对作品成为探求自己渊源并
欲与自己的渊源,即"纯粹作品的可怖景象"保持一致的关注。这
44 就是马拉美的深度,对于他来说,这就是"写作的唯一行为"所掩盖
的关注。作品又是什么? 作品中的语言又是什么? 当马拉美思索
"某种像文学的东西是否实存?"这个问题就是文学本身,当文学成
为对自身实质的关注时,这问题就是文学。对这样一个问题不可
弃置不顾。如果我们拥有文学的事件,会引发什么呢? 如果有人
说"像文学的某种东西实存着",那存在又是什么呢?

　　马拉美曾对文学创作固有的本质产生过极其痛苦的感情。艺
术作品被还原为存在。这是它的使命所在,存在使"这个词本身:
这是(c'est)"出场……"全部奥秘都在于此"。[1] 但是,与此同时,
我们并不能说作品属于存在,不能说它实存着。相反,应该说,作品
从不曾以某物或者某个一般意义上的存在那样实存着。作为对
我们问题的回答,应该说的是文学并不实存,或者说,如果文学产
生过,那是如同某种"因为没有任何实存着的对象而不曾发生过
的"东西。可以肯定,语言在作品中在场,它"处于显著地位",比人
类活动的任何其他形式更具权威性地在作品中得到肯定,而且语
言在作品中完全体现着自身,这意味着语言也只有整体的实在而
已:语言就是整体——而不是其他什么,它随时会从整体化为乌
有。这种过渡是本质的,属于语言的本质,因为确切地说,乌有在
45 词语中起作用。我们知道,词语具有使诸物消失的能力,使诸物作
为已消失的东西消失,这种表象只是消失的表象,这种在场通过耗

---

　　[1]　1891 年 8 月 8 日致维埃莱-格里凡的信。——原注

损运动——它是词语的灵魂和生命,并从词语中汲取光辉,因为词语正在熄灭,在黑暗中汲取光明——转而回归为不在场。词语由于具有使事物在自身的不在场中"站起"的能力,作为这种不在场的主宰,它还能使自己也消失在不在场中,并在整体的内部绝妙地使自己不在场,这个整体,正是它在实现,它在消失于其中时所显示的,它在永不休止地自毁(这个自我毁灭行为,在总体上看类似于自杀这种十分奇特的事件,自杀正是在《依纪杜尔》[①]的终极时刻显示出自己的全部真理)中永远要完成的整体。

---

①　有关《依纪杜尔》的体验的研究,我放在本书另一部分(《作品和死亡的空间》)中,这种体验,只有当人们更为接近文学空间的中心部位时才可能提及。乔治·布莱(G. Poulet)在他那部十分重要的论著《内部间距》中指出,《依纪杜尔》是"哲学自杀的最完美例子"。由此,他指出,对于马拉美来说,诗歌依赖于与死亡之间的深刻关系,只有在死亡是可能的,只有在通过诗人所面临的牺牲和紧张,死亡在诗人身上成为能力和可能性时,只有在死亡是一种行为,即那种最佳行为时,诗歌才是可能的。"死亡是唯一的可能的行为。我们被挤压在一个真实的物质世界(这个世界的偶或的结合在没有我们的情况中发生在我们身上)和一个虚假的理想世界(这个世界的谎言使我们麻木和着魔)之间,我们只有一种手段使我们不再被虚无和偶或所支配。这唯一的手段,这唯一的行为就是死亡。自愿地死亡。通过自愿地死亡,我们取消自身,但也是通过它我们在建树自身……马拉美所做出的正是这种自愿地死亡这种行为。他是在《依纪杜尔》中做出的这行为。"

然而,还须对乔治·布莱的看法再说几句:《依纪杜尔》是一篇被放弃的叙事文,它表明一种马拉美未能持之以恒的信念。因为他并不确信死亡是一种行为,因为有可能,自杀并非是可能的。我可能使自己死亡吗?我有能力死吗?"碰运气的事永不会排除偶然性"似乎是对这个问题的回答。而这个"答案"让我们预感到运动——它在作品中是对死亡的体验、接近方法和运用——并不是可能性的运动(即使是虚无的可能性),而是接近作品经受不可能性考验的这个点的方法。——原注

[《依纪杜尔》,又名《埃尔贝依依的疯狂》(Igitur ou la folie d'Elbehnon),是马拉美在 1869 年完成的"故事",晦涩难懂,在他生前并未正式发表,仅向友人作过朗读。——译者]

46

中　心　点

　　这就是马拉美总是要涉及的中心点,就像谈及文学体验向我们陈列的涤度风险。这个中心点就是语言的完成与语言的消失的偶合之点,正是在这点上,一切在自诉(如马拉美所说的,"没有不被说出来的东西"),一切都是话语,但是在那里,话语不再是其自身,只是已消失东西的表象,它是想象物,永不停歇,永无止境。

　　这个中心点就是模棱两可。

　　一方面,这个中心点在作品中就是作品实现的东西,是作品从中自我肯定之物。在此,作品不应该"允许除了实存之外的任何耀眼的自明性。但是,与此同时,这个点是"子夜的在场",是这边,由此出发,任何东西都永不会开始,它是存在之闲散的空无的深渊,即那个无出路无限制的区域,在这个区域中,作品经艺术家之手成为忧虑,成为对其渊源的无止境的探索。

　　是的,这是中心点,是模棱两可的汇聚点。确实,倘若我们通过作品的运动和力量接近这个点,唯有作品,唯有作品的完成才能使它成为可能。让我们再看一下诗歌:还有什么比它更为现实、更为显眼呢,语言本身在诗歌里是"耀眼的自明性"。然而,这并不表明任何东西,也不以任何东西为基础,它在运动中是不可把握的。既无终点也无时刻。在我们以为掌握了词语之处,"一连串潜在的火花",即敏捷和闪烁的迸发,穿越我们全身,正是通过这相互性,不存在之物在此过程中发光,在任何东西不会被反射的纯粹的灵活反射中得到反射。于是,"一切都停顿并轮流、面对面地成为碎

47

片式的布局"。于是,在已成为语言的非现实物的战栗发光闪耀然后熄灭之时,变成纯粹不在场、纯粹的虚构、享尽"意志和孤独的欢庆"的现实之物的非同寻常的在场却得以显示出来。我们想说的是,正像挂钟在时间中,为时间的消逝敲打着节拍那样,诗歌在《依纪杜尔》中美妙地从它作为语言的在场摆动到世间诸物的不在场,但是,这种在场本身又是一种永久的摆动——在不结束任何东西的终端的连续的非实在性和运动的完全实现,即构成语言整体的语言之间的摆动,在这摆动中,作为整体,返回乌有的能力得以实现,这种摆动体现在每个词中又消失在各个词中,即"整体节奏"中,"随之而来的是沉默"。

在诗歌中,语言在它所经历的任何时刻中从来都不是现实的,因为在诗歌中,语言作为整体体现出来,而语言的实质,就只有在这个整体中才具有实在性。然而,在语言就是它自身本质,就是最根本的东西的这个整体里,语言也是极端非现实,它是这种非实在性,即所谓存在的绝对的虚构的完全的实现,——当这种非实在性"使用","消耗"完了所有的现存物,中断了各种可能存在后,它遇到这种无法消除、不可还原的残剩物。那还有什么存在呢?"这个词本身:这是"。这个词支撑着所有的词,它在各种词的掩饰中支撑着它们,它被掩饰起来,成了它们的在场,它们的储存,但当它们中止时,它显示为"闪电的瞬间","闪光的爆发"。

这闪电的瞬间从作品中迸发出来正像作品的迸发,像作品的完全的在场,它的"同时的视野"。这时刻同时也是这样的时刻:作品在此时为使这"圈套",即"文学实存着",得以存在和实存,表示要排斥一切,因而它自身也被排斥,以致"一切实在"由于诗歌的力量而"被解体"的这个时刻,同时也是诗歌被解体,即刻造就,顷刻瓦解的时刻。当然,这已经十分模棱两可。然而,模棱两可涉及更为本质的东西。因为这个时刻犹如作品的作品,除了各种意义、各种历史的和美学的断言之外,它还表明作品存在着,这个时刻只有在作品介入其中,经受总会事先毁掉作品并在作品中恢复多余和无用的闲散无为的考验时才会如此。

闲散的深度

这是体验最隐蔽的时刻之所在。作品应当是熄灭之物的独一无二的光亮,经过它,一切都熄灭;作品只存在于最高度之肯定得到最高度之否定的证实的地方,对于这样的要求,我们还是理解

49 的,尽管它违背了我们对平和、简洁和睡眠的需要,我们在内心深处领会这样的要求,把它作为这个决定的内在性,即我们自己,而这内在性给予我们存在——只不过是在我们冒着风险,用火、铁和无声的否定摈弃了它的经常性和厚待的时候。是的,我们懂得,作品在此是一种单纯的启始,即最初和最后时刻,在此时,存在借助冒险的自由呈现出来,这种自由会使我们专断地排除存在却又不将它纳入存在的显象。然而,这种要求使作品在断裂的独一无二时刻,即"这个词本身:这是",变成存在的宣告,这时,作品使它闪烁发光,作品又从中获得将它耗尽的光彩,我们还应领悟和感知到这时刻使作品成为不可能的,因为这时刻永远不会允许实现作品,即此岸。在此岸,存在不会成为任何东西,在存在中,任何东西不会完成,这就是存在的闲散的深度。

　　因此,作品引导我们到达的这个时刻似乎不仅仅是作品在自身消失的发展顶点中自我完成的时刻,不仅仅是作品在排除它的那种自由中说出存在、宣布启始的时刻,它还是作品永无可能引导我们到达的时刻,因为这始终是从那时开始便不会有作品的时刻。

　　也许,我们使事情变得过于简单了,当我们追溯我们充满活力的生活运动时,仅仅只是将它颠倒,以为这样就掌握了我们称之为艺术的运动。正是这同样的简便促使我们从实物出发去寻找形象,这种简便方式让我们说:我们先有实物,形象随之而来,犹如形象仅仅是远离、拒绝和移植实物。同样,我们喜欢说什么艺术并不复制世上诸物,并不模仿"现实物",在我们说的艺术存在之处,艺术家以世俗为起点,逐渐排除世俗中的功利之物,可模仿之物以及使有活力的生活感兴趣的一切。于是,艺术似是世间的沉默,是世间常用和现实的东西的沉默或中性化,一如形象是实物的不在场。

　　经过这番描述的运动与通常的简易分析相协调。这些简易性让我们相信,我们掌握了艺术,因为简易性为我们提供了一种手段,使我们能设想艺术活动的起点。再说,这种设想并不符合创作的心理学。艺术家永不可能使自己从他对世上之物的使用上升到此物在其中变成画的油画,艺术家永不可能满足于把这用途当作附带之物,满足了使物品中立化以取得作图的自由。相反,因为通过一种彻底的颠倒,他已属于作品的要求,当他看着某物时,便绝不会满足于仅仅看见如此这般之物——倘若物已失去用途——而是把物品变为作品的要求由之通过的那个点,因而也就是可能性减弱、价值和实用性概念被抹消、世界"解体"的时刻。这是因为艺术家已属于另一时间,即时间的他者,因为他已从时间的劳作中走出,在有迷惑威胁之处,经受根本性孤独的考验,正因为艺术家接近了这个"点",他在回应作品的要求时,在这原初的归属中,似乎以另一种方式看待通常世界的物,在它们之中使用中性化,使物纯粹化,并通过连续的风格化将物体提高到即时的平衡,在此,物成为图画。换言之,人们永不会从"世界"上升到艺术,哪怕是通过那种我们已描述过的拒绝和否认的运动。然而,人们总是从艺术走向似乎是世界的中性化的显象——而实际上,这种东西只是在被驯化的目光(一般来说就是我们的目光)中才如此显现,这种旁观者的不相称的目光与有目的的世界联系紧密,至多只能从世界走向图画。

　　谁不属于作为渊源的作品,谁不属于作品关注其自身本质的那另一时间,谁就永远造就不成作品。然而,凡属于这另一时间者,也必定属于闲散的空无的深度——在那里,存在永远成不了任何东西。

　　换一种方式来说,当人们从某句众所周知的话语中确认诗人具有"赋予行帮的词语更纯洁的意思"时,这是否意味着诗人是这样的人:他由于天赋或创造才干,会满足于使"未加工的或直接的"语言过渡到本质的语言,把日常话语的无声的平庸提高到诗歌的完美的寂静,在诗歌中,在一切不在场中,一切在场呢? 这不可能如此。其中意义可作种种的设想,写作仅仅在于更熟练地使用常用词语,对常用词语的音乐资源记忆更丰富、更和谐协调而已。写作从来就不是使流行的语言变得完美,使它更纯洁。写作只是始于此时:写作是接近这个点的方法,在这个点上,无任何东西得以披露,在隐蔽之中,说话还只是话语的影子,语言还只是话语的形

象,即那种想象的语言和想象物的语言——无人说的语言,是那种
永不停歇、永无止境的喃喃之声,倘若人们终于想要让人听到自己
的声音,就必须要它沉默。

　　当我们观看贾科梅蒂①的雕塑作品时,有这样一个点,从那里
起,这些作品不再服从于表象的波动和远景的起伏。这些雕塑以
绝对的方式展现出来:它们也不再是还原的,而是摆脱了还原,是
不可还原的,在空间中,它们是空间的主宰,因为它们具有以不可
操作的、无生命的深度,即想象物的深度取而代之的能力。这个
点,从那里起我们看到这些雕塑是不可还原的,它把我们自身置于
无限,它是这样的点:此处不会与任何一处偶合。写作,就是找到
这个点。没有使语言保持或促使与这个点接触,就勿谈写作!

---

　　①　贾科梅蒂(A. Giacometti,1901—1966),瑞士雕塑家、画家。

第三部分

空间和作品的要求

第一章　作品和游移的话语

这个点是什么？

首先，我们应该尝试总结某些特征，对文学空间的探索让我们得以重新认识这些特征。在那里，语言并不是一种能力，不是说话的能力。语言并不是可自由处置，在语言中，我们并不拥有任何东西。它并非是我说的那种语言。我从来不用这种语言说话、向你打招呼、呼叫你。所有这些特征都是否定性的。然而，这种否定仅仅掩盖着更为本质的事实，即在这种语言中，一切均返回到肯定，否定的东西在这种语言中做出肯定。这是因为它是作为不在场说话。它在不说话之处，已经在说话了；当它停止说话时，它仍在继续。它并不是沉默的，因为确切地说，沉默在这种语言中自言自语。通常话语的属性，是领会到话语属于它的本性。但是，在文学空间的这个点中，语言是不理解的。诗歌功能的风险便由此而来。诗人正是在不理解的情况下领会一种语言的人。

这正在说，但并无启始。这在说，但并不针对某件要说的事，某种把这当作意义予以确保的沉默之物。当中性说话时，只有把沉默强加给它的人，在准备理解的条件，然而，需要理解的东西，正是这种中性的话语，已经说出的东西就无法停止自言自语，无法被理解。

这话语在本质上讲是游移的,因为它总是在自身之外。它表示着无限膨胀的外表,外表取代了话语的内在性。它类似于回声——当回声并不仅仅高声说出了起先的小声话语但与无际的低语融为一体时,它就变成充满回响的空间的沉默,成为各种话语的外在。只不过在此,外在是空无,回声却事先重复着"在时间不在场中的先知"。

写作的内心需要

写作的内心需要与接近词语在其中毫无用途的这个时刻联系在一起,并由此产生了错觉:倘若与这时刻保持接触,在回到可能性的世界时,"一切"将可做到,"一切"将可说出来。这样的需要应加以制止和克制。若是做不到,需要会变得庞大,以致不会有地方和空间让它得到满足。写作只能始于此刻,即在短暂时间内,运用计谋、幸运的跨越或生活中的消遣,避开这种推进,而作品后来的进展将在无法控制的力量推动下不断地唤醒又平息它,庇护又排斥它,控制又经受它,这种推进活动如此艰难又充满危险,以致任何作家和艺术家每次完成它而未遭灭顶之灾时,都会惊叹不已。而许多作家和艺术家则在无声无息中遭遇不测,正面遭遇过这种风险的人,都不会对此怀疑。所欠缺的,并不是创造的泉源,尽管它无论如何是不够的,但是,世界在这种推进下退缩了:时间于是失去了它的决定力;任何东西都不再可能真正开始。

作品是纯粹的圈子,作者在这圈中写作时,就危险地面临要求他必须写作的压力,而且还要防御这种压力。由此——至少部分如此——产生巨大的神妙喜悦,这种喜悦,是歌德所说的从与诱人的孤独的强权的独处中释放出来的喜悦,面对这喜悦,人们始终保持稳定,既不背弃也不逃离它,同样也不放弃自制。确实,这种释放似乎在于将自己封闭在自身之外。

　　在谈到艺术家时人们往往会说,他在自己的工作中找到了一种便利的生活手段,摆脱了生活的严峻。艺术家似乎避开了难以有所作为的世界,立足于他主宰的非现实世界。事实上,这是艺术活动的风险之一:躲避时间和在时间中劳作的各种难处,而不放弃社会生活的舒适和超脱时间的劳作的明显便利。艺术家往往给人以弱者的感觉:他懦怯地躲在自己作品的封闭领域里,在作品中以主人姿态我行我素,从而对他在社会中的失败有所补偿。甚至司汤达,甚至巴尔扎克都产生过这种怀疑,更不用说卡夫卡或荷尔德林了——还有荷马,他是盲人。但是,这种观点只表明了一方面的情况。另一方面的情况是,艺术家让自己经受自身体验的各种风险,并不觉得自己摆脱了社会生活,而是被剥夺了社会生活;他也不是自己的主宰,而是自身的不在场,而且还面临着这样一种要求,要将艺术家抛到生活之外,各种生活之外,他于是面对这样的时刻:他一无所能并且不再是他自己。正是在这个时刻,兰波远避诗歌决定的责任。他抛弃了自己的想象力和荣誉。他以与达·芬奇相同的方式告别"不可能",而且措辞也几乎相同。他不回归社会,他在社会里躲避起来,渐渐地,他的生命时光注定变得毫无想象力,在他自己头顶上展开了一顶遗忘的保护伞。根据一些令人生疑的证词,尽管他在晚年确实不再为有人影射他的作品或针对他说"荒谬,可笑,令人恶心"而感到痛苦的话,但他做出的强烈否认，他的拒绝回忆自身，都表明他依然感到的那种恐惧和他未能支撑到底的那股震撼力。逃避，推卸，这是人们对他的指责，但是，对于不曾经历风险的人来说，指责是太容易了！

在作品中，艺术家不仅防御着社会，而且防御着将他吸引出社会之外的那种要求。作品在为"外部"恢复内在性的同时，暂时地驯服了它；作品强制一种寂静，它把一种寂静的内在性给予这个无内在性也无闲息的外部，即原初的体验的话语。然而，作品所封闭的东西也正是将它不停地展开的东西，而正在进行的作品面临着：或通过引人入胜之处避开源，从而放弃它，或是在放弃实现渊源的同时，不断地回溯到离它更近处。第三种风险是作者欲与外界，与自己，与他能说"我"字的那种话语保持接触：作者愿意这样做，是因为如果他迷失了，作品也就消失了，然而倘若他过于当心地保持自身，那么作品便是他的作品，作品在表达他，表达他的才华，而不是作品的极端要求，即作为渊源的艺术。

任何作家、任何艺术家都经历过被正在进行的作品抛弃和排斥的时刻。作品将他搁置一旁，圈子又关闭了，作者无法再进入自身，却被封闭在圈子里，由于作品未完成，因此它不会松开他。他并不缺乏力量，这并不是无果或疲惫的时刻，疲惫本身只是这种排斥的形式而已。这是一段惊心动魄的考验时刻。作者之所见是一种他不可能绕过的冰冷的静止，但他也无法在附近逗留，它类似一被围之处。空间内部的保留地，既无空气也无光明，在那里，作者自身的一部分，还有他的真实，他的孤独的真实，在令人无法理解的分离中窒息。而他只能在这种分离周围游移，至多，他能够紧贴表面，表面之外，他什么也区分不出来，除了一种空无的、非实在的和永恒的苦恼，直至由于某种无法解释的操作、分神或极度的期待，他又突然回到圈内，同圈内接合，按照他自身的秘密法则与圈内调和。

一部作品的告成，并不是在作品完成之时，而是当从内部对作品加工的人同样能从外部结束作品，当他不再在内心被作品所约束，而是在作品中被他觉得已摆脱了的自身的一部分所约束，作品也为他摆脱这部分出过力的时候。这个理想的结局却从未得到过验证。许多的作品之所以感动我们，是因为在作品中尚能看到过于匆匆离去的作者的痕迹，作者急于完成作品，担心倘若他完成不了就无法重见天日。在那些过分庞大的作品中，那些比载负它们的人更庞大的作品中，最崇高的时刻，几乎是中心的时刻，总是让人预感到自身，在此时刻，我们知道若作者滞留，他必将以身殉职。有魄力的伟大的创作者正是从这个死亡时刻离去，但他们是缓慢地几乎是平静地离去，随后以均匀的步伐返回表层，匀称而坚定的笔触按照圆满的半圆弧形把这表面勾勒成圆。然而，又有多少其他的创作者，他们经不住中心的吸引，只能手足无措地拼命挣扎，又有多少人在身后留下未愈的伤口——他们相继逃离、未得到安抚又返回、不断往返的痕迹。最真诚的人公开抛弃了他们已经抛弃的东西，另一些人则掩藏残局，可这种掩饰却成为他们作品仅有的真实。

作品的中心点便是作为渊源的作品，即人们无法实现的东西，然而它是那个唯一值得付出代价去实现的东西。

这个点是至上的要求，只有通过作品的实现才可能接近它，而只有接近这个点，作品才能完成。只关注辉煌成功的人，其实是在寻找这个一事无成的点。而仅出于关注真实去写作的人，已进入了真实从中被排除的这个点的引力范围。由于有幸或是不走运，一些人在某种几乎纯粹的形式下经受着这个点的压力：他们似乎偶然接近这个时刻，不论他们去何方，也不论他们做什么，这个时刻总是挽留着他们。这个压倒一切而又空无的要求，每时每刻都在起作用，并把他们吸引到时间之外。写作，他们并无这种欲望，荣耀对于他们来说是虚浮的，作品的永垂不朽并不能吸引他们，职责的义务与他们并不相干。生活在人类的幸福激情中，这便是他们之所爱——然而他们宁可不考虑，而且他们自己被置身于外，被推进那种本质的孤独之中，只有在他们写点什么的时候才会解脱。

　　人们听说过这样的故事，一位画家的资助者要把画家关在房里，以防止他走神，而画家最终还是从窗口逃了出去。但是，艺术家在自身中也有他的"资助者"，他将艺术家禁闭在不愿意逗留的地方，而这一次没有任何出口，更有甚者，这名"资助者"并不养活艺术家，而是让他忍饥挨饿，受尽屈辱，让他无端经受摧残，把艺术家变成脆弱而悲惨的人，除了自身让人不可理解的苦恼之外无任何的支撑，这又是为什么呢？出于期待伟大作品的目的？期待毫无意义的作品？他自己也不清楚，无人知晓。

　　确实，有许多创作者显得比常人更虚弱，更缺乏生存能力，因而更易对生活感叹万分。也许，经常如此。还必须补充一点，创作者的长处在于他们的短处，对于创作者而言，一种新生力量的涌现正是在他们处于极度虚弱中自我摆脱之处。还要再说一句：当他们毫不考虑自己才华动手创作时，他们中许多人都是正常的，可爱的，与生活完全沟通的，而他们这添加出来的东西完全由于作品，由于作品中的要求,而这添加的部分只有通过极端的虚弱,某种不正常,失去社会和他们自身,才可加以衡量。戈雅①就是这样,奈瓦尔②就是这样。

作品要求作家丢去一切"本性",一切特性,要求他通过把他变成"我"的决定,不再与其他人,与他自己有关系,要求他变成无人称得到肯定的空无之地。这要求算不上是要求,因为它一无所求,它无内涵,并不要人承担义务,它只是必须呼吸的空气,是人们要提防在上面跌倒的空无,是使人们偏好的脸面变得模糊不清的时间的损耗。由于最勇敢的人只有在某种托词的掩饰之下才不怕风险,因此许多人认为回应这种召唤,就是回应真理的召唤:他们有些事要说出来,在他们身上有个世界要解放,有使命要承担,还有他们无法证实的生活要加以证实。不错,倘若艺术家不从事把他置于一边的这种渊源的体验(这种体验在侧旁中又使艺术家丢弃了他自己),倘若艺术家不沉醉于过度的谬误和无限的重新开始的迁移,开始这个词便无从谈起。但是,这种说明并不向艺术家显示,也没有出现在体验中,相反,它从体验中被排除——艺术家"在总体上"能知道这一点,正如艺术家在总体上对艺术具有信念,但是他的作品并不知道这一点,他的追求也不知道,并在无知的忧虑中延续。

①　戈雅(Goya Y Lucientes,1746—1828),西班牙画家、雕刻家。
②　奈瓦尔(Gérard Nerval,1808—1855),法国作家、浪漫派诗人和象征派先驱之一。

第二章　卡夫卡与作品的要求

一个人动手写作，是绝望所致。然而，绝望决定不了任何事情，"它总是很快地超过自己的目标"（卡夫卡，《日记》，1910年）。同样，写作只有在"真的"绝望中才可能有其渊源，这种绝望不要求做任何事，而且避开一切，而且首先要让写作的人搁笔。这意味着这两种运动除了自身的不确定性便无任何共同之处，因此，除了那种提问方式（借此，我们仅可能把握它们）之外，并无任何共同之处。任何人都不可能对自己说"我绝望了"，而是"你绝望了？"任何人都无法称"我在写作"，而仅是"你在写作？是吗？你会写作吗？"

　　卡夫卡的情况令人迷惑不解并且复杂。[①]　荷尔德林的激情是

---

　　① 下面章节中的引文几乎全部来自卡夫卡的《日记》全集。全集共计13册，四开本，卡夫卡记载了自1910年至1923年期间所有对于他来说重要的事：个人生活中的大事，关于这些事情的思索，对人和地的描述，对自己理想的描述，刚开始便中断、又重新开始写的小说。因此，这并不仅仅是今天人们所理解的《日记》，而是写作经历的活动本身——这是就卡夫卡赋予这个词的最贴近其起源和根本意义而言的，《日记》正应当在这个背景下去阅读和提问。

　　马克斯·勃罗德［Max Brod，1884—1968，用德语写作的以色列作家，卡夫卡的友人，出版了卡夫卡的遗著。——译者］称，他仅删除了几处无关紧要的地方；对此，没有理由怀疑。反之，可以肯定的是，卡夫卡在一些关键时期曾毁掉了他的大部分笔记。1923年之后的《日记》全然无存。我们不清楚在卡夫卡要求下由多拉·梯曼（Dora Dymant）销毁的那些手稿是否包括他的笔记的后续部分：这很有可能。因此，应当说在1923年之后，卡夫卡对于我们而言变得陌生了，因为我们知道，那些对他十分了解的人

纯粹的诗的激情，它通过名为激情的那种要求，将他吸引到自身之
外。卡夫卡的激情同样是纯文学性的，但并不始终如此。在他身
上，对拯救的忧虑很强烈，极为强烈，何况它是绝望的，这忧虑更加
绝望是因为它不可妥协。当然，这忧虑以令人惊讶的持续性通过
文学表现出来，并且在相当长的时间里与文学融为一体，然后还是
通过文学体现出来，但不再消融在文学之中，它欲利用文学，但由
于文学从来不接受成为某种手段，而且卡夫卡也知道这一点，于是 65
产生了一些冲突，甚至对于他来说可称之为难以名状的冲突，对于
我们则更是如此，还产生了某种难以解释的演变，但它却给了我们
启示。

青年卡夫卡

卡夫卡并非始终如此。直到 1912 年，他的写作欲一直很强，

关于他的评判与他对自己的看法相去甚远。

　　对于那些可能引起他兴趣的重大主题，《日记》几乎没片言只语表露他的看法。
《日记》向我们谈到了这阶段之前的卡夫卡，那时，还没有看法而是勉强有个卡夫卡。
这就《日记》的基本价值，古斯塔夫·雅努克(Gustav Janouch)的那本书(《卡夫卡访谈
录》，法译本题为《卜夫卜对我说》)则是让我们听到卜夫卜见拍未来的日吊谈语：他
既谈到世界的前途，也谈到犹太人问题、犹太复国主义、宗教的各种形式，有时还谈到
他的作品。雅努克在 1920 年在布拉格结识卡夫卡。他几乎即刻笔录下这些交谈并作
了报道，勃罗德确信这报道的可靠性。但是，请不要误解这些谈话的意义，还须记得这
些谈话是对一位 17 岁的十分年轻的人所说的，年轻人的朝气、纯真、让人信赖的自发
性感动了卡夫卡，但是肯定也使他将自己的思想变得更温些，以免对这么一位年轻
的人来说，这些思想成为危险的东西。卡夫卡，这位谨慎多虑的朋友，他常担心由于某
种仅对他个人来说是绝望的真实，而使他的友人们惶惶不安。但这并不是说他并没说
出自己的心里话，而是有时说了并不是深思的话。——原注

并写出了几部作品,但这并没使他确信自己的天赋,不如他对作品的直接的意识更使他确信这一点:一股蛮劲,源于毁灭性的圆满,由于缺乏时间他几乎没有使用它,也因为他不可能用它来做什么,因为"他畏惧这些奔放的时刻,尤其他对此充满渴望"。从多方面来说,卡夫卡仍像一个年轻人,在他身上,写作的兴趣正在觉醒,他从中看到了自己的天职,也认识到这天职的某些要求,而且他无法证明自己将与此相称。在某种程度上说,他并不是一位出众的青年作家,最明显的标志就是他与勃罗德合作写的那部小说。这样一种对他孤独的分担表明卡夫卡仍在孤独周围彷徨。他很快就有所察觉,正如他的《日记》所说:"我和马克斯绝然不同。他的作品在我面前像一个我无法企及、任何人都无法企及的整体,我十分欣赏他的作品……同样,他在《理查和萨姆埃尔》中的每句话,在我看来都似乎与某种让步相关,它让我厌恶,我从内心深处痛苦地感受到它。至少今天是如此。"(1911 年 11 月)

　　直至 1912 年,如果说他没有全身心地投入文学,他为自己作

66　了这样的开脱:"只要我还未成功地做出一件更伟大的、能使我完全满意的工作,我就不能为自己去冒风险。"这项成功,这个明证,他在 1912 年 9 月 22 日的夜里得到了,这一夜,他一口气写完了《判决》,这个夜晚又使他以决定性的方式接近了这一点:"在那里,似乎一切都能得以表达,似乎对于一切,对于一切最离奇的念头来说,就要以这些在其中消亡的一场大火已准备就绪"。不久以后,他向他的友人们朗读了这部作品,朗读坚定了他的信心:"我眼里含着泪水。故事不容置疑的特点得到确认。"(这种向友人,向他的姐妹,甚至向他父亲朗读自己刚刚完成的作品的需求,也属于中间

区域。他后来也从未完全放弃过。这并非是一种文学的虚荣心——尽管他自己指责这一点——而是一种从身体上紧贴自己作品的需求，一种被作品举起和拉动的需求，同时使作品在声音的空间中展开，而他出色的朗读才华给了他制造这个空间的能力。）

从此，卡夫卡明白了，他能够从事写作。然而，这种知并非只有一种，这能力也不是他的能力。除极少数情况之外，他在自己写的东西中从来不曾证明：他真正地写作。至多，这是个序幕，一项探究和认知的工作。谈到《变形记》时，他说："我觉得这本书写得很糟；也许我彻底完了"，还有，不久之后又说："十分嫌恶《变形记》。结尾无法看明白。几乎是极不完美。当时我若不是因出外商务旅行受到打扰的话，情况也许会好些。"（1914 年 1 月 19 日）

冲　突

67

这最后一句话在暗示卡夫卡所遭遇的并使他疲乏不堪的冲突。他有职业和家庭。他属于社会并且也应该属于它。这世界给出但也支配着时间。《日记》——至少直至 1915 年——中贯穿着一些绝望的看法，自杀的想法在其中再次出现，因为他缺少时间：时间、体力、孤独、沉默。无疑，外部的境况对他不利，他必须傍晚或夜间工作，睡眠变得混乱，焦虑不安使他心力交瘁，但是，若以为冲突会"通过对事情做更协调的安排"而消失的话，这是徒劳的。不久之后，养病使他有了空闲时间，冲突却依然存在，并越加严重，只不过改变了形式。并无有利的境况。即使把"自己所有的时间"都奉献给作品的要求，"一切"仍然是不够的，因为问题并不在于把时间奉献给写作,不在于度日以写作,而是在于过渡到不再有工作的另一种时间中去,在于接近时间在其中消失的这个点,在这点中,人们受到了时间不在场的迷惑和孤独。当人拥有全部时间时,便不再有时间了,而外部的"友好的"境况已变成这样的事实——"不友好的"——即不再有境况。

　　卡夫卡无法或不愿意"少量地"在分散时段的未完成之中写作。这就是 9 月 22 日夜向他启示的,那天夜里,他在不间歇地写作之后,圆满地重新把握了使他投身写作的无限运动:"只有这样才可能写作:连续不断,身心完全敞开。"后来(1914 年 12 月 8 日)他又写道:"又一次看到零碎写下的,不是在夜间大部分时间中连贯或通宵写成的东西缺乏价值,由于我的生活方式,我不得不屈从于这种较低的价值。"在此,对如此众多的被放弃的小说,我们有了初步的解释,在现在我们所见到的《日记》中,已可见到一些让人叫绝的片断。往往,"故事"才写了几行就很快地连贯、紧凑起来,可是在一页之后又停下了,有时又连续好几页,"故事"变得明朗并发展起来——可是又中断了。对此,有多种原因,但首先是卡夫卡在他拥有的时间中找不到允许故事展开的广度,如故事所需的那样从各方面展开;故事始终只是片断,接着又是另一个片断。"以一些片断为基础,我怎么可能串成一个全面发展的故事呢?"故事由于得不到控制,由于无法造就写作需要的既加以抑制又得以表达的洁净空间,便失控了,迷失方向,回到它从中产生的夜晚之中,并在其中痛苦地挽留住那个未能让它见天日的人。

　　卡夫卡本应需要更多时间,但也需有更少一些人。这些人,首先是他的家庭,他艰难地承受家庭的约束,而从未能摆脱出来。其次是他的未婚妻,以及他恪守戒律的基本愿望:男子在社会上要尽职,成家立业,生儿育女,并归属社会团体。冲突在这方面有了另一种外观,陷入了矛盾,而卡夫卡的宗教处境使矛盾变得尤其尖锐。当围绕着他与 F. B.① 小姐的订婚,解除婚约又重新订婚,他坚持不懈地、越加密切地关注着"支持或反对我的婚姻的所有一切"时,他总是遭遇到了这个要求:"我唯一的渴望,我唯一的天职……是文学……我已做的一切只不过是孤独的结果而已……那时,我将永不再是独自一人。不行,不行。"谈到在柏林举行订婚仪式时,他说:"我像一名囚犯那样被绑起来;就算有人用真的铁链子把我囚禁起来,由士兵看守着……都不会比这更糟。而这就是我的订婚仪式,众人尽力想把我带进生活中去,他们做不到,便承受着我原来的样子。"不久之后,婚约解除,但渴望仍在,对于"正常的"生活的愿望仍在,而伤害了一位亲人的那种折磨给了这种愿望以一股势不可当的力量。有人曾将卡夫卡本人和他的婚事与克尔凯郭尔的婚事相比较。然而,冲突是不一样的。克尔凯郭尔能放弃同莱吉娜的婚事,他能放弃他的伦理阶段②:进入宗教阶段并非与之妥协,是使之成为可能。而卡夫卡放弃了尘世间正常生活的福乐,他便放弃了一种合理生活的坚定性,使自身置于戒律之外,使自己失去了赖以存在的土壤和基础,在某种程度上说,他剥夺了戒律的土壤和基础。这正是亚伯拉罕的永久的问题。要亚伯拉罕奉献的,不仅是其子,而且是上帝自身:他的儿子就是上帝在尘世

---

① F. B. 小姐,即菲莉斯·鲍威尔。

② 克尔凯郭尔把他的生活分成三个阶段、即审美阶段,伦理阶段和宗教阶段。这三个阶段的重要意义在于体现着他的思想方法和生活方式的密切联系和沟通。

的未来，因为事实上，时间正是应许之地，是选民和上帝在选民中的真正的、唯一的逗留。而亚伯拉罕在献祭独生子时，必将献出时间，而献出的时间肯定不会在彼世的永恒中归还给他：彼世不是他70物，而是未来，是上帝在时间中的未来。未来，就是以撒。

　　对于卡夫卡来说，要使考验变得更轻松一些的一切反而使它变得更沉重了（如果亚伯拉罕并无儿子，却要求他把这儿子奉献出来，那么他的考验又会是怎样呢？不可太认真，只能一笑了之，这笑就是卡夫卡的痛苦的形式）。这问题便成这样：它避开了，并在那个设法提出问题的人的犹豫中使他避开了。其他一些作家曾遇到过类似的冲突：荷尔德林与母亲发生冲突，母亲要他以后当牧师，而他无法与某件确定的使命联结在一起，他无法与他热爱的事结合在一起，而他热爱的正是他无法与之结合的事，这些冲突，他深感其厉害，它们部分地胜过他，但从未对诗歌话语的绝对要求加以质疑，至少自1800年以后，除了这种诗歌话语的绝对要求外，他已不再具有任何实存了。至于卡夫卡，一切都更为模糊，因为他想方设法把作品的要求与可能冠以他的拯救之名的要求交融起来。若写作注定要他孤独，把他的生活变为单身汉生活，既无爱情也无亲情，之所以写作在他看来——至少经常并在长时期中——又是可能证明他的唯一活动，是因为不管怎么说，孤独在他身心之中和身心之外威胁着，是因为社团不过是个幻影，戒律甚至不是被遗忘的戒律，而是掩饰着戒律的遗忘。在写作这活动与之不可分开的苦恼和软弱之中，写作又成为一种圆满的可能性，一条无目的但也许可能与这个无道路的目的——它是唯一应当达到的目的——相沟通的道路。卡夫卡在不写作时，他不仅是孤独，正如他后来对雅

努克所说的"像弗朗兹·卡夫卡那样孤独",而且是贫乏的、冰冷的 71
孤独,那种令人惊呆发愣的冷漠,他称之为迟钝,这冷漠似乎曾经
构成了他所畏惧的严重威胁。甚至勃罗德,他一直关注着要使卡
夫卡变成一个并非不正常的人,他承认卡夫卡有时像不在场一样,
像死了一样。他与荷尔德林很相似,甚至两人在抱怨自己时用着
同样的词;荷尔德林说:"我是麻木的,我是石头",卡夫卡则说:"我
无能力思考、观察、回忆、说话、参与其他人的生活,这种无能与日
俱增;我变成石头……要是不躲进工作里,我就完了。"(1914 年 7
月 28 日)

通过文学来拯救

　　"要是不躲进工作里……"然而为何工作可能拯救他呢? 似
乎,卡夫卡在他自身的这种可怕的崩溃状况中——对他人,对自己
都完蛋——认识到了写作要求的重心所在。凡在他觉得自己彻底
崩溃之处,就产生这样的深度,它以那种最伟大的创造的可能性取
代了毁灭。奇妙的回转,希望总是同最深的绝望保持均衡,正如人
们所知,他从这经历中汲取了一种信任的感情,以后他从不曾对此
有怀疑。于是,工作尤其在他青年时代变成一种类似心理拯救的
手段(还不是精神手段),一种创造的努力,"这创造能一字不差地
与他的生命相联,他把创造拉到他身边以使它将他从他自身拉
开",即他以最纯真和最有力的方式用这些词所表达的东西:"今
天,我产生一种强烈的愿望:在写作中把我的不安心绪完全从我身 72
上排除,正如它来自深处,我欲把它埋入稿纸的深处,或是用文字

把它带入纸中，从而能够完完全全地把写成的东西引入我的身心。"(1911年12月8日)①不管这种希望可能变得多么渺茫，它从不曾完全破灭，在他各个时期的《日记》中都能看到这类说明："写极少一点东西带给我的坚定信念是不容置疑且美好的。昨天，散步时我环视一切的那种目光！"(1913年11月27日)写作在此刻不是一种呼喊，不是对恩赐的期待或是模糊地完成某种预言，而是某种更为简单、更为直接急迫的东西：不沉沦的希望，或是更确切地说，比他自己沉沦更快的那种希望以及在最后一刻恢复镇静的希望。因此，是一种比其他东西更为急迫的义务，这使他在1914年7月31日写下了下面这些话："我没有时间。这是总动员。K和P已应召入伍。现在我收到了孤独的回报。不管怎么说，这勉强是一种回报。孤独给我带来的只有惩罚。没关系，我很少为这种凄惨所动，我比任何时候都更坚定……我将不顾一切，不惜一切代价写作：这是我为生存下去而进行的战斗。"

前景的变化

　　然而正是战争的爆发，更由于订婚引起的危机，写作活动和写作的深化及在写作中他所遇到的困难，从总体上讲，正是他的不幸处境，逐渐地从不同的方面展现出他的作家人生。这个变化从未被肯定，也没有做出过某个决定，只不过是一种有些模糊的前景，但是还是有一些迹象的：如在1914年，他还是热切地、竭力地奔向

---

　　① 卡夫卡又说："这并不是一种艺术渴望。"——原注

这唯一的目的,找零星时间写作,有了两周休假全用在写作上,总之一切全从属于这唯一的、至高的要求:写作。然而,到了1916年,他请假却是为了投笔从戎。"急迫的职责是无条件的:当兵去",这项打算并无下文,但这无关紧要,这个中心的愿望表明卡夫卡已经远离了1914年7月31日的"我将不顾一切地写作"。不久之后,他认真地思考后要加入犹太复国主义先锋的队列,他想去巴勒斯坦。他向雅努克说过这打算:"我曾渴望去巴勒斯坦当工人或农业工人。"——"您会放弃这里的一切?"——"放弃一切,在安全和美中找到富有意义的生活。"然而,卡夫卡已经病了,梦只是一场梦,而且我们永远不会知道他是否有可能像又一个兰波那样,放弃他那热爱荒漠的独一无二的天性,在那里他可能会找到一种得到证实的生活的安全感——我们也不知道他能否在那里找到它。谈到为了以不同方式指导他的生活而进行的各种尝试时,他说这些只是失败的试验,如同在生活这个未完成的圆中央竖着尖端的辐条一般。1922年,他罗列了他的各种打算,但都失败了:钢琴、提琴、语言、日耳曼研究、反犹太复国主义、犹太复国主义、希伯来研究、园艺、木工、文学、结婚尝试、独居,他又说:"有时当我把辐条伸得比以往更远一点时,如法学研究或订婚,由于我为更前进一步而作的努力所表现出的过度,一切便都更糟。"(1922年1月13日)

倘若从这些片断中得出它所包含的绝对断言,这是不合理的,而且,尽管他自己在此忘却了,我们却不能忘了他从未中断过写作,直至生命终止他一直在写作。这位年轻人对那位他看作自己未来岳父的人说:"我什么也不是,只是文学,我无法也不愿是其他什么",十年后,这位成熟的男人把文学同他的园艺试验置于同一层次上,在二者之间,内在的不同之处相当大,即使在外面来看,写作的才干始终如一,甚至在我们看来这才干趋向于更严格更准确的目的,即给我们带来《城堡》的这个目的。

这种不同从何而来?"言",就是要把握一个极其持重的人的内在生活,这对于他的友人们来说是秘密,而且对于他本人也是难以理解的。谁也不可能试图把那些对于他来说无法达到所谓可理解的通透话语还原为准确的断言。再说,这其中得有各种意图的共同性——这却是不可能的。至少,我们不会犯外在的错误,当我们说,尽管他对艺术力量的信心往往是十足的,他对自身能力——总是受到越来越多的考验——的信心也使他的这种考验对他的要求,尤其是他自身对艺术的要求得到启迪:艺术不再是给予他本人以现实与和谐,也就是说把他从丧失理智中拯救出来,而是把他从沉沦中拯救出来,而当卡夫卡后来预感到由于被排除在这个现实世界之外,他也许已是另一世界的公民,在那个世界里,他不仅要为他自身去争斗,而且要为这另一个世界去争斗时,写作在他看来只不过是一种时而令人失望,时而极佳的斗争手段,他可以将它丢弃而不会丧失一切。

让我们来比较一下这两段记载;第一段写于1912年1月:"应当认识到,我身上具有一种有关文学活动的高度集中力。当我的机体意识到写作是我的存在最富庶的方面时,所有的一切都聚向那里,其他一切能力全被抛弃殆尽:饮食男女,哲学思索,尤其是音乐。在这些方面,我萎缩了。这是必然的,因为我的精力,即使能够聚起来也是那么微不足道,以致它只能半够着写作目的……从这一切中得到的补偿是明显的。只要舍弃伏案工作,我就可以开始我的现实生活,我的脸在这种生活中随着工作就可能自然地衰老。"轻佻的讥讽口气是肯定无疑的,而这轻佻和无忧无虑却是明显的,它通过反衬使我们看到了另一段文字的紧张度(于1914年8月6日):"鉴于对文学的看法,我的命运便十分简单明了。促使我去表现我内在的幻想生活的那种知觉把其他一切全排斥到次要地位,这其他的东西便迅速枯萎了,并不停地在枯萎。其他任何东西都永不可能使我得到满足。然而我的表现力已摆脱了各种估量;也许它已永远消失了;也许有一天它会返回;我的生活境况肯定对它不利。因此,我动摇着,不断地朝着巅峰奔去,我在那里几乎无法站住片刻。其他人也在摇晃,但他们在更低的区域里,花费更大的力气;万一他们跌倒,他们的亲人就会扶着他们,他们的亲人在他们身边朝着这目标走去。而我,却是在山巅上摇摆;可惜这不是死亡,而是死的永远的折磨。"

在此,三种行为交叉在一起了。一是断言"(除了文学),其他任何东西都永不能使我得到满足"。二是对自身的怀疑,它与根本无法确定自己天赋——它"使各种打算全破灭了"——的内在本质相联在一起。另一种是感情,这种不确定,即写作永不是一种人们拥有的能力,它属于作品中的极端的那种东西,即中心的、致命的要求,它"可惜不是死亡",它是那种保持距离的死亡,是"死的永远的折磨"。

可以这么说,这三种行为由于它们的变迁更迭,构成了一种考验,它在卡夫卡身上耗尽了对"他独一无二的天职"的忠诚,这天职与宗教的关注吻合,使他在这种唯一的要求中看到了另外的东西,另一种要求,它使这唯一的要求处于从属地位,至少要对其进行改造。卡夫卡越写作，他对写作就越没有把握。有时，他设法安慰自己，心想"一旦掌握了写作知识，就不会再失误和沉沦，而且，很少会出现超过限度的东西"。这是无力的安慰：他越是写作，就越接近这个极端的点，作品就像趋向自己的渊源一样趋向它，但是预感到它的人，只能把它视为不明确的空无的深度。"我无法继续写作。我已到了极限，也许我不得不在数年中重新面对它，之后才能重新开始一个新的故事，这故事又会写不完。这命运在追踪着我。"（1914 年 11 月 30 日）

　　尽管欲推定一个在时间上无法确定的行为所发生的年代是徒劳的，然而在 1915 年至 1916 年期间，前景的变化似乎还是发生了。卡夫卡同他的前未婚妻又恢复关系。这些关系导致在 1917 年再次订下婚约，可不久之后又因疾病而告终，这场病使他饱尝了无法消除的折磨。他越来越发现，他不会独自生活，而又无法与其他人生活在一起。在他的处境中，在他称为由官僚主义弊病、吝啬、犹豫不决和斤斤计较摆布的生活中，罪恶感时时萦绕在他脑中。无论如何，应当避开这种官僚主义，为此，他不能再依赖文学，因为这项工作抓不住，因为这项工作在不负责任的欺骗行为中有它一份，因为这项工作必须要孤独，而同时又被孤独所摧毁。由此，他做出决定："当兵去。"与此同时，《日记》中有一些对旧约的影射，让人听到了一个迷失者的呼声："把我抱在你怀里吧，这是深渊，你在深渊里接纳我吧！如果你此刻拒绝我，那就等以后。""带走我吧，带走我吧，我只是疯狂和痛苦的交织而已。""可怜我吧，在我的身心深处，我是个罪人……不要把我抛弃在迷失者中间。"

　　从前，在把这些文字译成法文时，总加上上帝一词。这词并没有在其中出现。上帝这词几乎从来不在《日记》中出现，并且从来不意味深长地出现。这并不意味着在犹豫不决中的这些祈求并无宗教色彩，而是应当为这些祈求保留这种犹豫不决的力量，而不应当剥夺卡夫卡对于那些对他来说最重要的东西所表现出来的保留态度。这些苦恼的话写于 1916 年 7 月间，这段时间正是他和 F. B 在马林巴德的时候。① 这些日子在起初并不愉快，可最终使他们变得亲密起来。一年后，他又订婚；订婚后一个月，他咯血了；9 月，他离开布拉格，但他的病还不严重，1922 年开始，疾病才变得危及生命（似乎如此）。1917 年，他写下《格言》，这是精神上的肯定（以一般形式表述，并不针对他而写）有时避开了否定性超越的唯一文字。

后来数年中，《日记》几乎完全停止。1918 年没写一句话。1919 年仅有几行，这一年他和一位年轻姑娘订了婚，我们对她几乎一无所知。1920 年，他结识了一位名叫密伦娜·耶申斯卡的捷克少妇，她敏感、聪明，并且在精神和情欲上十分放纵，他同她结合了两年，情感炽烈，起初充满着希望和幸福，后来便是苦恼。《日记》到 1921 年又变得重要起来，尤其到 1922 年，当时他的疾病正越加严重，而这段情谊将他带到了紧张的程度：他的精神似在疯狂和拯救之间摆动着。在此，要引两段长文。第一段写于 1922 年 1 月 28 日： 79

"有点头脑糊涂，滑雪累了。还有一些武器，很少用它们，我如此艰难地为自己开辟一条通向它们的路，因为我并不知道使用它

---

①　马林巴德，捷克城市，即玛丽亚温泉市。

们的乐趣,因为当我还是孩子时,我并不知道有快乐。我不知道快乐,不仅是'父亲的错',也因为我愿意毁掉'闲息',打破平衡,因此,我无权让我在一边努力埋葬的人在另一边又重生。确实,我又重回到'错误'上来,因为,我为什么愿意脱离世界?那是由于'他'不让我生活在这世界里,在他的世界里。当然,今天我无法如此清晰地进行判断,因为现在我已是另一世界的公民,这世界与往常世界的关系如同荒漠与耕地之间的关系(我在伽南地之外漂泊了整整四十年),我就像一个不相干的人那样在回顾;无疑,在这另一个世界里,我也只是最微不足道、最不安的人(我带来了这些,是父辈的遗产),如果我在那边能活,那只是由于那适合那里的机制,根据这种机制,即使是最虚弱的人,也有迅猛的提升,当然也有持续数千年的碾压,如同整个大海的分量压在身上。尽管如此,我难道不该感激不尽吗?难道我本不该找到通往这里的道路吗?难道被那边'放逐'又受这边驱逐,把我挤压死在边境的事就不可能在我身上发生吗?是否由于我父亲的力量驱逐才足够强大,以致任何东西都不能抵抗它(是它,不是我)?的确,这像是在荒漠中的反向旅行,不断地接近荒漠,怀着孩童的期望(尤其在女人方面):'我是否仍然不会留在迦南?'在此期间,我长久地留在荒漠,这只是绝望的幻觉,尤其在这些时刻中:在那边我也是众人中最低贱的人,而迦南应作为唯一的应许之地呈现出来,因为对于人,没有第三块大地。"

第二段文字写于次日:

"路上发作,傍晚,在雪地里。总是各种形象的混杂,大体是这样:在这世界里,境况会很可怕——在此,独自在斯平特莱慕勒,另外在一条无人走的道上,在黑暗中,在雪里,总是跌跤;另外一条失去方向的道路,没有人间目的(这道通往桥?为什么是那边?再说,我还不曾到过);另外,在这里,我自己被抛弃了(我不能把医生看成是个人的助手,凭我的功德,我并没有争取到,说到底,我和他只是某种酬金的关系),无法认识任何人,无法承受相识者,说到底,面对一个快乐的社会或面对父母与他们的孩子,会感到无比惊讶(在旅店里,当然,并无许多快乐,我不会说鉴于我的'巨大身影者'的身份,便成了缘由,但确实,我的身影太大,我再次感到惊讶,我看到某些人的抗拒和固执,他们'不顾一切'要生活在这身影中,就在身影之中;但在此还有一些其他要谈的事情);另外不仅在此被抛弃,而是总的来说被抛弃,甚至在'故乡'布拉格,不是被人们抛弃,这不算最坏的,只要我活着,我就能去追赶他们,而是被相对于其他人的我所抛弃,被相对其他人的我的力量所抛弃;我感激那些爱着的人,但我不能去爱,我离得太远,我被排斥了;当然,因为我还是一个人,因为我的根需要养料,在那里'在下面'(或上面)我有我的代表,有一些可悲的和不够格的演员,他们对我来说足够了(确实,他们无论以何种方式对于我来说都是不够的,因此,我被如此抛弃),他们对我来说是足够的,是鉴于这唯一的原因,即我的养料牵自其他的根,在其　种空气中,这些根同样是可悲的,但却更能生存。这把我引向各种景象的混杂。若这一切正如在路上,在雪地里出现的那样,这是可怕的,我会完蛋,这不是从威胁意义上去理解,而是立即执行。但我在别处。仅仅只是人类世界的吸引力巨大,顷刻间它就可使人们忘却一切。但我的世界的吸引力也很大,爱我的人们在爱着我,因为我被'抛弃'了,也许并非如韦斯真空,而是因为他们觉得在幸福时光中,在另一方面,我拥有我在此完全没有的那种行动自由。"

正面的体验

对这些文字作评论似是多余的。然而应当注意到如何在这时期被剥夺的世界转而成为一种正面的体验,[①]即对另一世界的体验,而他已是这另一世界的公民,在那里,他是最微不足道的,最不安的,但他也经历了迅猛的上升,他拥有人们预感到其价值并感受其威望的自由。但是,为不歪曲这样一些形象的意义,在阅读它们时,就必须脱离一般的基督教的角度(即有此生,随后有彼世,即唯一有价值的、实在和荣誉的世界),而是应从"亚伯拉罕"的角度出发,因为对卡夫卡来说,被世界驱逐,不管怎样说,就意味着从迦南被排除出来,就是在荒漠中游荡,而正是这种境况使他的斗争感动人,使他的希望变为绝望,犹如被抛弃在世界之外,他被投入无止境的迁移的谬误,他必须不停息地抗争,以使这外部变成另一个世界,以使这个谬误成为新的自由的原则和本源。这是一场无出路也无把握的抗争,在这抗争中,他必须征服的是他自己的毁灭,流亡的真理以及回归到分散之中。这场抗争,人们后来把它与犹太人深刻的思辨作对照,尤其是在被西班牙驱逐之后,宗教人士设法

---

① 写给密伦娜的一些信中也暗示了在这可怕的行动中所包含的对他来说未知的东西(参见《新法兰西杂志》,《卡夫卡和勃罗德,以及密伦娜的失败》,1954 年 10 月和 11 月)。——原注

把流亡推至极端从而战胜它。① 卡夫卡明确地在暗示"整个这种
文学"（他的文学）如同"一种新的灵魂转生"，"一种新的秘密学 　83
说"，"若在此期间犹太复国主义没有发生"，"它有可能发展起来"
（1922 年 1 月 16 日）。现在我们更明白了，他为什么既是犹太复
国主义又是反犹太复国主义。犹太复国主义是治愈流亡的良药，
肯定了尘世的日子是可能的，肯定了犹太民族不仅使《圣经》书成
为家园，而且还有土地，而不再散失在时间之中。卡夫卡深切欲求
这种和解，即使被排除在外也愿意，因为这种正义的良知的伟大之
处，始终是为其他人怀着希望胜于为自己怀着希望，并不以个人的
失意衡量众人的不幸。"这一切美妙极了，除了对于我，而这完全

---

① 　关于这问题，应读一下（G. G. Scholem）的《犹太神秘主义的重要流派》一书：
"流亡的可怖影响了灵魂转生说的那种对《旧约全书》作传统解释的说法，这转生说在
当时很得人心，它强调了灵魂流亡的不同阶段。灵魂所能遭遇到最可怕的命运，远远
比地狱的折磨更加可怕，这就是被'抛弃'或是'赤裸'，这种处境或排除转生或排除入
地狱……被完全地剥夺家乡是大逆不道的可怖象征，是道德和精神极端堕落的可怖象
征。同上帝相结合或遭到完全的放逐成了两极点，在这两极之间形成了一种机制，它
为犹太人提供这样的可能：生活在一种设法摧毁流亡力量的制度统治之下。"还有："有
一种强烈的渴望，通过加重流亡的折磨，尝够流亡的苦涩来战胜流亡……"《变形记》的
主题（以及动物性的挥之不去的想象）是一种模糊回忆，是对旧约全书作传统解释的灵
魂转生的影射，这可以由我们去想象的，即使尚不能肯定 Samsa 就是忆及 Samsara
（Kafka 和 Samsa 是有相似之处的姓氏，但卡夫卡拒绝这种比较）。卡夫卡有时肯定说
他还未出生："出生前的踌躇。假如有轮回转世的话，那么我连最底下一级台阶都还没
踏上。我的生活是出生前的踌躇。"（1922 年 1 月 24 日）让我们回忆一下，在《乡下婚礼
的准备》中，主人公拉宾戏称他愿变成一只虫（甲壳虫），这只虫可懒躺在床上，躲避共
同的烦人的义务。孤独的"外壳"便似后来在《变形记》惊人的主题中活跃起来的那形
象。——原注
　　〔Samsa，书中主人公名。
　　Samsara 指印度教、佛教中生灵生和再生的无限轮回——译者〕

在理。"然而,他不属于这个真理,因为对于他自己,他必须是一个
反犹太复国主义者,不然的话就会被立即执行处决并陷入不可宽
恕的绝望。他已属于彼岸,他的迁移并不是向着迦南靠近,而是走
向荒漠,走向荒漠的真理,从这方向越走越远,甚至由于他在这另
一世界里也失意,又受到现实世界的欢乐的诱惑("尤其是在女人
方面":这明显是在暗示密伦娜),当他设法说服自己,他也许仍然
留在迦南之时。如果对于他自己,他不是反犹太复国主义者(这样
说,当然只是一种说法而已),如果只有这个世界,那么"情况将是
可怕的",他就会立即完蛋。但是,他在"别处",如果人类社会的吸
引力相当强大,足以把他带回边境并把他挤压在那里,那么他自身
世界的吸引力也同样强大,在这个世界中,他是自由的,他怀着激
动的颤抖和与往常的谦逊形成鲜明对照的那种预言权威的口气谈
到这种自由。

　　这另一个世界与文学活动有着某种关系,这是不容置疑的,证
明就是,卡夫卡说到"新的灵魂转生"的时候,他说的正是"文学整
体"。但是这另一个世界的要求,即真实从此在他看来超过了作品
的要求,并不为作品穷尽,而只是在作品中不完美地得以完成,这
一切也同样让人预感到了。当写作成为"祈祷"的形式,是因为肯
定还有其他的形式,即使,由于这个不幸的世界之故,根本没有其
他形式,写作在前景之中不再是接近作品的方法,而成为对这唯一
的宽恕时刻的期待,卡夫卡自认为是这时刻的等待者并且在这时
刻中不应再写作。雅努克对他说:"这么说来诗歌趋向宗教?"他回
答道:"我不会这么说的,但它趋向祈祷,这是肯定的"。他把文学
和诗歌对立起来,并说:"文学尽力把事情置于美好的光线中来看;

诗歌则不得不把它们提高到真实、纯洁和延续的王国里。"这回答意味深长，它与卡夫卡的《日记》中的一段话相对应，在这段日记中，卡夫卡自问写作还能为他保留何种快乐："我尚能从《乡村医生》这样的作品中得到一种短暂的满足，条件是我还能写成某种类似的作品（极其不肯定）。但只有当我能使世界升华到纯洁、真实和经久不变时，幸福才会降临于我。"（1917 年 9 月 25 日）在此，"理想主义的"或"精神的"要求变得很坚决。正如他对雅努克所说，写作，还是写作，不仅仅为了"使要消亡的和孤立的东西升华到无限的生活，使属于偶然的东西升华到规律"。然而，问题马上又出来了：那么有可能吗？他是否确信写作不属于恶？写作的慰藉不会是一种幻想，一种应当否认的危险的幻想吗？"能安静地写作，这无疑是一种幸福：窒息是可怕的，超出一切思想。确实，超出一切思想，以致，又像是什么也不曾写过。"（1921 年 12 月 20 日）世界上最卑微的现实不是有一种最有力的作品所缺少的确实性吗？"写作缺乏独立：它依赖于烧火的女仆，依赖于炉旁取暖的猫，甚至依赖于取暖的可怜老人。所有这一切都是独立的、自有章法的行为；唯有写作是无助的，它不存在于它自身，它是取乐和绝望。"（1921 年 12 月 6 日）做鬼脸，在光亮前退却的鬼脸，"维护虚无，保障虚无，给了虚无的快乐气息"，这便是艺术。

　　然而，如果说他年轻时的信念被一种越来越严格的目光所取代，那么，在他最艰难的时刻，当他的正直也似乎受到威胁时，当他受到不相识者的几乎可感觉到的攻击时（"正像这在等候着：譬如，在去看医生的路上，在那边也经常如此"），即使是此时，他在他的工作中看到的依然不是威胁他的东西，而是能帮助他，能使他看到拯救决定的东西:"写作有一种奇怪的、神秘的,也许是危险的,也许是解脱的慰藉:从谋杀者的行列中跳出来,观察事实。观察事实,在这过程中创造出一种更高的观察方式,更高,而不是更尖锐,它越高,便越为'行列'(谋杀者)之不可及,越无依赖性,越遵循自己的运动法则,它的道路便越无法估量地、更加快乐地向上伸展。"(1922 年 1 月 27 日)在此,文学显示为那种取得解放的权力,那种排除世界压迫的力量,在这世界里,"一切事物都感到自己被卡住了喉咙",文学是从"我"走向"他"的解放过程,从对自身的观察,即卡夫卡遭受的折磨,走向一种更高的观察,它超出了致命的实在,走向另一个世界,即自由的世界。

为什么艺术存在着,却不被证实

87

为什么有这种信念? 我们可予以思考。当我们考虑到下面这些情况时答案就有了:卡夫卡属于这样一种传统,在这种传统中,凡是高尚的东西都在书——最佳的写作中表达出来,[1]在这种传统中,令人心醉神迷的体验是以字母的组合和对字母的操作为基础而展开的,在这种传统中,人们认为文字的世界,即字母的世界是真正的真福世界。[2] 写作,就是驱逐精怪,也许是把它们释放出

---

[1] 卡夫卡对雅努克说:"诗人的使命是一种预言家的使命:恰当的词引导人;不恰当的词让人着迷;圣经名为'Écriture'绝非偶然"。——原注

　　[意为写作——译者]

[2] 由此造成了卡夫卡对那些用德语写作的作家的无情谴责(这种谴责伤及他自己)。——原注

来反对我们,但是这种危险属于释放力的本质。①

　　然而,卡夫卡并非是"着迷的"精怪,他身上有一种冷峻的清醒,哈西底②庆典后他曾对勃罗德说:"说真的,这就像黑人部落里的粗陋不堪的迷信活动。"③因此,不必去纠缠某些解释,它们也许是正确的,但这些解释至少没有让我们明白,为什么卡夫卡对自己的每种行为所构成的歧途如此敏感,却依然如此虔诚地沉湎于写作这种根本的谬误。自青少年时期起,他就深受歌德和福楼拜等作家的影响,他往往把他们置于众人之上,因为他们把自己的艺术置于一切之上。卡夫卡在内心中肯定从来没有完全摆脱过这种观点,但是,若说对艺术的热爱从一开始就如此炽烈,并在如此长时间里他一直认为具有拯救性,那是因为从一开始,由于"父亲的错误",他已被遗弃在世界之外,命定要孤独,因而他无需让文学来承担这种孤独的责任,倒是应当感激文学阐明了这种孤独并使它丰富起来,朝着另一个世界敞开。

　　可以说,他与父亲的争论对于他而言是把文学体验的负面抛进了阴影。即使当他看到自己的工作会使他衰亡,即使当更为严重地发现他的工作与婚姻相对立时,他也丝毫没有得出结论认为

---

　　①　"可是,作为诗人这事情本身又怎样!成为诗人!写作这行为是天赋,一种宁静和神秘的天赋。可是代价多高?在夜里,答案以耀眼的清晰闪在我眼前:这是效劳于魔力所得的报酬。任凭阴暗势力的摆布,往常被置于边缘的巨大力量的迸发,这些不洁的拥抱以及所有其余发生在深处的事,当人们在光天化日中写故事时还知道上面有些什么……表层会保留某种痕迹吗?也许还有别种写作方法?至于我,我只知道这种方法,在那些夜里,不安的心情在瞌睡时折磨我。"(致勃罗德信)——原注

　　②　哈西底为传统犹太教中的一个神秘主义和苦行主义流派,始于12世纪。

　　③　但在此之后,卡夫卡似对这种虔诚的形式越来越关注。多拉·迪曼特出生于"一个受尊敬的哈西底犹太教家庭"。——原注

他的工作中蕴涵着一种致命的力量,宣布"驱逐"和命定在荒漠中的话语。他并不作这样的结论,因为从一开始,对于他来说,世界就已丧失了,现实的实存就已失去,或是说这种实存从来不曾给予过他,而当他又谈到他的流亡,谈到他不可能从中摆脱时,他后来说:"我感到自己根本不曾来到过人世间,而是当我还是孩童时,就感到自己被推向地狱,然后用锁链囚在里面。"(1922年1月24日)艺术从不曾给他带来这种不幸,甚至当过帮凶,相反,艺术启迪了他,艺术是"不幸意识",是他的新领域。

艺术首先是不幸意识,而不是他的补偿。卡夫卡的严谨,对作品实存的忠诚,对不幸的要求的忠诚使他免于进入虚构假想的天堂,有多少对生活失望的软弱的艺术家在这个天堂里自鸣得意。艺术的目的不是梦想,也不是"构造"。而且艺术也不是描绘真实:真实无需被认识,也无需被描述,真实甚至无法认识自己,同样尘世的拯救要求得以完成,而不是加以询问和想象。在这意义上讲,并无艺术的位置:严格的一元论排除各种偶像。然而还是从这意义上讲,尽管艺术在总体上未得到证实,它至少对卡夫卡个人来说是得到了证实,因为艺术正如卡夫卡那样,与世界"以外"的东西连在一起,艺术表达了无内在、无闲息的这个外部的深度,表达了当我们不再拥有可能性关系——即使在我们有生之年,即使在我们去世之后——时所突现的东西。艺术是"这种不幸"的意识。艺术描述了这样的人的处境:他自己已经失落,他不再能说"我",他在同样的运动中失去了世界,世界的真实,他属于流亡,属于这苦恼的时间,在这时间里,正如荷尔德林所说,诸神已不再存在,并且也不曾存在。这并不意味着艺术肯定另一个世界,倘若

艺术的渊源确实不在另一个世界里,而是在整个世界的另一部分 90
(正是在这方面,我们看到——更多是在体现他的宗教体验的随笔
里而不是在他的创作中——卡夫卡完成或准备完成艺术并没允准
的飞跃)。①

　　卡夫卡的游移不定哀婉动人。有时,他似乎竭尽一切努力为
自己在具有巨大吸引力的人间居留度日。他设法订立婚约,从事
园艺活动,干些体力劳动,他想着巴勒斯坦,他为自己在布拉格购
置住宅,以克服孤独,不仅如此,还为取得一个成熟的富有活力的
男子的独立。在这方面,与他父亲的争论仍是根本的,《日记》中所
有一切新的记载都证实了这一点,表明卡夫卡丝毫没有隐瞒精神
分析有可能揭示的东西。他对自己家庭的依附不仅使他变得软
弱,不尽有生育能力男子的职责(如他自己所说),而且这种依附性
使他感到厌恶,各种形式的依附对于他来说都难以忍受——首先,
婚姻使他厌恶地想到父母的婚姻,②他欲从家庭生活中解脱出来,
然而他又想投身进去,因为这便是守法规,这便是真实,是父亲的 91

---

　　① 卡夫卡并非没有揭示在这两个截然不同的世界中所包含的诱惑人的东西和诱
人的便利:"通常,(这两个世界的)划分在我看来似乎太分明,分明中透着危险,忧伤和
过分的主宰。"(1922 年 1 月 30 日)——原注

　　② 至少,在此应引他写给未婚妻的信中的那部分,在信中,他极其明晰地详述了
他与家庭的关系:"可我是我父母所生,我和他们,和我的姐妹是血缘相联的;在日常生
活中,由于专心专志于自己的目标,我并没感觉到这一点,但实质上,这对于我来说其
价值超出了我所理解的范畴。有时候,我也会出于仇恨而追逐这些,看到夫妇的床,床
上用的单子,平整展放着的睡衣,这一切让我想吐,把我的内脏都勾出来;这就像是我
并未最终地降生,就像我是在这个阴暗的房间的阴暗的生活之外来到人间的,就像我
始终要在其中重新寻找对自己的确认,就像至少在某种程度上我和这些让人厌恶的东
西铸成一体,这一些还绊住了我欲奔跑的双脚,双脚还陷进了原初的不成形的浆糊。"
(1916 年 10 月 18 日)——原注

真实,它吸引他,一如他拒绝它,以致"实际上,我站立在我的家庭面前,我不停地在它的圈内舞动刀子想伤害它,但同时又为了维护它。""这是一方面。"

但另一方面,他看到了更多——无疑是疾病帮他看到的。他是属于彼岸的,他被放逐,就不该跟这放逐要花招,也不该像一个被碾压在他的边境的人那样,被动地朝向他觉得自己被从中排除的那个实在,而且他甚至从未在这种实在中逗留过,因为他尚未降生。这个新的前景也可能仅仅是绝对绝望的前景,是虚无主义的前景,这很容易归于他。苦恼是他的一个组成部分,怎么能否认这一点?这是他的逗留地,是他的"时间"。但这苦恼从来不是无望的;这希望往往只是苦恼的折磨,并非是给人以希望,而是阻碍人们从绝望中获得满足的东西,是造成"注定要完结的人,他也注定要自卫到底"的东西,也许此时他大有希望把这判决颠倒为解放。在这新的前景中,即苦恼的前景中,根本的是不要转向迦南。迁移的目的地是荒漠,接近荒漠,它现在是真正的希望之乡。"你要我带领去那里?"是的,正是那里。但是,那里,又是何方? 那里从来就看不见,荒漠比世界更不安全,从来就只是接近荒漠,而在这谬误的土地上,人们从来不在"此地",而总是"远离此地"。然而,在这地方,缺乏成为真正居留地的条件,在那里,必须生活在不可理解的分离中,生活在那种人们在某种程度上像从自身中被排斥的那种排斥中,在这块谬误之地——因为在那里人们除了无止境的流浪①之外什么也不做——有着一种紧张,那种流浪的可能性,直

① 动词 errer 用作书面语时有"弄错、远离真理"之意,与 erreur(谬误)是同根词。

至谬误的尽头，接近谬误的终端的可能性，在对无路可达的目的的确信中改变所谓的无目的进程。

超出真实的行为：土地丈量员

我们知道，土地丈量员的经历向我们展示了这种行为的最动人的形象。从一开始，这位不屈的顽强的英雄在我们面前便被描写成永远地放弃了他的世界、他的故乡以及由女人和孩子组成的生活。从一开始，他便无法获得拯救，他属于流亡——这地方，他不仅不在自己家园中，而且他在自身之外，就在外部之中，是一处被完全地剥夺了内在的地方，这地方有生命的东西似乎不在场，所有一切以为可把握住的东西都避开。这行为的具有悲剧色彩的艰难处是在这个排斥的和彻底分离的世界中，从在其中逗留时起，一切便是虚假和不真实的，从依赖它时起，一切全靠不住，然而，这种不在场的实质始终被重新当作一种无可置疑的、绝对的在场，而"绝对"这词在此恰如其分，它意味着分离，仿佛经过最严格考验的分离能在分离的绝对、绝对的绝对中颠倒似的。

应当作进一步说明：卡夫卡，这位正义之士丝毫不为全有或全无这两难推理所动（可是他比任何人都更彻底地对此作过设想），让人预感到在这种超出真实的行为中有某些规则，也许是矛盾的和站不住脚的，但还是有某种可能性。首要的规则产生在谬误本身：应当流浪而不是像《诉讼》中的约瑟夫·K 那样疏忽大意，他设想事情将会永远地继续下去，而他依然在这世界之中，而实际上从第一句话起，他已经被逐出世界了。约瑟夫的错误，正如卡夫卡在写该书时自责的那种错误一样,是想在这世界本身当中赢得诉讼,他认为自己是属于这世界的,但在这世界中,他冷冰和空虚的内心,他的单身汉生活,他对家庭的冷漠——卡夫卡在自身发现了所有这些性格特征——已经使他无法站住脚。自然,他那种无忧无虑在渐渐消失,但这是诉讼的成果,同样,使被告变得光彩夺目的那种美,那种使他们在女人眼里变得优雅的美,是他们自身解体和死亡在他们身心中逼近的反射,就像一种更为真实的光芒。

诉讼——放逐——或许是一种很大的不幸,这也许是一种不可理解的非正义或一种毫不容情的惩罚,但这也是——仅在某种程度上是真实的,这正是主人公的辩词,是他自己落入陷阱——一种素材,在空洞的言辞中引用某种更高的正义以此拒绝这种素材是不足取的,相反,应当设法利用这种更高的正义,采用卡夫卡早已采用的尺度:"应当将自己限定在自己尚拥有的东西内。""诉讼"至少有这种好处:能使 K 认识到他的实际状况,驱除幻想和骗人的慰藉,由于他有一份不错的工作和一些无足轻重的乐趣,这些骗人的慰藉让他相信他的实存,他的作为世上人的实存。但是诉讼并不因此就是真实,相反这是一种谬误的过程,正如一切与外表、与这些黑暗的"外面"联在一起的东西那样,人们被用暴力抛弃到那里,在这过程中,尚剩一丝希望,它是留给前行的人,而不是留给作毫无意义的反对并逆潮流而动的人,而是顺着谬误的方向走去。

根本的错误

土地丈量员几乎完全摆脱了约瑟夫·K 的缺陷。他不设法回故土：在迦南失落的生活；在此世中被抹去的真实；他在极短暂的动情时刻忆及这些事也是绝无仅有的。他并不更加漫不经心，而是始终在运动中永不停止，几乎不灰心，在不懈的运动中从失败走向失败。是的，他固执地不动摇地朝着极端的错误方向走去，蔑视还有某种实在的村落，欲求也许根本子虚乌有的城堡，离开有着几分活力光泽的弗莱达，转向阿美莉的姐妹奥尔加——这个双重的被抛弃者，更有甚者，她是自愿地决定成为这样的人。一切该朝着最好的方向发展。可是并非如此，因为土地丈量员不断犯下卡夫卡视为最严重的错误，即不耐心的错误。① 在谬误中缺乏耐心是根本的错误，因为它不承认谬误的真实本身，谬误强制人们——当作法则——永不相信目的在近处，也不相信人们在接近目的：永不应当同不确定了结；永不应当把不可穷尽的不在场的深度理解为即时，理解为已在场。

当然，这是不可避免的，而这样一种追求的令人懊恼的性质就在于此。缺乏耐心者就是漫不经心。投身谬误的不安的人便失去了耗磨时光的无忧无虑。K 刚到达时，对被逐的考验尚一无所知，便立即上路以马上到达终点。他忽略了中间阶段，当然这是一种优点，是向着绝对的张力，但这充分体现了他的差错，把中间阶段误认为终点。

当人们以为在官僚的幻影中认识到上层社会的实际象征时，

---

① “人有两条致命罪过，其他罪过均由此而起：缺乏耐心和漫不经心。由于缺乏耐心，他们被逐出天堂；由于漫不经心，他们无法回去。也许只有一条主罪：缺乏耐心。由于缺乏耐心他们被驱逐，由于缺乏耐心他们回不去。”（《箴言》）——原注

其错误程度完全等同于土地丈量员。这种形象的体现与缺乏耐心是相符的，是谬误的可感形式，对于缺乏耐心者来说，不良的无限，其无情的力量通过这种形式在不断地取代绝对。K 在达到目的之前总想达到目的。这种想过早实现目标的要求是形象体现的原则，它产生形象，或者可说是偶像，而随之而来的厄运就是与崇拜偶像相伴的厄运。人欲立即求得一致，在分离之中就欲取得一致，人想象着一致，这种设想，即一致的形象，立即又成为分散的因素，人在其中越来越迷茫，因为，形象之所以是形象，它是永不可及的，另外，形象向人遮挡住了一致，而形象正是一致的形象，形象使人与一致分离，它同时使自己、使一致成为不可接近的。

克莱恩并非是不可见的；土地丈量员想见他，就见到了他。城堡，这个至高无上的目的并非超出目光所及。城堡作为一种形象，始终受他支配。自然，这些形象细看时会令人失望，城堡只是一堆破旧的农舍，克莱恩，这个大个子笨重的男人面对着一张桌子坐在那里。极平常和丑陋。这也正是土地丈量员的运气，这就是真实，即这些形象的骗人的诚实：它们自身并无魅力，它们并不拥有任何可以说明人们对它们着迷的东西，这些形象告知人们它们并不是真正的目的。但与此同时，在这种无价值之中另一种真实被忘却了：这些形象毕竟是这个目的的形象，它们参与了这个目的的光辉和它的不可言喻的价值，不专心致力于这些形象，就是背离了根本。

我们可以把这种境况归纳为：正是缺乏耐心使这目的不可及，它用临近的中间形象取代了目的。正是缺乏耐心使接近目的半途而废，它阻止人们在中间阶段看到即刻的形象。

在此，我们仅限于这些迹象。官僚的幻影，这种无所作为的忙 97
碌——正是官僚的特征，这些成双的人，其中有执行者、守门人、助
理、信使，他们总是成对而行，像是表示他们一个人是另一个人的
映象，是一个看不见的整体的映象，整个这条变化的链，这种距离
上的有条不紊的增长，这段距离从来没有定为是无限的，而是必然
地、不确定地加深着，因为目的在变成障碍，而且障碍又变成通往
目的中间地段，整个这种强烈的形象并不体现上层社会的真实，甚
至也不体现它的透明度，而更多地显示出形象体现的幸与不幸，这
种要求的幸与不幸，正由于这种要求，流亡的人不得不把谬误变成
真实的手段，把不断欺骗他的东西变成把握住无限的那种最终可
能性。

作品的空间

卡夫卡曾在何种程度上意识到这种做法与作品趋向于自身渊
源的运动的相似呢？——在作品渊源这个中心里，作品只可能完
成自我，作品在寻求这个中心时得以实现自我，而这个中心一旦达
到，它就会使作品成为不可能的。卡夫卡又是在何种程度上使他
的主人公所经受的考验，更接近了他本人通过艺术试图为己开辟
一条通往作品的道路，又通过作品走向某种真实的事情所采用的
那种方式呢？他是否常忆及歌德的这句话："艺术家正是通过假设
不可能来取得整个可能的"？至少，这个事实是显而易见的：他在
K 身上惩处的错误也就是艺术家在他自己身上自责的错误。缺 98
乏耐心就是这错误。正是缺乏耐心欲将故事迅速推向终了，而此

时,故事尚未在各方向上展开,尚未穷尽在自身的时间的节拍,尚未把不确定提高到真正的完全,在这种完全中,每种不真实的行为,每个局部虚假的形象,将可能转变为不可动摇的信念。这是不可能实现的使命,这项使命若彻底实现,将会毁掉这个使命追求的这个真实本身,正如,若作品触及作为本源的这一点,作品就会毁灭。有许多理由阻止卡夫卡结束他的几乎任何一个"故事",当他刚刚开始其中一个故事时,就使他放下这故事,以试图在另一个故事中使自身平静下来。他说,他往往在他的作品显现成形和告终之时经历着他的作品的流亡艺术家所遭受的磨难。他也说,有几次他中断了故事,担心如果不中断的话,就无法重返尘世,但他并不能肯定这种忧虑在他身上曾经是最强烈的。他经常半途而废,因为任何结局本身都包含着他无权接受的最终真实的那种幸福,而他的存在与这最终的真实尚不相符,这个理由看来也起过很大作用,但所有这一切行为都重新回到这一点:卡夫卡也许在不知不觉中深切感到,写作即投身永不停歇,由于忧虑,那种对缺乏耐心的忧虑,即对写作要求的一丝不苟的关注,他往往拒绝这种唯一能实现终了的跳跃,即这种无牵挂的、顺利的信心,有了这种信心,永无止境才(暂时地)有个终了。

99　　人们十分不确切地称为他的现实主义的东西表露出了这种本能的追求,以制止在他身心中的缺乏耐心。卡夫卡经常表示,他是一个迅捷的天才,能用几笔点出要害。然而,他越来越要求自己细致再细致,缓慢地接近,详尽而准确(甚至在描述他自己的梦幻中),若无这些,从实在中逐出的人便注定会很快地坠入云雾和近于异想天开。在这种丧失的奇异和不安全中,越是在外部遭损害,就越应当求助于严谨,求助于一丝不苟和准确的精神,通过形象的多样性,通过形象的确定的、不显眼的外表和形象的用强力加以保持的连贯性,做到对不在场的在场。某位属于实在的人无需众多的细节,这些细节,我们知道,也根本不符合现实形象的外观。但是,属于无限和遥远的深度,属于过度的不幸的人,不错,这样的人是命定要超出度量的,并且命定要去寻求一种无缺憾、无差错、无不协调的连贯性。"命定"一词十分正确,因为当人们赖以自制的东西不复存在,耐心、准确和冷静的控制就是避免沉沦的不可少的品质,耐心、准确和冷静的控制也是缺点,因为在化解和无限定地淡化困难时,它们也许会延缓沉沦,但是肯定也延缓了解脱,并不断地把无限转变为不确定,正如度量在作品中阻止着无限性,使其永远无法完成。

艺术与偶像崇拜

"你不会给自己制造被打磨过的形象,也不会制造任何上方苍天或地上人间或地下水中的景象。"卡夫卡的友人费利克斯·威尔希很清楚地谈到了卡夫卡与缺乏耐心所作的斗争,他认为卡夫卡对全经的戒律是认真对待的。若确实如此,我们可以设想这样一个人,在他身上重压着这种根本性的禁令,他不得已被逐出形象之外,否则就会死,他突然间发现自己在想象中流亡,除了形象和形象的空间之外居无定所,也无衣食。因此,他不得不经历自己的死亡,在绝望中并为躲避这种绝望——立即执行——被迫为自己把对自己的判决变成唯一获得拯救的道路。卡夫卡曾有意识地做这样的人吗？我们不能这么说。有时，我们会有这样的感觉，这种根本性的禁令，他越是想回忆起来（因为不管怎么说，它已被遗忘），就越会设法忆及潜藏在这种禁令中的宗教意义，而这一切做得越来越严谨，在他身上，在他周围造成空无，目的在于不会产生偶像，作为抵偿，他就越想打算忘却这个禁令也应适用于他的艺术。由此产生出一种极不稳定的平衡。在他那种不合理的孤独中，这种平衡使他能忠诚于越来越严格的精神一元论，但同时他沉醉于某种艺术的偶像崇拜，然后这平衡促使他以谴责文学实在的极严格的苦行（不完成作品，厌恶发表作品，拒不认为自己是作家，等等），来净化这种偶像崇拜，此外，这种苦行，更为严重的是欲使他的艺术从属于他的精神条件。艺术不是宗教，"艺术甚至并不导致宗教"，但是，在我们这样的苦恼时代，即无神的时代，不在场和流亡的时代，艺术得到了论证：它是这苦恼的内心，是通过形象来表现想象物谬误的那种努力，严格地说表现不可把握的、被遗忘和隐蔽在这种谬误后面的真实。

在卡夫卡作品中，首先有一种以文学要求替换宗教要求的趋向，然后，尤其在后期，一种以他的宗教体验替换他的文学体验的倾向，以相当模糊的方式把它们混淆起来，从信念的荒漠走向对不再是荒漠的那个世界的信念，但这是另一个世界，在那里他会得到自由，这便是他的日记使我们预感到的东西。"我现在是否居住在另一世界里？我敢这么说吗？"（1922年1月30日）在我们所引的那个篇章中，卡夫卡指出，他认为人除了这选择之外别无其他选择：或在迦南那边寻找应许之地，或从荒漠这另一世界的那一边去探寻，"因为对人来说并无第三个地方"。确实如此，并无第三个地方,但是也许应该再多说一点,也许应该说,艺术家,即卡夫卡愿意成为的那种人,关注着自己的艺术并寻求艺术的本源,"诗人"正是这样的人,对于他来说甚至连一个世界也不存在,因为对于他只有外部,只有永恒外部的流淌。

第四部分

作品与死亡的空间

第一章　可能的死亡

体验这词

作品把献身于它的人引向它经受自身不可能性考验之处。在这方面，作品是一种体验，但这个词又意味着什么呢？在《马尔特·劳利茨·布里格记事》中，里尔克说："诗句并不是感情，诗句是体验。要写一句诗，就必须游历许多城市，见过许多人和事……"里尔克却不愿说诗是丰富的、可能经历和曾经经历过的个性的表达。回忆是必要的，却是为了被忘却，目的在于在这遗忘中，在深刻变化的沉默中，最终产生一个词，即诗句的第一词。体验在此便意味着：与存在的接触，对这种接触自身的更新，即一种检验，却依然是不确定的检验。

瓦莱里在一封信中写道："真正的画家，整个一生都在寻求绘画；真正的诗人，整个一生都在寻求诗歌，等等。因为这完全不是一些确定的活动。在确定的活动中，必须创造需要、目的、手段，直至障碍……"当他这样说时，是在暗示另一种体验形式。诗歌并不是作为一种诗人有可能接近的真实和信念而被给予诗人的；诗人并不知道自己是诗人，而且诗人也不知诗歌是什么，甚至不知诗歌

是否存在；诗歌依赖于诗人，依赖于诗人的寻求，但这种依赖并不
使诗人成为他所寻求之物的主人，反而使他对自身并无把握，好像
不存在一样。每个作品，作品的每个环节对一切提出质疑，而只应
依靠作品的人，便靠不着任何的东西。不管他做什么，作品会把他
从所做的事中拉出来，把他从他所能做的事中拉出来。

看来这些观点只注重作品中的技巧活动。这些看法认为，艺
术是艰难的，而艺术家在这种艺术活动中经历着不确定。瓦莱里
怀着近于天真的忧心，要使诗歌避免那些无法解决的问题，他想方
设法使诗歌成为一种要求严格的活动，尤其因为诗歌的秘密更少，
诗歌能较少地隐蔽到自身深度的模糊中去。在他看来，诗歌是一
种俗套，它羡慕数学，似乎只求时刻用功和专注即可。于是，艺
术——这项奇特的活动应创造一切：需要、目的和手段——似乎尤
其为自己创造了妨碍它的东西，为自己创造了使它变得极其艰难
的东西，同样也是对有生命之物，首先是对作为艺术家这活人来说
无用的东西。这活动甚至算不上是一种游戏，倘若它具有游戏的
纯真和虚荣的话。然而，会有这样的时刻，这活动具备了最必要的
外观：诗歌只是一种练习，但这练习是精神，是精神的纯洁性，是纯
净之处——意识，这种可用以交换一切的空无的能力，在那里成了
实际的能力，并在严格的范围内包藏着它的各种结合的无限性和
它的运作的广阔性。现在，艺术有了目的，这目的就是对精神的掌
握，瓦莱里认为，他的诗对于他来说别无其他意义，只是告诉他这
些诗是怎样造成的，精神的作品是怎样造成的。艺术具有一种目
的，艺术就是这目的本身，艺术并非是运作精神的一般手段，艺术
是精神，精神若不是作品就一无所是，但作品又是什么？是这种特

别时刻,在这一刻,可能性变成能力,此刻,法则和只富有不确定物的空洞形式,即精神,变成对某种已实现的形式的确信,并成为这种实体,即形式,变成这个美的形式,即美的实体。作品即精神,而精神在作品中是从最高度的不确定性向完全的被确定物的过渡。这种独一无二的过渡仅仅在作品中才是真实的,而作品从来就不是实在的,从来就不是完成的,因为它只是精神所具有的无限之物的实现,精神在这实现中只是重新看到了无限地自我认识和自我展现的机会。这样,我们回到了出发点。

　　这种步骤和使它周而复始的那种严格的约束类型,表明我们无法将它传给艺术体验:艺术的体验已沦为纯形式的追求,把形式①变成那种模棱两可的,一切都从那里经过的地方,经过那里,一切都变得隐晦,一种毫无妥协可言的隐晦,因为艺术的体验要求人们不做并且也不成为任何它不曾将其吸引的事。"真正的画家,整个一生都在寻求绘画;真正的诗人,整个一生都在寻求诗歌。"整个一生(Toute sa vie),这是三个要求严格的词。这并不意味着画家以他的生命在作画,在他的生命中寻求绘画,但这也不意味着生命未受触动,当生命成为对某种活动的全部追求之时,而这种追求却对其目标,对其手段并无把握,它有信心的只是这种不确信和它

108

---

　　① 瓦莱里的奇特在于他赋予作品精神这词,而这个词正如他含糊地把它设想为形式那样。形式,有时它具有空洞的能力的含义,即那种替代能力,它先于无穷尽的可实现的事物并使其成为可能的,有时它具有某种已经实现的形式的可塑的和具体的实在。在前一种情况中,主宰形式的是精神,在后一种情况中,是实体成为精神的形式和力量。诗歌,即创造,便是这两者的模棱两可之处。精神,它只是一种纯粹的运作并且具有一无所成的倾向,即无限定的空洞的运动,尽管它让人钦佩。但是,已经并永远造就成的实体,即形式和这美丽实体的实在,它似乎对"意义"和对精神无动于衷:在作为实体的话语里,在话语的形体里,它只求某种已完成物的完美。——原注

所要求的绝对激情。

至此，我们有两个答案。诗是体验，这些体验与某种富有活力的接近方法相关联，与某种在生活的劳作中，在严肃中完成的行为相关联。要写出一句诗，必须穷尽生命。另一个答案是：要写作一句话，必须穷尽艺术，必须在艺术追求中穷尽生命。这两个答案都具有同样的看法，即艺术是体验，因为艺术是一种追求，而追求，不是不确定的，它是被不确定所确定的，并且这种追求贯穿着生命的全部，即使它看起来无视生命。

另一种答案是安德烈·纪德的："我曾经在《恋爱企图》①中指出书对写书人的影响，尤其在这写作期间的影响。因为，当书本在我们手上完成时，它在改变我们，修改着我们生活的进程②……"这个答案却更为局限。写作改变着我们。我们并非按照我们之所是来写作；我们按照我们写作什么而存在。但已写出的东西从何处而来？还是从我们中来？抑或通过唯一的文学手段，从揭示自身和肯定自身的我们自己的某种可能性中来？一切工作都在改变我们，由我们完成的每项行动都作用于我们的行动：写书这种行为会更深刻地改变我们吗？这行为中所包含的劳作、耐心和关注的东西，还是这行为本身吗？难道不是一种更为本源的要求，一种也

---

① 该文发表于 1892 年，1899 年再版时加副标题《论徒劳无益的欲望》。

② 30 年后，纪德对这观点又有修改，他详述道："我觉得，我的每一部书根本不是某种新的心绪的产物，而是与此完全相反的原因，也就是这种心灵和精神状况的原初的挑动，我必须保持在这心灵和精神状况中以从事写作。我想以更简洁的方式说明这一点：书，一旦构思完成，就拥有着全部的我，而对于书来说，一切在我身心中，直至我灵魂深处谱写成章。除了与这作品相适宜的品格，别无其他品格可言……"（《日记》，1922 年 7 月）——原注

许是通过作品得以完成的事前的变化吗？作品将我们引向这种变化，但鉴于某种根本的矛盾，这种变化不仅是在作品完成之前，而且还回溯到无任何东西能完成之处。"除了与这作品相适宜的品格，我别无其他品格可言。"但是适宜于作品的那种东西，也许就是："我"无品格。克莱芒斯·布伦塔诺①在小说《哥德维》中谈到了作品中产生的"自身的消亡"。这里说的也许是一种更为根本的变化，这种变化并不在于新的心灵和精神状况，它甚至不满足于离开我，不满足于"消灭"我，它也不与某本书的特殊内容相关联，而是与作品的基本要求相关联。

满意的死亡

卡夫卡在一篇日记中发表了引人深思的看法："回家途中，我对马克斯说，躺在床上死去我会感到心满意足，只要不太痛苦。我当时忘了说，而后来又故意不再提起，我写的最佳的作品正是以这种能够心满意足地死去的能力为基础的。在所有那些写得好的、极有说服力的段落中，总是写到某人的死亡，这个人死得很痛苦，承受不公正的对待；至少依我看来，这对读者是有感染力的。但我认为，躺在我死亡的床上我能感到满足，这类描写暗中是种游戏，我甚至很愿意作为这样的弥留者死去，所以有意识地利用读者集中在死亡上的注意力，我比那些我估计会在待死的床上叫苦的人

①　克莱芒斯·布伦塔诺(Clemens Brentano，1778—1842)，德国浪漫派诗人、小说家，作品《哥德维》又名《母亲的塑像》。

清醒得多,而我的倾诉是尽可能完美的,也不像真的倾诉那样会突然中断,而是顺应纯美地发展……"这段思考写于 1914 年 12 月。不能肯定,这段文字所表达的观点卡夫卡在后来还有可能接受;再说,它正是卡夫卡避而不谈的内容,好像他预感到了它不适宜的一面。然而,正由于它的那种具有挑动性的轻率,它才具有披露性。整个段落可以归纳如下:只有在死亡面前仍能控制自己,只有与死亡建立起至高无上的关系时,才有可能从事写作。若死亡是人们面对它便会失去常态,便无法控制的东西,那么死亡就会使文字从笔下溜走,使话语中断;作家不再写作,他在喊叫,这是一种笨拙的、模糊的喊声,是无人去听或感动不了任何人的喊声。在此,卡夫卡深深感到艺术是对死亡的感受。为什么是死亡呢?因为死亡是极端。谁把握住死亡,谁就能高度地把握自己,就会与艺术所能及的一切相联,就是具有全面的能力。艺术就是对最崇高时刻的掌握,是一种最高的掌握。

111　　　"我写的最佳的作品正是以这种能够心满意足地死去的能力为基础的",这句话尽管具有某种因简洁而吸引人的一面,仍然难以接受。这种能力又是什么?是什么东西赋予卡夫卡这种自信?他已充分地接近死亡以得知他将如何面对它吗?他似乎在暗示,在他的作品中,在那些"精彩片段"中,某人在死去,死于某种非正义,而他自己本身处于垂死状态。因此,这是某种以写作为幌子的接近死亡的方法吗?然而,文章并没有准确地说出这些,它或许表明在作品中发生的不幸死亡和在死亡中取乐的作家之间的某种亲密关系;它排除了允许做出客观描写的冷静和保持距离的那种关系;一位叙事者,倘若他了解感染艺术的话,就能以动人的方式讲述与他无关的动人事件；在这种情况下，这就是修辞学的问题和求助于修辞学的权利的问题了。但是，卡夫卡说的是另一种掌握，他宣称的谋算更为深刻。是的，应当作为弥留者死去，真实性要求这一点，但是应当有能力满足于死亡，有能力在最高度的不满足中找到最高度的满足，有能力在死亡的瞬间保持来自于这样一种平衡的清醒目光。满足在此时就很近似黑格尔式的睿智，倘若说这种睿智在于使满足和自我意识相会，在于在极端的否定性中，在已成为可能性的死亡中找到劳作和时间——绝对积极的节拍的话。

　　无论如何，卡夫卡在此并没有直接置身于如此雄心勃勃的前景。无论如何，当他把他的良好写作能力与满意地死亡的能力联系起来时，并不影射一种与一般意义上的死亡有关的观念，而是在暗示他自己的切身体验；正是因为这种或那种原因，他躺在待死的床上并无心绪不宁，他才能把并不惶惶不安的目光投向他的主人公，才能在一种明彻的亲密中与他们的死亡结合。他所想的是他的哪些作品？肯定是《在流刑营中》这个短篇，数日前，他曾向友人们朗读了这篇小说，朗读给他增添了勇气；于是他写了《诉讼》及好几部未竟的作品，在这些作品中死亡并不是他的直接的视野。我们还应该想到《变形记》和《判决》。重提这些作品是为了说明卡夫卡并不想对死亡场景作现实主义的描写。在所有这些小说中，死亡者都在寥寥数语中迅速、宁静地死去。这就肯定了这种思想：不仅是当他们死去时，而且显然在他们活着时，卡夫卡的主人公们是在死亡的空间中完成他们的行为，他们是属于"死去"的不定的时间。他们尝试着这种古怪，而卡夫卡也在他们身上经受着考验。但他似乎觉得，只有当他以某种方式事先与这种考验的极端时刻

112

相配合,当他与死亡置于平等地位时,他才可能好好经受这考验并从中获取叙事和作品。

在他的这番思考中,使我们感到抵触的东西,是他的思考似乎允许艺术弄虚作假。为什么把他本人觉得可以满意地接受的东西,描写成某种非正义事件?为什么他让死亡在我们眼里变得很可怕,而他却心满意足?这使文章有一种残忍的轻率。也许,凡是既无援助也无控制之处,艺术要求和死亡玩一把,也许艺术在引入一种游戏,引入一点游戏。在游戏中,既无求助也无控制,但这游戏又意味着什么呢?"艺术围绕着真实飞翔,却绝不在其中自焚。"在此,艺术在死亡周围飞翔,并在其中自焚,却使灼伤变得敏感,而它成了燃烧之物和冷峻地、骗人地感动人的东西。从这个角度就足以指责艺术。然而,要公正地对待卡夫卡的看法,还应当以不同的方式去理解他的看法。在他看来,满意地死去就其本身并非是一种好的态度,因为这种态度首先表明的正是对生活的不满意,是从幸福的生活中被排除,而这种幸福首先应当是渴望和热爱的。"能够心满意足死去的能力"意味着与正常世界的关系已经断裂:在某种意义上,卡夫卡已死去,这些被赋予他,如同曾被赋予他的流亡,而这天赋是与写作的天赋连在一起的。当然,从正常的可能性中被逐出,并不会造成对极端的可能性的掌握;被剥夺生命并不会确保拥有幸福的死亡,只是以否定的方式使死亡变得令人满意(为与令人不满意的生活做个了断而感满意)。卡夫卡的看法的不足和肤浅之处由此而来。然而确切地说,在这同一年里,卡夫卡曾两次在日记里写道:"我远离人群不是为了生活在平静中,而是为了能够在平静中死去。"这种远离,这种对孤独的苛求是由他的工作强加给他的。"要是不躲进工作里,我就完了。我是否如实地清楚这一点呢? 我避开人群并不是因为我想平静地生活,而是因为我想平静地死去。"这项工作,就是写作。他脱离人们是为了写作,而他写作是为了在平静中死去。现在,死亡,满意的死亡是艺术的报酬,它是写作的目标和证实。写作是为了平静地死去。是的,但是如何写作? 什么东西允许写作? 答案我们是知道的:如果能够满意地死去,才能写作。这个矛盾又使我们回到了深刻的体验。

圆　　圈

　　每当思想触到圆圈,都是因为它触到了它以此为起点的某种原初物,而且思想只有回到这里才有可能超过它。若我们抹去"平静地"、"心满意足"这些词,以改变对这些说法的看法,那么我们也许会接近这种原初的运动。作家于是成了为能够死亡而写作的人,并且是以与死亡有着超前关系来掌握写作权的人。矛盾存在着,但它以不同的方式得以阐明。正如诗人仅仅面对诗并且似乎在有了诗之后才存在,尽管必然是先有诗人才会有诗。同样,我们可以预感到,如果卡夫卡通过他写的作品走向那种死亡的能力,那就意味着作品本身是一种死亡的体验,而卡夫卡似乎差一点就事先拥有这种体验以完成作品,而且又通过作品实现死亡。但是,我们同样可以预感到,在作品中那接近方法、空间和运用死亡的运动,并不完全和把作家引向死亡可能性的运动相同。我们甚至可以设想,艺术家与作品之间如此奇特的关系——这些关系使作品依存于那个只有在作品内才可能生存的人——这样一种不正常源

115　于这个搅乱了时间形式的体验,而且更深刻地来自于它的模棱两可和两面性,对此,卡夫卡极简洁地以我们下面引用的这句表达出来:写作为了能够死亡——死亡为了能够写作,这些话把我们封闭在它们周而复始的要求中,迫使我们从我们欲求得的东西出发,迫使我们只寻找出发点,并把这个出发点变成只有在远离它的情况下才能接近的某种东西,这些话却也允诺了这种希望:在宣告永无止境之处,就有抓住并使终极出现的希望。

　　当然,卡夫卡的这些话可能表达某种似乎是他独有的阴郁观点。这些话与关于艺术和艺术作品的流行看法发生碰撞,安德烈·纪德继他人之后也曾重提这些看法:"有各种原因促使我写作,最主要的原因,我认为,也是最秘不可宣的。其中之一可能尤其突出:使某种东西避开死亡。"(《日记》,1922 年 7 月 27 日)写作为了能不死,把自己托付给作品的延续,在此,正是这一点把艺术家与他的任务联结起来。天才对抗死亡,作品就是那被变成徒劳的或是改头换面的死亡,或用普鲁斯特的含混的话来说,变得"不那么苦涩","不那么不光彩"以及"也许不那么可能的"死亡。这是可能的。对于这些被说成是创作者的传统的夙愿,我们并不会以这种看法与之对立:这些愿望是新近的,它们既然属于我们这个新的西方世界,就会与人文主义艺术的发展联系在一起,在这种人文主义艺术中,人尽力在自己的作品中宣扬自身并在作品中发挥作用,在这种行动中求得永存。可是,在这样的时刻,艺术仅仅是一种与历史相结合的用于纪念的方式而已。伟大的历史人物、英雄、

116　将帅,也与艺术家一样,在避开死亡;他们被民众缅怀;他们是楷模,是有现时影响力的人物。这种个体主义的形式不久就不再令

人满意了。人们发现，如果说首先重要的是历史的工作，是在世上的行动，是追求真理的共同努力，那么，要超越消亡而保持自我，渴望在某部凌驾于时间的作品中保持永恒和岿然不动，就是徒劳的，另外也有悖于自身所愿。应该做的，并不是停留在偶像的懒惰的永恒中，而是改变，是消失，以求参与天下的变革：无名地行动，而不是徒有虚名。这时，创作者幸存下去的梦想不仅显得渺小，而且是错误的，而不管什么真正的、隐名地为世界的来临而在世上所完成的行动，它似乎表明对死亡的胜利，这是一种更公正、更确信的胜利，至少从自我不再存在的那种可悲的遗憾中解脱出来。

这些梦想极其强烈，它们与艺术的某种变化联系在一起，在这种变化中，艺术尚未对它自身在场，而人自以为是艺术的主宰，欲使自己在场，欲当那个创作的人，在创作中欲成为避开毁灭的人——哪怕是一点点，这些梦想具有这样的惊人之处：它们表现出了与死亡有着深刻关系的"创作者"，不管其表面如何，这种关系也正是卡夫卡所追求的。一些人和另一些人都愿意死亡是可能的，某人想把握住它，其他人又想与它保持距离。差异可忽略不计，它们体现在同一视域中：与死亡建立起某种自由关系。

我能死吗？

初看时，为了能够死去而写作的作家的偏见是违背常理的。至少有一件事似乎对于我们来说是肯定无疑的：这件事终将来临，而不是在接近我们，既不劳作也无忧心；是的，它终将来临。这是确实的，同时又不确实，它完全有可能缺少真实性，至少不具有我们在世上感受到的这种真实性，即对我们在世上的行动和我们的在场的衡量。使我们从这世上消失的东西并不能从中获得保障，因而在某种程度上讲是无保障的，是不可靠的。因此这可以说明任何人都没有真正地确实地与死亡联系在一起。任何人都不确信死亡，任何人都没对死亡表示怀疑，然而，只能怀着疑虑设想死亡是确实的事，因为设想死亡，就是把最可怀疑的东西、最不可靠的东西引入思维，为了真正地思考死亡的确实性，我们似乎应当任凭思维陷入怀疑和非真实——我们思维的坚定性和真实性，似乎有甚于我们的大脑，会撞击在我们苦思冥想地思考死亡之处。这就表明，如果人类从总体上讲并不想着死亡，回避死亡，或许是为了逃离它，避开它，但是这种回避，只是由于死亡本身在死亡面前是永久的逃避，是深藏不露的，它才成为可能。因此，躲避死亡，在某种程度上就是躲藏在死亡之中。

118　能够死亡就不再是一个毫无意义的问题，而且我们明白了人的目标是寻求死亡的可能性。而这种寻求只有当它是必要的时候才是有意义的。在各大宗教体系中，死亡是一个重大事件，但是它并不是某种无真实性的粗糙事实的悖论：它与彼世相关，正是在彼世中，真实可能有其渊源，死亡是那条真实之路，倘若死亡缺乏尘世间我们那种可把握住的确信的保证，但它具有永存的，不可把握却不可动摇的确信的保证。在西方各种重要的宗教体系中，把死亡视作真实并无任何困难，死亡总在有人之处发生，死亡是尘世的大事件，可确定时间的大事件，把我们自身确定在某处的大事件。

我能够死亡吗？我有权死亡吗？只有当各种摆脱困境之法都遭到否决之时，这个问题才会有分量。当人集中全部精力于自身，确信自己死亡的条件，人所关注的便是使死亡成为可能。要死的，这对人来说是不够的，人懂得自己终究是要死的，懂得自己应死两次，不可违抗地、必定地要死。这正是人的天职。在人这个层面上，死亡并不是那种已给出的东西，死亡是那种要去做的事：一种使命，即我们应当积极地去掌握住的、成为我们的活动和我们自制力的源泉的东西。人死去，这没什么，但是人自死之时起存在，人与死亡紧紧相联，通过由己做主的纽带，人造成自己的死亡，使自己成为要死的，并由此赋予自己做的能力，赋予他所做的事情以意义和真实。无存在的存在决定就是死亡的这种可能性本身。有三种思想试图表达这种决定，正因如此，它们似乎最好地阐明了现代人的命运，不管与之对立的是什么样的运动，黑格尔、尼采和海德格尔的思想都是要使死亡成为可能。

基里洛夫[①]

从这样的观点看，最急迫的后果似乎是迫使我们思考，在各种形式的死亡中，是否就没有一种更为人道的、更致命的形式？以及，自愿的死亡是否不是最佳的死亡呢？自尽是不是人到其自身、动物到人、后来基里洛夫又补充说从人到上帝的捷径呢？"我告诉你，我要死去，是自愿地死去，因为我愿意死。""自杀是各种行为中值得尊重的行为；人们几乎取得了活的权利。"自然死亡是"在最可鄙视的条件下"的死亡，"这种死亡并不是自由的，在应该死去时它

---

① 陀思妥耶夫斯基《群魔》中的人物，荒谬使基里洛夫自杀。

并不来临,这是一种可耻的死亡。热爱生命,就该渴望一种完全不同的死亡,一种自由的和有意识的死亡,而非偶然和意外。"尼采所说的话有如自由的回声在回荡着。不自杀,但可以自杀。这真是一种绝妙的办法。若无这个唾手可得的氧气球,就会窒息死去,就无法活着。死亡在近旁,顺从而可靠,它使生命成为可能,因为正是死亡给出空气、空间、愉快而轻松的运动:死亡是可能性。

自愿死亡似乎提出一个道德问题:它在指控,在指责,它包含着终审。或者可以说,它像一种挑战,一种向外界强权的挑战:"我要自杀,以表明我并不屈从,表明我的新的极度的自由。"基里洛夫的计划的新鲜之处在于,他不仅想以自杀反抗上帝,而且要以他的死亡证实上帝并不存在,为他自己证实也为别人表明上帝不存在。只要他没有自杀,他就不知道他自己是什么;也许他是教徒,"比东正教的神甫更虔诚",陀思妥耶夫斯基把他推上了矛盾的感情的迷途,但是,这并非没有结果,正相反,正是他对上帝的关注——他身处在这种必然性中,即确信上帝的虚无——促使他自杀。为什么自杀?若他自由地死去,若他在死亡和死的自由中感受到了并为自己证明了自身的自由,他就会达到绝对,他将是这种绝对的人,而除他之外,便无绝对可言。确实,这里所涉及的超出了一种证明:这是一场默默无闻的斗争,在这场斗争中,关系到的不仅仅是基里洛夫关于上帝存在的那种知识,而是这存在本身。当一个人坚决要让自己自由地死亡时,上帝在这种死亡中赌上了自己的存在。某个人要成为自己的主宰,直至自己的死亡,并通过死亡成为自己的主宰,那么,他也将成为通过死亡而降临于我们的那种强权的主宰,他将使这种强权沦为一种死去的强权。基里洛夫之死便

成为上帝之死。由此产生了他的奇特的信念:自杀将开辟一个新
纪元,将成为人类历史的分界线,正因如此,在他身后,人类无需再
自杀,因为他的死,使死亡成为可能,解放了生命,使生命完全成为
人的生命。

基里洛夫的话语具有一种不明确而又吸引人的波动。他往往
会在一些清晰的论证中迷途,由于某种他无法理解而又不断听到
的晦涩的理性介入的召唤,他不能把这些论证进行到底。表面看
来,他的设想是一位平静的、有连贯性的理性主义者的设想。他认
为,人之所以不自杀,是因为怕死;怕死正是上帝的起源;倘若我能
以死抗拒这种恐惧,我就会使死亡从恐惧中解脱出来并且推翻上
帝。这种设想要求一种与严格理念维系在一起的人的安详,它难
以适应圣像前燃烧的蜡烛,即他承认的上帝的折磨,更不用说最终
他在惊恐中摇摇欲坠。然而,那种失去理智的思维来回反复,这种
思维表面具有的疯狂,因害怕而昏晕并隐蔽在因害怕而感可耻的
面具之下,这一切赋予这种行为以诱人的兴趣。基里洛夫谈到死
亡时,谈到上帝:他似乎需要这个至高无上的名字,以理解和估量
这样一个事件并从其所具有的至高无上方面来迎击它。他认为,
上帝是他的死亡的面容。但是,上帝是否与此有关呢? 他在至高
无上的强权阴影下徘徊,有时深感欣喜而忘却时光,有时陷于恐
惧,他以纯真的想法为自己辩护,这个强权是否并非一定是隐名的
呢? 这个强权是否不把他变成一个无名的、无能力的,本质上是怯
懦的、任凭被驱散的人呢? 这个强权就是死亡本身。他行为背后
的赌注也就是可能死亡的赌注。我能够自杀吗? 我有这种死的权
力吗? 我能在何种程度上自由地、完全自主地走向死亡呢? 甚至

在我抱着坚定的和理想的决心一定要向它走去之处,不还是它向
我走来吗?而当我以为抓住它时,不还是它把我抓住,又放开我,
把我交给不可抓获之物吗?我是否会作为人死去,即以一个人的
死法去死,并且我将给这种死亡打上人的全部自由和意图的印记?
是否是我自己死去,或者,是否我并不总是作为他人死去,以致我
应该说,确切地讲我并不会死?我能死吗?我有权力死吗?

　　在他要信奉的那个上帝的形象掩盖下,折磨着基里洛夫的戏
剧性问题就是他自杀的可能性问题。当有人对他说,"许多人在自
杀",他甚至不明白这个回答。在他看来,尚未有人已经自杀:没有
人由于真正的天禀,由于慷慨大度和把这行为变成实际行动的宽
宏心怀而自杀——或是可以说,尚无人在这种死亡中已经看到了
自杀的能力,而不是去接受死亡,如他所说"为观念"而死,也就是
以某种纯粹理想方式去死。当然,倘若他能成功地把死亡变成一
种可能性,即他的可能性和完全的人的可能性,他就会实现绝对的
自由,作为人,他会实现这种自由,并且会把这种自由给予人们。
或者,换一种说法,他将成为消亡的意识,而不是正消亡着的意识,
他会使正消亡着的意识的消失完全附属于他的意识,因此他将是
已实现的总体,是整体的实现,是绝对。当然,这是一种远高于永
垂不朽之特权的特权。不朽,尽管我在实质上享有它,但它并不是
我的,它是我的限定和约束;因此,从这个角度来看,我的整个的人
的天赋在于把这种强加于我的不朽变成某种我可能赢得或丢失的
东西:地狱或天堂,但是,在其本身,不朽——我对于不朽无能为
力——于我无所谓。或者,不朽可能成为科学的一种战利品,这
时,它会具有治病的药效,不管适用还是不适用;它不会始终无结

果,但这与基里洛夫无关,他总在思索,而且问题变得更古怪,他就更为心切:我保留死去的权力吗? 由于得到科学的保障,不朽仅仅在意味着死亡的不可能性时才会对命运产生影响,但这时,不朽恰恰正是其体现的问题的象征性表现。对于离奇地注定不朽的人类来说,自杀也许是保持人性的唯一机会,是奔向人的未来的唯一出路。

我们所谓的基里洛夫使命,即死亡已成为对死亡的可能性的寻求,确切地说,并非就是自愿死亡的使命,并非就是行使自己与死亡较量意志的使命。自杀是否总是一个已变得难以理解的人,一个意志病态者的行为,一种不由自主的行为呢? 精神病科医生是这样说的,但他们并不明白;善意的神学家这么认为,为的是消除丑闻,而陀思妥耶夫斯基赋予他的人物那种疯狂的外表,他在基里洛夫在身边打开的深渊前也止步退却了。但是,重要的并不是这个问题:基里洛夫真的要死吗? 基里洛夫要通过自己的死来验证他事先从死亡中取得的这种可能性,这种不做那个允许他成为他自己的人的权力,也就是说自由地与自身相联的权力,始终是异于自身的权力,劳动、说话、冒险和没有存在地存在的权力? 他能够保持死亡的这种意义,直至在死亡中保持这种积极而勤奋的死亡,即结束生命的能力,以结束为开始的能力吗? 他能做到使死亡 124 对于他仍是那种否定的力量,是断然的决定,是至高无上的可能性的时刻,在这时刻中即使他自己的不可能性以某种权力形式降临于他? 或是相反,体验是对他在其中死亡的彻底颠倒的体验,但他却无法死去,在这种体验中,死亡把他交付给死的不可能性?

在他的这种寻求中,基里洛夫所感受到的不是他的决定,而是作为决定的死亡。他想知道,他的行为的纯洁性和正直性是否可能战胜犹豫不决的无限性,战胜无际的优柔寡断,即死亡,他是否能通过他的行动的力量把死亡变成活跃的,通过对他的自由的肯定在死亡中肯定自己,把死亡归己所有,使死亡成为真实的。在尘世中,他是要死的,但在死亡中,在作为结束的不确定中,他会成为极易死的吗? 这个问题就是他的使命。回答这个问题是将他带入死亡的折磨,他欲以自身死亡的典范的价值来主宰这个死亡,赋予它不同于"可理解的死亡"的其他内涵。

阿　里　亚

　　主宰死亡并不仅仅意味着在死亡面前保持自主:不动声色的绝对主权,在斯多葛派表现为平静。当阿里亚看到她丈夫卡西那·珀埃吐斯犹豫不决时,便把匕首刺进自己胸膛,又拔出来递给他,说道:"并不痛",这种坚定、这种强硬使我们吃惊。伟大而安详之临终的那种简洁是一种令人兴奋之举。好死意味着得体地,符合自己意愿又尊重活着的人而死去。好死是在自己的生命中死去,是朝着生命背着死亡,而这种好死显示出更多的对人世的礼而不是对无底深渊的敬。活着的人敬重这种矜持,活着的人热爱不放任的人。得体的死的乐趣,把死变得有人性和适当的那种愿望,把死从其非人性中解脱出来——这种非人性的一面在杀死人之前,通过恐惧使人失去尊严,把人改变成一种可憎可厌的怪物,这一切能造成对自杀的赞扬,因为自杀会消除死亡。尼采的情况就是如此。尼采思虑着要消除基督徒最后时辰的可悲意义,他从中看到一种纯粹的微不足道含义,甚至不值得作思考,它对我们毫无意义,也不会使我们失去什么。"没有什么比死更加平淡无奇。""我有幸看到人绝对不愿去思考死亡!"基里洛夫也想对我们说这些:他时常在思索死,但这是为了使我们不去思索死。这是人性化的极限,这是伊壁鸠鲁永恒的告诫:如果你存在,死亡就不存在;如果死亡存在,你就不存在。斯多葛派欲在死亡面前保持泰然自若,因为他们愿意以死摆脱各种欲念。然后,他们又把平淡冷漠归于死亡,因为死亡是冷漠的时光。最后,死亡什么也不是,甚至不是最后时辰,因为最后时辰仍属于生。于是,他们彻底战胜了这个宿敌,他们能对它说:"喔,死亡,你的胜利在何处?"他们可以这么说,但要加上一句:"你的刺激在哪里?"因为,摆脱了死亡,他们同时也被剥夺了真实的生,这种生"不惧怕会遭死的劫难,而是承受死亡,支撑死亡并在死亡中求生",这就是黑格尔称为绝对精神的生。

126

　　用克敌制胜的战斗精神跟对手打交道是不够的,而且相去甚远,就好像在阻止对手靠近似的。一种自由的、有益的、自觉的、生者愉悦的、忠实于自身的死亡是一种不曾遭遇死亡的死,在这种死亡里,生是大量谈论的话题,但在这种死亡里,若无理解就听不到言语,以这种言语为基点,说话就像是一种新的天赋。不放任者是因为他们躲开了绝对放任。我们免遭最糟的,但缺少根本的东西。

　　因此,陀思妥耶夫斯基以他追求事物深刻性的本能,通过他的理论取向,即在战斗的无神论中明示其疯狂的梦想,他并没有赋予基里洛夫无动于衷的命运和从古人那里承继的冷漠的坚定性。这个肯定要死的主人公并不无动于衷,他既不是自身的主宰,也不自信,而他走向他的虚无并不像走向一种苍白的、净化的无意义的并与他相称的事。他的终了是一种极度的糟蹋,他在自杀时也杀了这个同伴,他最后的对话者,最终他唯一的对手只是那张最可憎的脸,他从中能看到他的意图失败的全部真相,所有这些情况并不仅仅属于在世的他那部分存在,而是从污秽的深渊内部深处冒出来的。临死时,以为投身于向上帝展开的崇高斗争,结果看到的是威尔霍文斯基①——这个并不高明的强权者更加真实的形象。

127　　　因此,我们进入了最深重的矛盾。在自杀中不可动摇的,是我们通过它尽力保持为我们自己的这部分自由和主导的东西,尤其有助于我们防御在事件中已露的自杀苗头。似乎,我们由此避开了根本,我们似乎不正当地立足于某种不可维护的东西和我们自身之间,在来自我们自身的这种熟识的死亡中,设法只遇见我们自己,只遇见我们的决定和信念。相反,无目的的、无理性的和虚妄的激情,就是我们在克莱斯特脸上所见到的,正是这种激情在我们看来似乎是庄重的,这种激情似乎反映着死亡的极度被动,它不符合决定的逻辑,它能很好地表达出来,但它仍是秘密的、神秘的和难以捉摸的,因为它与光亮无关。因此,我们在自愿死亡中所见的正是那种极度的被动,事实是:行动在这种死亡中只是一种受迷惑的剥夺的面具而已。从这个角度看,阿里亚的不动声色不再是她自制力的标志,而是不在场的、掩饰起来的消亡的标志,即非个性和中性的某人的影子。基里洛夫的焦躁不安,他的不稳定和徘徊并不意味着生活的动荡,即那种始终有生命力的力量,而是意味着归属于一个无法逗留的空间,因而是一个夜晚的空间,那里不欢迎

---

① 《群魔》中的人物。

任何人，也无任何东西在那里逗留。据说，奈瓦尔在上吊前在街上游荡，然而游荡已是死亡，即那当他停下时必然最终中断的死亡迷途。由此，自杀行为在脑中纠缠不休。由于手脚笨拙而未能死成的人就像鬼魂，他返回人间只是为了继续加速他的消亡；他只能再次并永远地去自杀。这种重复具有永恒的轻浮和想象物的沉重。　128

因此，自杀是对死亡可能性的召唤的一种回答，并不可靠。或许，自杀向生命提出了一个问题：生命是可能的吗？而更本质的是自杀自身的问题：自杀是可能的吗？使这样的企图变得沉重起来的心理矛盾只是这个更深刻矛盾的延续。自杀者说：我拒绝融入社会，因而我不再有任何行动。同一个人却要把死亡变成一种行动，他欲至高无上地、绝对地行动。这种通过自愿死亡发出光彩的不合逻辑的乐观主义，这种对最终将取胜的自信：至上地把握着虚无——因为是自身虚无的创作者，在下坠中自信能上升到自身的顶尖，这种信念肯定了在自杀中自杀要否定的东西。因此，与否定相系的人不可能让否定体现在某种将会从否定中被排除的最终决定中。必然通往虚无的焦虑并不是根本的，它在根本面前后退了，只设法把虚无变成拯救之路。凡在否定处逗留者都无法使用它。归属于否定的人在这种归属中不再可能脱离自身，因为他属于不在场的中性，他在那里已不再是他自己了。这种处境也许是绝望，不是克尔凯郭尔所说的"直至死亡的疾病"，而这样的疾病，死亡在其中并不通往死，在这种死亡中人们不再抱希望，死亡不再是要来临的，而是不再来临的东西。

自杀的虚弱，因为完成自杀的人仍然太强，证实了一种只适合　129
社会公民的力量。自杀者因此能活着；自杀者与希望相联，与了结的希望相联；希望披露了他的开始的愿望，在结束中再找到开始的欲望，并在此开创出一种意义的欲望，他在垂亡时却又要对此提出质疑。绝望者不可能希望自愿地或自然地死去：他缺少时间，他缺少他必须借以为依托死去的那种现时。自杀的人是对现时的伟大肯定者。我要在"绝对的"时刻自杀，这是唯一的时刻，将绝对战胜未来，它不会过时，也不会被超过。死亡若在选定的瞬间降临，它将是这瞬间的殊荣；在死亡中，瞬间将是神秘主义者的火花，因而，自杀无疑保留着做出特殊肯定的权力，它始终是一件不能仅仅说成自愿的事件，它是一件经久不衰并超出预谋的事件。

古怪的设想或双重死亡

人们不可能"设想"自杀。这种表面上的设想指向永远达不到的某物，指向无法瞄准的目的，是我无法视作结局的结局。但这也还是说死亡避开了劳作的时间，使死亡成为活跃的、可能的时间。这又让人想到似乎有一种双重死亡，其中之一在可能性、自由这些词语中兜圈子，把死亡的自由和进行死亡冒险的权力当作终极的视域——另一种死亡是不可把握之物，即我无法抓住的东西，它并不以任何关系、任何方式与我相联，它永不前来，我也不朝它走去。

于是，我们明白了自杀中的古怪而肤浅、诱人和骗人的东西是什么。自杀，是把一种死当作另一种死。我走向这种死亡，它在世上听我支配，而我由此认为实现另一种死亡，对于这后一种死亡我无任何权力，它对我也同样无权力，因为它与我毫无关系，而如果我不理会它，它并不会因此不理会我，它是缺乏无视的内在。因此,自杀在本质上说仍是一种赌注,某种冒风险的事,这并不是因为我会给自己留下生的机会,正像有时会发生的那样,而是因为这是一种跳跃,从某个设想好的、自觉地决定的、有魄力地执行的行为的信念,过渡到使整个设想迷失方向,与一切决定都不相干的东西上,这是犹豫不决,拿不定主意,极度无功效和非真实的阴暗。我想通过自杀在确定的时刻杀死自己,我把死与现在联系起来:是的,现在,现在。但是,没有任何东西再显示出这种"我想要"的幻想和疯狂,因为死亡从来不是现时的。在死亡中,有一种把未来作为死亡的神秘加以消除的绝妙意图:人们在某种程度上想以自杀使未来失去奥秘,使未来变得明朗和可理解,使未来不再是深不可测的死亡的幽暗避处。在此,自杀不是那种迎接死亡之物,它更多是把死亡当作未来要消灭的东西,使死亡失去作为它本质的未来部分,使死亡变得肤浅,无厚度,无危险。但是,这种计算是无用的。细致入微的谨慎,各种精确度以及最高度的把握对这种根本的不确定无能为力,事实是:死亡从来不与某个确定时刻有关,与我也同样从来没有确定的关系。

　　人们不可能"设想"自杀。人们准备要自杀,投入行动,以采取最终的动作,这个最终动作依旧属于有待去做的事情的正常范围,但是这个动作并不是为了死,它与死无关,它并没有把死亡置于它的在场。由此产生烦琐、热衷于细节,对临终者所表现的最平淡的事情入魔般的不厌其烦的关注。有些人对此感到惊讶,说:"人想去死,不会想那么多事。"可是,正因为人不想去死,人们不可能把死亡变成一种表现意志的东西,人们不可能想去死,意志在它无法实现的东西的无把握的边际上确立起来,怀着精于谋算的智慧,又

131

扑向近于极限的所有一切尚可捕获到的东西。人想到这么多,因为不可能想到其他事情,这并不是由于惧怕正视某种过于严重的实在,因为并无任何东西可视,因为要去死的人只可能求得死亡的边缘,即这种在世上具有的并通过器具的精确度得以达到的死亡-工具。欲亡者,不得死,他失去了死亡的意志,进入了黑夜的诱惑,在其中死于一种无意志的激情。

艺术,自杀

　　奇怪而又自相矛盾的行为;这是一种努力,以求在巨大的被动性所主宰之处采取行动;这是一种要求,要维持规则,强制限度,在失去目标和决定的行动中确定目的。这是一种较量,似乎把死亡变成表面的——把死亡变成一种相似于任何行为的行为,变成一件要做的事,但这件事又使人觉得要使行动改观,犹如要把死亡降低为一种设想的形式,这是把设想向着超越它的方向提升的唯一机遇。这是一种疯狂,但我们不可能从中被排除而又不成为我们处境中的疯狂(不可能再自杀的人类就会像失去自身平衡那样,不再是正常的人类);这是一种绝对的权利,是唯一不是义务反面的权利,然而一种无双重性的权利是强化不了真正的权力的,这种权利像一条无尽头的通道向前展开,关键时刻它会中断,变成梦幻一般的非现实,却又必须真的在这梦幻上通过——因此,这是一种无权力无义务的权利,是一种对合理的完整性完全必要的疯狂,另外,它似乎往往能够成功:上面这些特点具有这样一些令人震惊之处,即它们也适用于另一种体验,这种体验看来没那么危险,但也许同样疯狂,这便是艺术家的体验。艺术家并非为死亡效力,而可以说,艺术家与作品,是以把死当作结局的人与死亡相联的相同方式联系在一起的。

初看起来,这一切都是必须接受的。两者都提出了躲避任何设想的东西,若说他们有路可走,却无目的地可言,他们不明白自己的作为。两者都有坚定的愿望,但是,一种并不理会他们意志的要求把他们与他们所要做的事结合在一起了。两者都趋向于他们必须通过机敏、才干、劳作和对世界的信念才能接近的那个点,然而这个点与这些手段毫无关系,它不了解世界,它与一切完成毫不相干,它总在毁掉一切经过仔细思考的行动。如何以坚定的步伐走向不让人确定方向的这种东西？似乎,这两者只有在当他们弄错了他们之所为时才会做成什么事,他们仔细观看:这人把一种死错当成了另一种,另一人则把一本书误视为作品,他们盲目地信赖这种误会,但是对这种误会的隐约的意识把他们的使命变成一种傲慢的赌注,一如他们勾描出一种行动草图,这种行动只能无限地达到目的。

这个比较可能使人感到不舒服,却并没有什么令人感到意外和惊讶:当我们避开表象,就会明白这两种运动都考验着可能性的一种特殊形式。在这两种情况下,凡是在目的王国终极之处,都涉及一种权力,它要成为对于不可把握物的权力。某种不可见的,却是决定性的跳跃介入这两种情况:这并非是从如下意义上讲的,通过死亡,我们会进入到未知,死后,我们会被交给深不可测的冥府。不是的。死亡行为本身就是跳跃,是冥府的空无深处,死亡的事实包括一种根本性的颠倒,由于这种颠倒,过去曾是我的权力的极端形式的那个死亡，现在不仅仅成为剥夺我的东西，把我抛弃在我的启始甚至结束的权力之外，而且成为那种与我毫无关系，对我没有任何权力的东西，成为那种失去一切可能性的东西，即不定物的非实在性。这种颠倒，我无法想象，我甚至不可能把它设想为最终的，这种颠倒并不是超出了它便无归途的那种不可逆转的通道，因为它是那种不会完成的东西，即永无止境，永不停歇。

　　自杀被引向这种颠倒，一如向着自己的终结。作品寻求这种颠倒，一如寻找自己的根源。这便是第一个不同之处。在某种程度上，自杀否认这种颠倒，并不考虑它，自杀只是在这种拒绝中才是"可能的"。自愿的死亡是拒绝看到另一种死亡，即人们把握不住，永远够不着的那种死亡，那是一种自主的疏忽，是与可见的死亡结成的同盟以排除不可见的死亡，是与好死，与忠诚的死的条约，我在尘世始终运用着这种死，这是一种拓展它的范围而做出的努力，以便在它只是另一种死亡之处，使它变得比它自身更有价值，更真实。"我杀死我"意味着这种不曾考虑到的双重性。Je①是在行动和决定的圆满中的一个我②，这个我能自主地作用于自身，始终能够触及自身，然而，那个被触及的人不再是我，是另一人，以致当我赋予自己死亡时，也许是 Je 在赋予死亡，但不是我在接受死亡，也不是我的死亡——我给出的那个死亡——在这死亡中我必须死，而是我曾拒绝的、疏忽的那个死亡，它是这种疏忽本身，是永久的逃逸和闲散。

134

---

① 　Je(我)只能与动词结合使用，用作主语，在此是动作的施动者。

② 　moi(我)是独立人称代词，此处用作名词。

可以说，作品欲安顿于这种疏忽，在其中逗留。由此产生了对作品的召唤。在此，要它经受考验的东西吸引住了它，它却身不由己，这成为一种风险，一切都在其中冒险，这是一种根本性的风险，存在牵涉其中，虚无在其中躲避开了，权利和死的权力在其中交手。

第二章　《依纪杜尔》的体验

从这种观点看，可预感到在马拉美那里，对作品的关注可能在一瞬间以何种方式与自杀的论述相混淆。但我们也明白这同一种关注是怎样引导里尔克去寻找一种比与自愿死亡更为"真实"的与死亡的关系。这两种体验都应该加以思考。

《依纪杜尔》是一种把诗歌作为赌注的寻求，马拉美在给卡扎利的信（1869 年 11 月 14 日）中承认了这一点："这是一个故事，我想通过它制服'无能'这个老怪物，即故事的主题，此外，要把我自己禁锢在已几经研究的浩大工程中。倘若（故事）写成，我将会痊愈……"浩大工程，是指《希罗底》，[①]马拉美也许注视着另一部作品。这是一部诗作。《依纪杜尔》是使作品变成可能的一种尝试，在现时的东西是能力的不在场，即无能力之处把握住作品。马拉美在此深感他所经历的缺乏想象的状态是与作品的要求相关的，这种状况并不是一种一般的作品的难产，也不是他所特有的心理状况。

"不幸得很，如此钻研诗歌，使我遭遇两个令我绝望的深渊。一是虚无……我遇到的另一个空无是我心胸中的空无。""现在，看

---

① 马拉美也许注视着另一部作品。——原注

[希罗底，圣经新约中人物。马拉美在 1864 年写成《希罗底》悲剧，后又改成诗，在 1869 年发表。——译者注]

到了一部纯粹作品的可怕景象,我几乎失去理智和最常用话语的意识。""反之,我的身心在这长时间的极度苦闷中经受过的一切是难以诉说的,所幸的是我已完全死去……这是要告诉你,我现在是不具人格的,再也不是你所认识的斯特凡①了……"当我们回想起这些话时,便不会怀疑《依纪杜尔》源于那种阴暗的、本质上是冒险的体验,数年间,诗歌的使命将他拖入其中。这种风险伤及了社会生活的正常习俗、对语言的习惯使用,毁掉了全部的理想的自信心,使诗人失去了生活的身体保证,最终将他暴露在死亡面前,即真实的死亡,他个人的死亡,把他交给死亡的非人格性。

探索,不在场的净化

《依纪杜尔》的意义并不直接在于作为其主题的那种思想中。那种思想像是一种思考会使它窒息的思想,在这一点上类似荷尔德林的思想,而荷尔德林的思想更为丰富,更富有首创性,它是黑格尔思想的青年伴侣,至于马拉美,他从黑格尔研究中只获得了某种印象,但这种印象回应了把他准确无误地引导到"可怖年代"的那场深刻运动。对于他来说,一切又回到在思想、不在场、话语和死亡这些词之间建立起来的亲缘中。那种唯物主义信念的公开言论——"是的,我知道这一点,我们只是物质的无用的外形"——并不是出发点,这番表露也许是迫使他把思想、上帝和理想的其他各种形象简约为微不足道的东西。显然,以这个微不足道的东西为

137

---

① 斯特凡(Stéphane)是马拉美的名。

出发点,他感觉到了在沉思和完成诗歌的使命中这微不足道东西
的秘密生命力,力量和奥秘。他的黑格尔的语汇若不是由真正的
体验赋予生命力,便不值得去注意,而这体验正是对否定物的力量
的体验。

可以说,他在作品中看到了微不足道的东西,他感受到了不在
场的劳作,他在不在场中抓住了在场,还有力量,就像在虚无中的
一种奇特的肯定权力。我们知道,他对语言的各种看法是欲在话
语中确认表达不在场事物的能力,在这不在场中激发事物,然后始
终忠诚于不在场的这种价值并在一种至高无上的和宁静的消失中
彻底完成这种价值的能力。事实上,对于他,问题并非是躲避他自
感身陷其中的现实,正如通常还流行的解释称由十四行诗《天
鹅》①所表达的那样。真正的寻求和悲剧是在另一范围中,在那里
纯粹的不在场体现出来,在那里纯粹的不在场体现自身时在躲开
自身,使自身变成在场的,仍是存在的隐蔽的在场,而在这种隐蔽
中依旧有着偶然性,这不会消失。然而,在此,一切都在开玩笑,因
为只有当不在场是纯粹的和完美的时候,只有在子夜的在场中骰
子能被掷出时,作品才是可能的:渊源仅在此才说话,在此它才开
始,它找到开始的力量。

让我们进一步来说明:最大的困难并不来自存在之物的压力
及其所谓的实在、坚定的肯定——人们无法完全中止其活动。诗
人正是在非实在性中碰到了一种沉闷的在场,诗人无法摆脱的正
是这种在场,在这种在场中,被剥夺了存在之物的诗人,遭遇了"这

---

① 马拉美的十四行诗,首次发表于 1885 年。

个词本身:这是"的奥秘,这并不是因为在非实在中可能存在着什么东西,并非因为拒绝可能不够坚定,否定的工作过早地中止,而是因为,当什么也没有时,微不足道的东西就不可能再被否定,它肯定着,再肯定着,把虚无说成存在,存在的闲散。

这便是构成《依纪杜尔》主题的那种境遇,倘若无需再说故事更多是在避开这境遇,设法克服它、结束它的话。在故事中,人们曾想辨认出绝望的阴暗色彩,但它反而具有巨大希望的青春活力,因为倘若《依纪杜尔》说得对,若死亡是真的,若死亡是一种真正的行为,若死亡并非偶然,而是一种最高的可能性,是否定赖以成立和完成的最终时刻,那么这个在词语中劳作的否定,在我们身心中是意识的在场的"那虚无的点滴",我们从中汲取不存在权力——我们的本质——的那个死亡,也都享有真实,为某种最终的东西作证,致力于"把界限强加给无限"——此时,与否定的纯粹相关联的作品便能在这遥远的东方——作品的渊源——的信念中树立起来。

走向死亡的三个运作

《依纪杜尔》因此不仅仅是一种探索,而且是一种不在场的净化,一种使不在场成为可能并从不在场中汲取可能性的尝试。这个故事的全部意义在于三个动作一起完成的方式,在某种程度上, 139 这三个动作相互有别却又互相关联,这种联系如此紧密以致它们之间的依附始终是隐蔽的。这三个动作对于实现死亡是必要的,但究竟是哪一个动作在指挥着其他两个呢? 最重要的是哪一个呢？这样一种行为：主人公走出房间，下楼来，喝下毒药走向坟墓，表面上这是最初的决定，那种唯一给予不在场以实在并证实虚无的"动作"。但是并非如此。完成只不过是一个无关紧要的时刻。已做成的事首先应该被想象，被思考，被精神事先把握——这并不通过某种心理的专注，而是通过一种真实的运动来把握：在走出自身清醒劳作中，感知自身在消失，在这种消失的幻景中显现自身，把自身蓄聚在这种干净的死亡——意识的生命——中，在所有这些死的行为聚集中形成将来临的死亡的唯一行为，即思想在实现自身和自我熄灭的同时所实现的行为。

在此，自愿的死亡只是一种精神中的死亡，而精神似在死亡行为内在的纯洁的自尊中恢复这种行为，而不是按照让-保尔·里希特①的理想，他的主人公在死亡的纯洁的理想中死去，"目光凝视着天边"，使他们魂不附体，化为尘埃的梦幻在召唤他们。诺瓦利斯②的意图也许更为接近些，他把自杀变成"他全部哲学的原则"。"真正的哲学行为是自杀；整个哲学的实际开端在自杀中，哲学信徒的全部愿望追求自杀。唯有这种行为符合各种处境并具有超越世俗行动的各种标记。"这最后几句话已显示出《依纪杜尔》所不曾有的视野：正像大多数德国浪漫派作家那样，诺瓦利斯在死亡中寻找死亡的彼世，某种甚于死亡的东西，回归被完全改观的状态，像在夜间却又不是夜间，而是昼夜被平和而成的整体。此外，走向死亡的行动在诺瓦利斯的作品中是意志的集中化过程，是对神奇的

140

---

　　①　里希特(Johann Paul Friedrich Richter，别名 Jean-Paul，1763—1825)，德国小说家。

　　②　诺瓦利斯(F. Novalis，1772—1801)，德国诗人。

意志力的肯定:激奋,力量的付出,与远方的无序的友谊。但是,《依纪杜尔》并不设法超越自身,也不想通过这种自愿的超越去发现生命另一侧的新观点。他通过精神正在死亡:通过精神的发展本身,通过他对他自身、对这深邃和自己跳动的心灵的在场,而这种在场恰恰是不在场,是不在场的秘处,是黑夜。

子 夜

夜:《依纪杜尔》的真实深度正在此展开,我们又遇到了第三步动作,也许它指挥着另两个动作。若故事是由"子夜"这个插曲开始,那么提及这个纯粹的在场——在那里,除一无所有存在着之外什么都不存在——当然不是为了给予我们一段漂亮的文章,也不是为了给行动铺垫背景,这间空房,以及装饰物过多又被黑暗笼罩的家具,其形象在马拉美的作品中是作为诗歌的原初境遇。这"背景"实际上是故事的中心,故事的真正主人公是子夜,故事的情节就是子夜的反复涨落。

故事是从结尾开始,这构成故事令人困惑的真实之处:从一开始房间就是空的,好像一切都已完成,药水已喝,药瓶已空,"可怜的人物"躺在他自己的灰烬上。子夜,此刻,事已成定局, 一切活动停止了,夜已回归其自身,不在场是彻底的,万籁无声。一切均已告终;结束应体现的一切,依纪杜尔设法通过他的死来创造:黑暗的孤独,消亡的深邃,都已事先给出,这就像是死亡的条件,死亡的提前显现和它的永恒形象。古怪的颠倒。并不是这位少年在死亡中消失的同时造成了消亡并建立了夜晚,而是只有这种消亡的绝对在场,只有消亡在黑暗中的闪烁使他能够去死,使他采取决定和投入致命的行为。就好像首先应匿名地死,然后再确认其姓而死。正如在成为我的死亡之前,即我个人断然结束生命的个人行为,死应当是中性的和无个性的,在这种中性和无个性之中,一事无成,那种空洞的强权永久地自我消耗。

　　现在我们已远离最后一段插曲描述的自愿死亡。我们从意在倾空小药瓶的具体行动回溯到了一种思维,即理想的,已非个性的行为,在这种行为中,思维和死亡在彼此的真实和隐蔽的身份中互相探求。但是我们现在面临无比的被动,这种被动性事先已瓦解了各种行动,直至依纪杜尔凭借它去死亡的行动,即命运的瞬间主人。似乎,死亡的三种形象在静止的同时性中互相对峙,对于死亡来说三者都是必需的,最神秘的是不在场的实体,即当人死时所造成的空无的深度,永恒的外观,我的死所构成的空间,而唯有我亡的临近会让我死去。从这个角度看,事件永不可能发生(死亡永不可能成为事件),这正是事先铭刻在这夜的要求中的事,我们还可以这样表述这种境遇:要使主人公能走出房间,要写成最后一章"走出房间",应当是房中已经没有了主人公,要写出的话语永远回到无声中。在此,并非是逻辑上的困难;这矛盾表达的是使死亡和作品均成为艰难的东西:死亡和作品在某种程度上是不可靠近的,正如马拉美在似是关于《依纪杜尔》的笔记中所说的:"悲剧仅仅因为不可靠近所以才无解",他还在同一条笔记中指出:"悲剧是由在赞歌中的戏剧和主人公随之而至的那种东西——同一(观念)自身——的神秘造成的。行动。——主人公——(母性的)赞歌塑造了他,并散布在戏剧中——从赞歌曾深埋其中的神秘中脱出。"如果说"戏剧"在此是子夜的空间,即作为地点时刻,那么在赞歌——它是变成为言语的死亡——中确有戏剧和主人公的同一性。依纪杜尔又是怎样通过把死亡变成歌颂和赞歌,并由此在戏剧中,在死亡深埋其中的子夜的纯粹实体中使它散播出来,而得以"释出"这个死亡呢?正是"行动"。结尾只能是返回到开始,正如故事结尾所说:"虚无已去,纯净的城堡依在",即一切仍在其中的这间空房。

《夜的行为》

143

马拉美试图靠近悲剧,从而悲剧寻找出路的方式极富启发性:在夜、主人公的思维和他的实际行为之间,或者换言之,在不在场、不在场的思维和不在场通过它得以实现的行为之间,建立起一种交换,即运动的交互性。我们首先看到,这个子夜——永恒的开始和结束——并非如人们所设想的那般静止。"当然,子夜的在场继续存在。"但是,这存在着的在场并非一种在场,对现在的否定:它是一种消失的现在,而"各种事物的绝对在场"首先在那里会聚的子夜成为"在自行消失的子夜的纯粹梦幻",它也不是一种在场,而是过去,由一本放在桌上打开的书,"书页和夜的通常布景"所象征的过去,正如黑格尔作品中历史的终结。当一切都已说尽,一切都恢复宁静,只有宁静在说话,诉说着往事,宁静同时是话语的整个未来的时候,夜就是书,是宁静和书的非行动。因为现在的子夜,即绝无现在的时刻:过去触及并立刻达到未来的边际,而无任何当前的中介,这就是永不是现在的死亡的时刻本身,这些我们已见过,这时刻是绝对未来的节日,在这时刻,可以说在无现在的时间中,曾经存在过的东西将存在下去。《依纪杜尔》中的两句名言正是这样说的:"我过去是那个应当使我变得纯洁的时刻",更确切地说,子夜向夜告别,这告别无法告终,因为它永远没有在现在发生过,因为只有在夜的永恒的不在场中它才是在场的:"告别了,夜,我曾是你自身的坟墓,幸存的阴影,这坟墓将会变成永恒。"①

　　然而,夜的这种结构已为我们恢复了一种运动:夜的静止是由过去对未来的召唤构成的,即那种沉闷的断续,通过它,曾经存在的东西肯定了与将要超越了落入深渊的现在——现在的深渊——的同一性。通过这"双重冲突",夜受到震动,它开始行动,变成行为,而这行为打开了坟墓的发光的壁板,造成了使"走出房间"②成为可能的这个出路。在此,马拉美找到了在事物内部永久的消亡中,使事物向前的静止滑动:在夜的内部摆动,钟的嘀嗒声,打开的墓门来回拍打,意识回来又离开自身的往返之间,有一种不知不觉的交流。意识分裂,逃逸,在远离自身之处飘荡,羽翅夜的擦过,成为已同先前亡者的幽灵浑然一体的幽灵,"断续"在所有这些形式之下是一种消失的运动,回归于消失的运动,但是一种"摇晃的冲撞"逐渐显现,它成形并最终成为依纪杜尔富有活力的心,过分明确的信念使这颗心"为难"并使之参与死亡的实际行为。我们于是从最内在来到最外在:不定的、不变的和无果的不在场,在不知不觉中发生变化,获得青少年的外貌和外形,在青少年身上变成为真实的,不在场在这个实在中找到了完成这个决定——把它消灭的那个决

---

　　①　G.布莱在他的关于马拉美的论著(《内部距离》)中说,这时刻永不能"由现在来表达自身,总是由过去或未来来表达自身"。——原注

　　②　"时刻在这回声中,在夜通过它的行为打开的壁板口上显示出来。"——原注

定——的手段。这样,作为依纪杜尔内在的夜,这作为我们每个人的心脏的跳动着的死亡,必将成为生命本身,成为确保生命的心脏,以使死亡随之而来,在瞬间被抓住,被识别,成为同一性——决定并执意要死亡的同一性——的死亡。

马拉美在依纪杜尔的死和自杀中首先看到死亡和夜的净化,这正是这篇故事先前的版本所表明的。在这些章节中,并非依纪杜尔,也不是他的意识在下功夫,在熬夜,而是夜自身,所有事件都是夜所经历的。在最终的版本中,依纪杜尔把那颗心认作他自己的心:"我听到了我自己的心的颤动。我喜欢这声音:我的信念的这种完美让我为难;一切都过于明确",而那颗心却是夜的心:"一切都曾是完美的;它是那纯净的夜,它听到了它自己的心在跳动。然而,这颗心使他不安,那种对过分的信念的不安,对夜本身过分自信的明察引起的不安:夜欲重新潜入坟墓的黑暗,弃绝有关自己外形的想法……"夜是依纪杜尔,而依纪杜尔是夜必定将其缩减为黑暗状态的那部分,以重新成为夜的自由。

《依纪杜尔》的失败

意味深长的是,马拉美在最近的版本中改动了作品的整个景况,把作品变成依纪杜尔的独白。虽然哈姆雷特独白的这种延伸没有高昂地显示出第一人称,但我们还是明显地察觉到这个苍白无力的"我"不时从文章中体现出来,并且提高着文章的调门。于是,一切全变了:通过这说话的声音,不再是夜在说话,而是一种依然非常个人化的声音,尽管这声音变得很透亮,在我们自以为面对子夜的奥秘,面对不在场的纯粹的命运之处,我们只拥有意识的在说话的在场,这意识在已成为它的镜子的夜,只瞻望它自己。这值得我们注意。马拉美面对他后来在《骰子一掷》中称为"洞穴的同一的中立性"似乎后退了:他似乎公平地对待夜,但他把所有的权利留给了意识。是的,他似乎担心看到一切都会消散,"摇曳不定,惶惶不安,变为疯狂",倘若他没有暗自引入一种富有活力的、能从后面支撑他欲提出的那种绝对的无价值的思想。对于想谈论"《依纪杜尔》的失败"的人来说,失败也许就在于此。依纪杜尔不出房间:房间是空的,满足于谈论空房的人还是他,他只有以自己的话语使房间不在场,没有任何更为原初的不在场能作他的话语的依据。倘若为了能自主地去死,他确实必须置身于自主的死亡的在场面前的话,那么子夜的纯洁的环境——它把他"勾销",把他抹去——即那样一种对立,一种决定性的较量仍然缺失,因为这死亡是在意识的庇护下,在它的担保和无风险的情况下完成的。

147 最终,唯有行为依然停留在黑暗中,药水瓶已倒空,虚无之药水已被饮,这种行为显然带着意识的色彩,但是它并不是决定性的,仅仅因为这行为本来会被决定,它在自身中拥有决定的厚度。依纪杜尔用下面这句话平庸地结束了他的独白:"我动身的时候到了",从这句话可以看出,一切有待去做,他并未朝着他的名字所表示的"故此"①跨出一步,这个他自身的结论,他欲通过这唯一的事实从他自身中得出,即他理解它,从它意外的特性中认识它,他以

---

① 依纪杜尔系拉丁文 *Igitur* 的音译,含义是"故此",作者在此用的法文 donc,即"故此,因此"之意。

为自己上升到了必然性的高度,使自己变得全然无用,以为可把这结论当作偶然性而取消。但是,依纪杜尔又是怎样认识偶然性的呢?偶然性是他曾避开的这个夜,在这个夜里,他只凝视过他自身的事实和他的久经不变的自信。偶然性就是死亡,人由此而死的骰子是偶然掷出的,它只表示那种使人回到偶然性的冒险行动。"骰子该在子夜掷出"?然而,子夜正是骰子掷出后才会敲响的时刻,这时刻还从未来临,它永远不会来临,它是纯粹的不可把握的未来,是永远逝去的时刻。尼采曾经遭遇到同样的矛盾,他曾说过:"适时而死。"这个适时,是唯一通过一种自主得以平衡的死亡,平衡我们的生命,我们只能把它当作不可认识的奥秘加以把握,倘若我们已经死去,我们能从某一个点——从那里我们得以把我们的生与死视为整体——来看待我们自己,只有这样,这才能得以阐明。这个点也许就是夜的真实,依纪杜尔正是想从那里出发,使他的动身成为可能的和恰当的,然而他却将这夜的真实化为一种可怜的反射。"适时而死。"然而死亡的本质是它的不公正,它缺乏公正,事实是:死亡或过早地或过晚来临,提前或迟到,而在死亡到来 148 之后降临的是现在时间的深渊,即没有现在、没有适时点——一切处在同样水平的瞬间的不平稳的平衡——的时间王国。

《骰子一掷》①

　　《骰子一掷》就是这样一种失败的实录,即通过自主地有节制

_____

　　① 发表于1897年,即马拉美去世前一年。该诗全名是《掷骰子永不会消除偶然》。

的死,放弃对偶然性的无度的控制,也许是这样,但是我们没有十分的把握。《依纪杜尔》并非未竟之作,而是被遗弃的作品,毋宁说是通过舍弃它宣告了这个失败,由此它重新找到了自己的意义,避免了一部成功之作,成为无休止作品的力量和纠缠。在30年间,《依纪杜尔》陪伴着马拉美,同样,在整个一生中,他对这部"伟大作品"满怀希望,神秘地在友人面前提到它,他最终甚至在他自己眼中,甚至有一时期在最不相信不可能之事的友人瓦莱里看来,似乎真的完成了伟大作品,瓦莱里本人深感惊讶,而且他从未从这类创伤中痊愈过来,但是鉴于某种相反的观点,他深藏不露。

　　《骰子一掷》并不是《依纪杜尔》,尽管这部作品几乎唤醒了《依纪杜尔》的全部因素,它也并非是颠倒过来的《依纪杜尔》,被放弃的挑战,被战胜的梦想,成为屈从的希望。这样比较是没有价值的。《骰子一掷》并不与《依纪杜尔》相呼应,就像一句话与另一句话相呼应,一种解决方法与一个问题相呼应。骰子一掷永不会消除偶然,这句话本身掷地有声,体现着他的断言威力,信心的光亮使这句话成为一种专断的在场,从形体上把握着汇聚起来的整个诗作,这声霹雳,似乎击中了《依纪杜尔》的狂热信念,但它并不在否定这信念,而是给予它最后的机遇,即使是通过某种致命的否定行为,这机遇也不是要取消偶然性,而是全部投身于这种偶然性,无保留地深入偶然性深处,抛开无能为力,"无无用之舟",使偶然性神圣化。在一个深受控制欲诱惑的艺术家的作品中,没有什么比这最后的一句话——作品突然在他上面光芒四射——更让人震惊,这并非必然,而是在"例外"的不确实中像纯粹偶然性的一种"也许",这并非必然,而是绝对的非必然,即只在无际的天穹中闪耀的疑惑的星座。《依纪杜尔》中的夜变成了海,成为"张开的深处","洞穴的同一的中立性","开怀大笑和恐怖的漩涡"。但依纪杜尔在夜里仍然只寻找他自己,想死在他的思维之中。把无能为力变成能力,这是赌注,这已经说过。在《骰子一掷》中,那位少年却已成熟,他现在是"师长",是有高度控制力的人,也许,他确实成功在握,"不是其他数的唯一的数",但是,他有可能通过它来把握机遇的那个仅有机遇,他并不能使它起作用,正如手握着至高无上的权力——死的权力——的人不能使它起作用,但是这人却在这种权力之外死去,"尸体从手臂中被排斥在他掌握的奥秘之外":沉重的形象,它拒不接受自愿死亡的挑战,在这种死亡中,手握着我们被它抛在秘密外的那秘密。而这机遇并没发生作用,仍然闲散着,它甚至算不上是智性的标记和深思而坚定的克制的成果,它自身是某种不测的东西,它与变成无能的老年的偶然性相关联,好像,在机遇只是贫贱和抛弃,即苟延残喘的老人的风烛残年,死对于他只是一种无用的无所事事之处,无能为力应当在我们面前以它最破残的形式显现出来。"这是一种彻底的毁灭"。在这彻底的毁灭中又发生着什么? 这种至高无上的连接,这种在死亡这事实中发生的游戏(它不是反对偶然性或偶然地发生,而是在偶然性深处中,在那个什么也无法把握住的地方),这种在不可能性中的关系在造成"好像"(随着"好像"萌生出作品的眩晕,即那种由"微不足道的男性的理由",那种"忧心的""无声的""赎罪的""笑"来抑制的狂乱)的同时,是否可能延伸呢? 对此,无言可答,无任何信心,除了确信偶然性的集中,偶然性的星光闪烁的荣耀,它的升华直至此处:偶然性的断裂"洒下了不在场","某个使它神圣

150

化的最后的点"。

"倘若（故事）写成，我将会痊愈。"这个希望之简洁令人感动。但是故事并没完成：因为无能为力——这种舍弃，作品在其中把握住我，作品又在这舍弃中要我们去关注它的接近——因为这死亡，并无任何痊愈可言。马拉美曾希望把它变得纯洁的不在场并不纯洁。夜并不是完美的，它不接待，它不敞开。它并不以宁静，静息和劳作的停止而同白天相对立。在夜里，宁静就是话语，并无停息，因为没有驻足。夜，永不停息、永不中断地主宰着，不是确信死亡已经完成，而是"死的永久折磨"。

第三章　里尔克与死亡的要求

里尔克为了与他诗人的命运相称,尽力使自己面向他自身这个更为广阔的领域,这个领域并不应当排除他在临终时的情况,此时,我们不能说他面对体验的困难时退缩了。他正视他称为恐怖的东西。恐怖对于我们是太巨大的力量,超越我们而且我们认识不到我们自己的力量,但是,有鉴于此,我们必须把它吸引过来,让它接近我们,使我们在它身上接近与之相近的东西。

有时,他提到超过死亡。"超过"这词是他的诗歌用词。超过意为超越,但同时支撑着超越我们的东西,而又不回避它,也不针对任何彼处之物。也许,尼采正是在这意义上理解查拉图斯特拉的话:"人是某种应当被超越的东西";并非是人应当达到一个超过人的东西:人并不要达到任何东西,若人是那种超过人的东西的话,那超过的部分并不是他能拥有的任何东西,也不是他可能是的东西。"超过",因此离"掌握"是距甚远。自愿死亡的惨误之一就在于渴望成为自己终了的主宰,并要把自己的形式和限定强加给最后的行动。这便是《依纪杜尔》的挑战:给偶然性规定期限,在自身中,在某一个人们使之同己平等,又加以取消,而它便能无暴力地将我们抹消的透明的事件中死去。自杀依然与死这个愿望相联而无需死亡。

当里尔克对年轻的伯爵沃尔夫·卡尔克勒希的自杀作沉思时——这沉思采取了诗的形式,促使他远离这种死亡的,正是死亡表现出的缺乏耐心和漠不关心。缺乏耐心对于高度成熟是缺陷,而高度成熟是与现代社会的猛烈行动相对立的,即那种迅速投入行动却又无所事事、急切繁忙的慌乱。缺乏耐心也是一种相对痛苦的差错:人们拒不承受可怖事件,在躲避不可承受事件时避开一切全颠倒的时刻,而此时最严重的危险成了根本的安全。自愿死亡的这种缺乏耐心是拒绝等待,拒绝达到纯洁的中心,在那里,我们将会在超越我们的东西中重聚。

> 为何你只等待
> 负重让你无法承受:
> 此时它已颠倒
> 而它之所以沉重只因为它如此纯粹。

因此我们看到,过于迅捷的死亡像孩童的任性,它是缺乏等待,是一种不专注的行为,它使我们成为自己的终了的局外人,尽管这件事具有断然的特性,它让我们在分心和不恰当的状况中死去。过分自愿地去死的人,即那位过分热衷于死的人,他尽力想中止生命,他像是通过夺取他生命的猛烈行径而避开了死亡。不应过分渴望死,不应冒犯死亡,向死亡投去过激欲望的阴影。也许有两种漫不经心的死亡:一是我们在其中尚不成熟的死亡,这死亡不属于我们;另一种是在我们身上尚不成熟的死亡,是我们用暴力取得的死亡。在这两种情况下,由于死亡不是我们的死亡,由于死亡是我们的渴望,这渴望超过了我们的死亡,因此,我们会担心由于死亡的缺陷,我们会屈从于这种最终的不专注而丧生。

1. 寻求正确的死亡

因此,若在整个宗教或道德系统之外,似乎导致人们思索是否真有好死和坏死,存在没有符合死亡要求真正死去的可能性,是否还有一种恶死的威胁,由于不小心而死于非本质的和虚假的死亡,以致整个生命可能取决于这种正确的关系,取决于这种向真实死亡深处投去的明智目光。当人们反思这种对正确的死的关注,这种把死亡一词与真实性这词联系起来的需要,即在多种形式下曾由里尔克强烈体验到的要求时,就会看到死亡对于他曾有过双重渊源。

A. 忠于己而死

> 喔,主啊,给予每个人他自己的死亡,
> 让死亡真正是这生命的出路,
> 在那里,他找到了爱、意义和苦恼。

这个愿望有其个体主义形式的根源,这种个体主义形式属于 154 19世纪末期,对这种形式,尼采——从狭义上解释——引以为自豪。尼采同样想死于他自己的死亡。由此,他确认自愿死亡是绝妙的。"他死于他的死,完成此业者是胜利者……""仇恨吧……是你的做鬼脸的死亡,像盗贼一样匍匐前来。""不然的话,你的死可能对你不利。"自己死去,死于个体的死亡,直至独一无二的和不可分割的个体死亡:在此,人们承认了不愿被粉碎的坚硬的核。人们愿意死去,但要按自己的时刻,以自己的方式去死。人们不愿意像随便什么人,以随便什么样的死法去死。对无名的死亡,对"人死了"的蔑视是那种死亡的无名的特性所产生的乔装打扮的忧虑。或者说,人们愿好死,这是高贵的,而不愿逝世。

无名死亡的忧虑

蔑视在里尔克谨慎而宁静的内心深处并不起作用。然而,无名死亡的忧虑在他身上证实了一种齐美尔、①雅各布森②和克尔凯郭尔的观点所唤起的担忧。《马尔特》赋予这种忧虑以一种形式,倘若我们的时代从不曾瞻望过无个性的死亡和它给予人的外貌,我们就不可能把这形式与该书分开。马尔特的忧虑,再说,更多地是与城市的无名的生存相关,这种苦恼使一些人变成流浪者,这些人沦落为非己的和游离于社会之外的人,是已死之人,他们死于并不完成的无知的死亡。这本书的视野就在于此:学会流亡,触及谬误——它以流浪生活的具体形式出现,年轻的外来人滑入其中,被剥夺了生活条件,被抛进了他既无法生活也无法"自己"去死的空间的无安全。

在马尔特身上出现的这种恐惧,导致他发现在每个空气分子中的"可怖的存在",这是一种压抑人的奇特的忧虑,而此时,所有

---

①　齐美尔(G. Simmel,1858—1918),德国哲学家、社会学家。
②　雅各布森(J. P. Jacobsen,1848—1885),丹麦小说家。

一切使人得到保护的安全在消失，人们可能借以得到庇护的人类社会和人性的观念突然崩塌，里尔克清醒地面对这种恐惧并刚毅地撑住了它，他仍留在巴黎，这个过分庞大的都市，"满处是忧伤"，他待在那里"正因为这很艰难"。他从中看到了决定性的考验，即它在改造人，它教会人观察，以此为起点，人成为"自己生活处境中的学步者"。"若终于能在此工作，就会往深远处去。"然而，当他设法在第三部《时辰祈祷书》①中赋予这种考验以某种形式时，他为什么似乎避开他所见到的那样的死亡——令人恐惧地接近空洞的面具，而用另一种对于我们既不陌生也不沉重的死亡代替它呢？他所表达的这种信念，这种认为"可能以一种我们的死，熟悉且友好的死而死去"的想法，难道不是标志着他在那里避开体验，用一种旨在安抚他心灵的希望来作伪装的那一点？我们无法否认这种后退，但是还有另外的事。马尔特不仅在可怖的纯粹形式中遇到了忧虑，他还在忧虑不在场、日常琐碎的事情的形式中发现了可怖。尼采也曾见过这些，但他把它当作一种挑战："没有什么比死更平淡无奇。"死像一种平淡无奇的事，在这种平淡无奇中，死亡本身沦为平庸的无价值，这正是使里尔克退却的东西，在这个时刻，死亡显露出本来模样，死或使人死并不比"喝一口水或饮尽日果头"更有意义。大量的死亡，成批地死去，死人成堆，针对着每个人，在这种死亡中，每个人匆匆而去，是一种无名的产物，无价值的东西，像现代社会的物品一样，对此，里尔克始终是回避的：从这些

①　又译《时间之书》，第一部及第二部分别为《修道士生活》和《朝圣之书》。

比喻中,我们已看到他是怎样从死亡的本质的中性渐渐地发展到这样的观念:这种中性只是一种历史的和暂时的形式,即大城市中的无果的死。① 有时,当恐惧向他袭来时,他一定会听到"死"的无名的嗡嗡声,"死亡"完全不是由时间、由人的大意造成的:每时每刻,我们都在死亡,就像秋日房里的蝇子,在屋子里蝇子盲目地飞舞着,眩晕而停住,突然愚蠢地死去,布满了墙壁。但是,恐惧一过,他又得到自慰,回想起过去更为幸福的时光,而这个微不足道的曾使他颤抖的死亡,好像仅仅向他显露了那个仓促和娱乐时代的贫困。"当我再次想起在我们家时,我总觉得过去该是另一种样子。过去,人们知道——或许仅仅只是猜想到——人们裹着死亡,正如果子里包着核。孩子有小的死亡,成人有大的。女人在怀里抱着它,男人把死亡紧贴在胸膛。人们拥有死亡,自己的死亡,而这种意识给你以尊严,无声的自傲。"此刻,在他身心中升起了死亡的更为高傲的形象,即大内侍从的死,在这种死中,死亡的自主权在超越人的惯常的角度的同时,至少还保留着艺术特征,对此,人们会恐惧,但也会赞叹。

死亡的使命和艺术的使命

在这种对系列死亡的恐惧中,为美好事物增光添彩,欲做出努

---

① "显然,鉴于高强度的产出,每个个体的死亡并非都同样得以善终,但是这并不重要。重要的是数量。谁会对善终的死亡重视呢?没有人。即使是富人,他们可能会穷奢极欲,却也不再关注这问题;渴望拥有属于自己的死亡变得越来越少见。再过些时候,这种渴望将会变得同个人生活一样的稀罕。"(《马尔特》)——原注

力并把死亡变为作品的艺术家黯然神伤。从一开始,死亡便与艺术体验的如此难以阐明的行动有着关系。这并不意味着,——正如人们谈到文艺复兴时期美妙的个性那样——我们应当是我们自己的艺术家,应当把我们的生命和我们的死亡变成艺术,再把艺术变成对我们个人的奢华的肯定。里尔克对这种自豪并不感到心安理得,他也无那份天真:他对己、对作品都不自信,因为他是迫使艺术自感无根据的批判时代的同代人。艺术也许是一条走向自身之路,最初,里尔克是这样想的,而且它也许是一条走向死亡——我们的死亡——之路,然而艺术又在何处？通往艺术之路并不为人所知。当然,作品要求付出辛劳,需要实践和知识,但是,所有这些能力的形式陷入一种巨大的无知。作品始终意味着:不知道已经有一种艺术;不知道已经有一个世界。

　　对属于我的死亡的寻求,由于道路的黑暗,却正好表明了在艺术的"实现"中的困难之处。当我们看着用来衬托里尔克思想的那些形象(死亡在我们内部成熟,它是果实,是甘甜和黑暗的果实,或者始终是无甜味的青果实,我们——树叶和树皮——应当支撑和滋养它们①),就会清楚地看到他正设法把我们的终了变成某种其

---

① 　　　　死亡就在那里。并不是那个死亡,
　　　　它的声音在它们的童年曾迷人地招呼它们,
　　　　而是渺小的死亡,正像这里所说那样,
　　　　而它们自身的终了悬挂在它们之中,
　　　　像个酸果,青果,成熟不了……
　　　　因为我们只是叶子和树皮。
　　　　每人自身孕育着伟大的死亡,
　　　　它是一切都围着它发生变化的果子。——原注

他东西,而不是从外部突然来临把我们仓促了结的事故。不应仅仅在最后一刻才有我的死亡,而是从我有生时起就有死亡,而且是在生命的最内在的深处。因此,死亡可说是生存的组成部分,它靠生命而活着,在生命的最内在。死亡由我而成,也许是为我而成的,正如孩子是他母亲的孩子,这形象里尔克运用过多次:我们孕育着我们的死亡,或者,我们产出了死亡这个死婴——他要求道:

现在(在女人的种种疼痛之后),把男人的严肃母性给我们吧!

159 这形象严肃而令人困惑,还包含着奥秘。植物的或有机物的成熟形象,他提到它只是为了使我们转向这个死亡,我们喜欢和它待在一起而无交易,只是为了向我们指出这个死亡具有某种存在,并迫使我们注意这个存在和唤起我们的关注。这个死亡存在着,但是以怎样的形式存在呢?通过这个形象,在活着的人和死这个事实之间建立起什么样的关系呢?人们可能会相信某种天生的纽带,会认为,譬如说我产生死亡,就像躯体会产生肿瘤一样。但并非如此:即使这种事件是生物的实在,也始终应该在有机现象之外对死亡的存在进行质疑。人并不会仅仅因病而死,而是死于他的死亡,因此,里尔克断然拒绝弄清他死于何因,因为他不愿意在他和他的终了之间安插一个一般知识的中介。

我的内心与我的死亡之间的密切关系似乎不可接近。死亡在我身心中并不像是人类的警觉或是某种至高的要求,这种要求超越了我个人,肯定了自然界最广阔的视野。所有这些自然主义的观点对里尔克来说都是不相干的。对这个我无法接近的内心关系,我始终有责任:按照某种我必须接受的阴暗的选择,我能死于我在我身上孕育的伟大的死亡,但也能死于这种渺小的死亡,酸涩和青色的死亡——对此,我无法把它变成香甜的果子——或是死于某种借用的和偶然的死亡:

> ……这并不是我自己的死亡,而是一种最终把我们夺走的死亡,这仅仅因为我们并未使任何死亡成熟。

陌生的死亡,它使我们在奇特的忧伤中死去。

我的死亡对于我应变得更为内在:我的死亡应像我的看不见的形式,我的动作,我的最隐蔽的秘密的缄默。为造就我的死亡,我要做某些事情,我要做一切,我的死亡应当是我的事业,但这事业远在我自身之外,它是我的这一部分:我无法照亮,无法达到,我也无法主宰这部分。有时,里尔克出于对劳动,对精心完成的使命的敬意,谈到这样的死亡时他说:

> ……这是一种死亡,精益求精的工作深深地育成了它,这种洁净的死亡如此需要我们,因为我们经历着它,我们从来不曾像在此那样接近它。

死亡是一种我们应当弥补的贫困,那种根本性的贫困,它与上帝的贫困相似,"极度缺乏帮助,因而需要我们的帮助",而且它由于把它与我们分离的那种忧伤而令人可怕:支撑,制造我们的虚无,这就是使命。我们应当是我们死亡的形者和诗人。

耐　心

使命就是这样,它再一次要求我们把诗歌的工作向我们由之去死亡的工作靠近,但它并不阐明前者也不阐明后者。唯有一种奇特的、难以把握的活动的预感依然存在,这种活动完全不同于通常所谓的行动和做。果子缓慢成熟的形象,作为孩童的果子不易察觉的成长的形象,为我们启示一种不慌不忙工作的观念,在这项工作中,与时间的诸多关系发生了深刻变化,与我们设想和发挥作用的意志的关系也发生了变化。虽然前景不一样,但我们又看到了曾在卡夫卡身上见到的那种遭受谴责的缺乏耐心,即感到捷径是一种针对无限的错误,如果说捷径把我们引向欲达到的目的,而又不使我们达到超出一切意愿的东西的话。① 在我们日常工作活动中体现出来的时间是一种决断的、否定的时间,即在不会把时间留住的各点之间的运动的仓促过渡。耐心意味着另一种时间,另

---

① 梵高经常呼吁要有耐心:"绘画是什么? 又如何去绘画? 这是一种穿过看不到的铁墙,为自己辟出一条通道的行动,而这垛墙像是位于人们所感知的东西和人们所能的东西之间。应当如何穿过这垛墙呢? 因为在墙上猛击是毫无用处的,应当磨损它,用锉子穿透它,按我的意思是慢慢地、有耐心地进行。""我不是艺术家——这有多粗俗——即使是自己想到这一点——人们可能没有耐心,可能不向自然界学习具有耐心,有耐心静观麦子长起,万物在成长——人们可能自以为是一种如此绝对死亡的东西,以致认为会不再生长? ……我说这些是为了说明,我认为谈论艺术家有天赋或没天赋是何等的愚蠢。"——原注

一种工作：人们看不到这项工作的尽头，它也不向我们规定任何我们能通过一项迅捷的设计奔赴的目标。耐心在此是根本的，因为在这空间（即接近死亡和接近作品的空间）里，缺乏耐心是不可避免的，在既无边也无形的空间里，必然经受遥远的无序的召唤：这是不可避免的和必然的——凡是并非缺乏耐心者，均无权有耐心，也不会理解这种巨大的平静，这平静在极度的紧张中不再有所求。耐心是对缺乏耐心的考验，是对后者的接受和接纳，是欲在极度的混乱中坚持下去的谅解。①

　　尽管这种耐心使我们远离一切日常行动的形式，但它并非无所作为。但是它的行为方式是神秘的。对于我们来说形成我们死亡的那种使命让我们察觉到了这一点：我们似乎要做却无法去做的某件事情，这件事并不依附于我们，而我们依附于它，甚至我们并不依附于它，因为我们把握不住这一切，而它也把握不住我们。若说里尔克肯定了死亡在生命中的内在性，这说法肯定是对的，但这只是从一方面把握了他的思想：这种内在并不是既定的，而是有待完成的，它是我们的使命，而这样的使命并不仅仅在于通过某种耐心行为去人性化或掌握我们死亡的奇特性，而且在于尊重我们死亡的"超越性"；应当在我们的死亡中理解那种极端的奇特，服从于超越我们的东西，并且忠实于排斥我们的东西。如何做才能死

---

　　① 要是把这种耐心与浪漫派思想的危险的灵活性相比较，那么它还相似于这种思想的内心深处，也像是内在的间歇，在错误之中的补偿（尽管在里尔克作品中，耐心往往意味着一种更为谦恭的姿态，意味着回归事物的平静的安宁——相对于完成使命的狂热而言——或是说意味着服从于下坠，这种下坠把事物吸引到纯力量的重心的中心，造成事物在完全的静态中停歇，休息）。——原注

而又不有悖于作为死亡的无比强大的力量？这就有了双重使命：
死于不背叛我自身的死亡——我自己死去而不背叛真实和死亡的
本质。

163　　**B. 忠于死亡的死**

　　在此，我们又见到了另一种要求，在里尔克看来，个人死亡的
形象从这种要求中产生。无名死亡的焦虑，"人死"的焦虑以及个
体主义隐蔽在那里的"我死"的希望，首先使他欲在死亡时刻给出
他的姓名和他的面容：他不愿像苍蝇那样嗡嗡叫着，愚蠢而无价值
地去死；他想要有他的死亡，并得到这独一无二的死亡的命名和致
敬。在这种境况中，他遭受着欲作为我死去的那个我的挥之不去
的萦绕，即那种集中在死这事实本身中的欲求不朽的残余，以致我
的死亡是显示我最伟大的本真性时刻，我向着这本真性飞奔而去，
就像奔向绝对属于我的那种可能性，这只有我才有的可能性，它使
我置于这种纯我的艰难的孤独中。

　　然而，里尔克不只想到了不再是自我的焦虑。他还想到了死
亡，想到死亡所表现的至高无上的体验，因此也是可怕的体验，而
恐惧使我们远离它，由于这种疏远，体验变得更加贫乏。人们在自
身的阴暗部分面前后退了，把它排斥在外，这样，这一部分对人来
说就变得陌生了，这一部分成了人的仇敌，即那种恶势力，人坚持
不懈地把它推挡在外躲避它，或是出于恐惧——这种恐惧使人与
它隔开——对它进行歪曲。这是令人遗憾的，它使我们的生活成
为一个恐惧的荒漠地区，这地区变得双重贫乏：由于这种可怜的恐

惧——这是一种恶劣的恐惧——而贫乏，而且由于这可怜的恐惧，贫乏得缺少死亡，它把死亡固执地抛弃在我们身外。把死亡变成我的死亡，现在便不再是使我自己保持在死亡中，而是把这个我扩大到了死亡，是我把自己向死亡敞开，不是排斥死亡，而是包含死亡，把死亡看作我的死亡，把它看作我的秘密的真理，是可畏的东西，当我比我更伟大，当我绝对是我自己或绝对伟大时，我在这可畏中认识到我是什么。

　　于是，逐渐转移里尔克思想中心的关注点就体现出来了：我们将继续把死亡看作不可理解的怪事吗？或者，我们将不去学会在生活中把死亡吸引过来，学会给它取别的名字，把它变成生活的另一侧面？由于战争，这种关注变得更为急迫，更加令人苦恼。战争的可怖阴沉地展现出在这深渊中对于人而言非人性的东西：是的，死亡是相反的部分，是看不见的反面，它伤害着我们身上最美好的东西，我们所有的欢乐会随之丧失殆尽。这种猜想强烈地体现在里尔克身上，而 1914 年的战争使他变得完全空虚。由此，产生了他所表现的力量，面对从坟地出现的幽灵而不闭上眼睛。在《巴多·托道尔》①，即冥府旅行者的导游之书中，死者在继续死去的这段未定时间里，先是面对曙光，后来又面对平静的神灵，再后又面对发怒的神灵的可怖面孔。倘若死者无力在这些形象中自我认识，倘若他从中看不到他受惊吓的、贪婪的和强暴的灵魂的投影，倘若他设法躲避它们，他就赋予这些形象以实在性和厚度，而他自

① 《巴多·托道尔》(Bardo Thödol) 是一部著名的西藏秘传之书，写成于公元 8 世纪前后，后屡经修改，该书描写亡灵在生死界之间的周游。

164

身又落入生存的迷途。里尔克要求我们在生活之中做到类似的纯净化，只有这一点不同：死亡并不是对我们可能生活在其中的那种幻觉般外表的暴露，而是：死与生构成一个整体，是两个领域的统一体的宽广空间。对生活充满信心，又以生活的名义，对死亡充满信心：倘若我们拒绝死亡，就如同拒绝生活重大而艰难的方面，如同仅仅设法迎接生活的渺小方面——这样我们的欢乐也会是渺小的。"谁不同意生活的可怕，谁不以欢乐的呼喊向生活致意，谁就永远掌握不了我们生活的难以言说的伟力，他就会置身于生活的边缘，当决定之时到来时，他可能既非生者亦非死者。"①

165

---

　　① 里尔克在这种力求"以生的最深刻的快乐和荣耀为基点，加强对死的信赖的亲近感"之中，他尤其想制服我们的恐惧。我们像谜一般畏惧的东西，只是由于我们恐惧产生的谬误而不为人知，正是恐惧使它不能让人认识它。正是这种恐怖制造出了恐怖的东西。正是我们这种排斥力，在它介入之时，强加给我们那种从我们中被排斥的害怕。里尔克并不把死亡捧上高位。他首先想取得和解：他想要我们对这黑暗产生信任感，以使它变得明朗起来。然而，由于在任何调解中，凡是属于超越我们的实在和力量的东西，当它在适应我们的度量时，有可能失去它的过度的意义。奇特性一旦被克服，就会化解成为无光泽的内在，它只能告知我们自身的知识。谈到死亡时，里尔克说："请您相信，死亡是位友人，是您最亲密的朋友，也许是唯一的朋友，是我们的行为和我们的犹豫不决永不会使其迷途的友人。"可能，这样的经历便不会再使我们惶惶不安，而且它让我们留在我们习惯的实在的老路上。它要成为"唤醒者"，它必须是位"陌生者"。我们不可能既要使死亡向我们靠近，又希望它告知我们遥远的真实。里尔克又说："死亡并不是在我们的力量之外；死亡是花瓶圆口上的度量线：每当我们欲够着它时，我们就满了，而充满的意思是沉重：这就是一切。"在此，死亡是一个充实的存在的标记：对死的畏惧也就是对这分量的畏惧，而我们正由于这分量才成为圆满和真实，这畏惧是对不足的一种温和的追求。相反，欲求死表明了某种圆满的需求，这欲望是对顶端边际，对欲灌满瓶子的液体的势头的渴望。但是，达到瓶口就足够了吗？"满溢"，这便是液体的不可告人的激情，这种激情是无度的。而满溢并不意味着圆满，而是空无，是过度，满与过度相比仍是不足。——原注

马尔特的经验

对于里尔克来说，《马尔特》的经验是有决定意义的。这本书很神秘，因为它围绕着一个作者未能接近的中心。这个中心就是马尔特之死或是他瘫倒的时刻。该书的第一部分对此有所预告，各种经历都趋向在生命之下揭示这生命的不可能性的证明，这生命即无底的空间，他滑入、跌倒在其中，但这种下坠对我们掩饰起来。再者，这本书在写的过程中，似乎只是为了忘却这个事实而展开的，它陷进各种杂事的叙述中，而未表述的东西离我们越来越远。里尔克在书信中总谈到青年马尔特，把他说成是一个与他必然会屈服的考验进行较量的人。"不是吗？这种较量超过了他的能力，他承受不了，虽然他在思想上确信其必要性，他如此坚信，以致出自本能坚持不懈地进行这种较量，以致这种较量最终附着在他身上不再离去。《马尔特》这本书，一旦写出来，只是有关这种发现的书，而不是别的什么，这发现体现在某人身上，对于他来说它太强大了。也许，他无论如何要将这场较量胜利地进行下去，因为他写到了侍从的死。但是，正如拉斯科尔尼科夫那样，他被自己的行为拖垮了，止步不前，无力在行动应展开之时继续下去，以致刚取得的自由转而反对他，而由于无力防备，他被摧垮了。"

马尔特的发现就是这种对于我们来说过于强大的力量——无个性死亡——的发现，它是我们力量的过度，使之过度的东西，如果我们能再次把这力量变成我们的力量，那它会使之成为神奇的。这种发现，他无法加以控制，也无法把它变成他的艺术基础。那会怎么样呢？"在某段时间里，我将写出这一切，并加以证明。但是，我的手不听使唤的日子将会来临,当我要我的手写作时,它会写出一些我并不赞同的词。另一种解释的时光即将来临,到那时,词将分解,每种意义会像云雾那样散去,又像雨一般落下。尽管我很担心,但我会像某些人一样在大事面前挺住,而且我记得,从前,当我要写作时,我曾在自身感到类似的微光。但这一回,我将被写下。我就是那将发生变化的感觉。啊!我几乎就能理解一切,同意一切!仅仅只差一步,我的悲哀就会是一种庆幸。但是,这一步,我无法迈出,我跌倒了,我无法站起来,因为我已垮掉了。"可以说,故事在此告终,这是故事的最终结局,越过它,一切将会变得静悄悄,可是,怪事发生了,这些篇章却只是该书的开场,书不仅在继续,而且逐渐在整个第二部分离个人的直接考验越来越远,在这部分中,只是有保留地谨慎地暗示这种考验,若确实,当马尔特谈到查理的凄惨死亡或国王的疯狂时,正是为了不谈他自己的死和疯狂。这一切的发生就好像里尔克把书的结尾深藏在开头,以向自己表明在这个结尾后,某种事情仍是可能的,这个结尾并不是可怕的最终收场,在这之后就无所可说的了。但我们知道,《马尔特》这本书的结束对于这位作者来说,标志着持续十年的一场危机的开始。这场危机无疑还有其他的深度,但作者本人始终把它与这本书联系在一起,在书中他觉得已经全都说出,却避开了最根本的东西,以致书中主人公仍在他身边游荡,像一个草草入葬的死人总要在他眼前显现。"我始终是这本书的康复者。"(1912 年)"你能理解我仍留在这本书后面,完全像是一个幸存者那样,藏在我自身的最深处,不知所措,无所事事,无事可做?"(1911 年)"在持续的绝望中,马尔特终于来到一切的后面,在某种程度堪称来到死亡之后,以致任何东西对于我来说都不再是可能的了,甚至死也不再可能。"
(1910 年)应当记住这句话,在里尔克的经历中,这样的话很少见,
在此,这句话使他的经历向这个夜间区域敞开,死亡在这区域里不
再像是最纯粹的可能性,而是像不可能性的空无的深度,他往往避
开这个区域,却在其中游荡了十年之久,被作品的要求召唤回来。

　　他满怀耐心、痛苦的惊讶,满怀甚至与自身也无联系的游荡者
的不安,经受着这种考验。人们注意到,在四年半的时间里,他在
五十多个不同的地方逗留过。1919 年,他写信给一位女友说:"我
的内心变得越来越封闭,似乎为了自我保护,它对我自身也成为无
法进入的了,现在,我不知道我心中是否还有力量进入人际关系,
是否还可能实现这些关系,我也不知道冥府是否只是静穆地保存
下了我昔日灵魂的坟墓。"为何会有这些难处?因为整个问题对于
他来说是以"逝去者"碰得粉身碎骨的地方开始起步的。如何把不
可能变为起点?"五年以来,自《马尔特》完成以来,我把自己当作
一个开始者,实际上,当作某个不会开始的人。"后来,当他的耐心
和和谐使他走出这个"失落的和忧伤的区域",并使他和他真正的
诗人话语《杜伊诺哀歌》[①]相会时,他明确地说,在这部新作中,以
那些曾使马尔特的生存成为不可能的素材为基础,生活又重新成
为可能的,他还说,当他后退时他并没有找到山路,反而把艰难的
路推得更远。

169

---

　　① 《杜伊诺哀歌》(*Elégies*)为里尔克的主要诗作之一。于 1912 年开始写作,直到
1922 年完成,共计 10 集。作品通过奇异而猛烈的形象和象征物,表达这样的主题:人
生脆弱,死亡时时萦绕;接受已成生命的终极和完成的死亡。

2. 死亡的空间

"在《杜伊诺哀歌》中,对生的肯定和对死的肯定体现为只构成一种肯定,承认其一而不承认另一种,正如我在此庆贺对这种肯定的发现那样,这就是一种限制,它最终排除了一切无限。死亡是生命的这一侧,它并没转向我们,也没有被我们照亮:应当努力对我们的存在的意识有尽可能多的清醒认识,存在在意识中处于两个无限的王国里,它从这两个王国中无尽地汲取养料……生活的真正形式在这两个领域里展开,大循环的血液在这两个领域里流动:既无在此处的领域也无在彼处的领域,而是大统一……"

这封写给胡勒维茨(W. Hulewicz)的信名声远扬,这使他的思想比他的诗歌更为人所知,而他正想用他的思想来阐释他的诗作,这名声表明我们多么喜欢用有意义的思想取代诗歌运动。令人惊讶的是这位诗人自己总是试图摆脱晦涩的话语,不是在他表达中,而是在他理解中——如同在要他说而绝对不是读出的词语的焦虑中,他要让自己确信,不管怎样,虽不明说,但他很明白,他有读和理解的权利。

另一侧面

阅读里尔克便把他作品的一部分"提高"到了思想之列。阅读体现出他的体验。我们知道,里尔克并不接受基督教的出路;正是在此世,"在纯粹、深刻、幸运的人间意识中",死亡是一种我们需要知晓、认识和迎接的——也许是要促进的彼世。死亡因此并不仅仅在死去之时：而是在任何时候,我们都和死亡同在。为什么? 那我们不是立即进入这另一面,进入生活本身,这生活只不过以另一种方式表现出来,成为另一种生活,成为另一种关系吗? 在无法进入这侧面的情况下,我们能满足于认识这区域的定义:这个区域是"没有转向我们,也没有被我们照亮的那侧面"。因此,死亡从根本上是摆脱我们的,是一种超越,但是,对于死亡我们不能说它具有价值和实在性,对于死亡,我们仅知道我们"背离了"它。

　　但是为什么"背离了"呢? 是什么使我们必然无法随意地回转过来呢? 显然,有我们的界限:我们是受局限的生灵。当正视前方时,我们看不到身后的东西。当我们在尘世时,我们必然要放弃冥府:界限把我拴住,留下并把我们推向我们之所是,使我们回转向我们,使我们背离另一侧,把我们变成背离的人。进入另一侧面,就是进入那种摆脱界限的东西的自由。但是,从某种程度上讲,我们难道不是脱离今世和现时的人吗? 我也许只看见我前面的东西,但我可以想象身后的东西。在意识中,在任何时候,在我所在之处以外的地方,难道我不始终是另一侧面的主宰吗? 当然,是这样的,但是这也是我们的不幸。在意识中,我们避开了现在,但我们被交给了想象。通过想象,在我们自身的深处,我们恢复了面对面的约束;我们面朝前挺立着,即使有时候我们绝望地看着我们的外面。

　　　　这叫作命运:直面
　　　　只是这样,永远直面。

这就是人类的命运：只能依赖于某些使我们背离其他事的事情，而更为严重的是，在一切情况中对自身在场，在这种在场中只拥自身前面的每样东西，而这自身由于这面对面而与之分离，又由于自身的这种插入而与自己分离。

现在，可以说把我们从无限制中排除的东西，也就是把我们变成被剥夺了限制的人的东西。从每件有限的事物中，我们觉得自己背离了各种事物的无限，然而，我们同样也背离了这件事：由于我们把握它时所采用的方式，代表它，以使它成为我们的，把它变172 成某物，变成客观的实在，使它立足于我们使用的世界，脱离空间的纯净性。"另一侧"所在之处，就是我们在某一件事物中不再由于我们注视它的方式而背离它，即由于我们的目光而背离它。

> 造物全神贯注看到
> 敞开口。只有我们的双眼
> 像颠倒过来……

进入另一侧，就是改变我们进入的方式。里尔克试图在意识——他的时代所设想的那种意识——中看到主要的障碍。他在1926年2月25日的信中指出，正是这种很低的"意识程度"使动物受益，使其得以进入实在而无需成为实在的中心。"我们所说的敞开，并不是天空、空气和空间——这些东西，对于观察者来说，仍是一些对象，因此是不透明的。动物、花卉就是这些东西，却并没有意识到，因而在自身之前和自身之上，拥有这种无法描述的敞开的自由，它对于我们来说，也许只是在极短暂的时间中，在爱的最初一刻才有其等同物,此时,人在他人身上,在所爱者身上,或在向着上帝的提升中,看到了自己本身的广度。"

很明显,在此里尔克遇到了一种载负着各种形象的自我封闭的意识观念。动物在那里,它观看着,它的目光并不反射它,也不会反射事物,而是使它向事物敞开。另一侧,即里尔克称作"纯粹关系"的那侧,便成为关系的纯净,也就是这样的事实:存在于这关系中,在自身之外,在事物之中,而不是在一种事物的想象中。从这个意义上讲,死亡就是曾被叫作意向性的那种东西的等同物。通过死亡,"我们以动物的犀利目光注视着外界"。通过死亡,双眼回转过来,而这返回便是另一侧,而这另一侧便是不再背离着,而是回转身来,被引入转换的深处,不被剥夺意识,而是通过意识,被建立在意识之外,被投进这种运动的痴迷中的一种生活的事实。

让我们来思考一下这两种障碍,一种障碍在于人的场所,在于人的时间或空间的局限,也就是说在于可叫作不佳的范围的那种东西,在那里,一件事物必定取代另一件,在掩盖另一件事物时才能让自己被看到,等等。另一种障碍源于不佳的内在性,即意识的内在性,在我们摆脱了此地和现在的局限之处,在我们的内在深处拥有一切之处,但是在那里,由于这种封闭的内在深处,我们被排斥住进入一切的那个真正入口之外,此外,由于强迫事物必须服从的那种心情——这种实施的活动使我们成为拥有者、生产者,关注成果又贪求物品——我们被排斥在事物之外。

因此,一边是不佳的空间,另一侧是不佳的"内部":然而,在一边是实在和外部力量,在另一边是内在深处的深度,不可见之物的自由和安静。难道不可能有一次,在那里空间同时是内在深处和

外部,即那空间在外部已经是精神的内在深处,而那个内在深处在
我们身上是外部的实在,正如在我们身心中,在外部,在这外部的
内在深处和内在的广度中,我们就在这实在中吗? 这就是里尔克
174 的那个体验,首先是"神秘"形式的体验(他在卡普里岛和杜依诺曾
有过这体验①),然后是诗歌体验导致他去认识,至少隐约见到和
预感到,也许在他表达它之时引导他去召唤的东西。他把这东西
叫作世界的内部空间,这个空间与我们的内在深处一样也是事物
的内在深处,以及这二者的自由交流,即那种无控制的强大的自
由,不确定物的纯粹力量在那里体现出来。

　　　　独一的空间越过人间:

　　　　世界内部空间。

　　　　鸟儿静悄悄地从我们中间掠过。

　　　　喔,我欲成长,

　　　　我观望着外面,树木在我身心中生长!②

世界内部空间

　　我们对此能说些什么呢? 准确地说,这种外部的内在性。这
种在我们身心中的规模,在那里"无限如此深地进入,以致像闪烁
的星星轻盈地安息在他的胸口"——正如他在谈到卡普里岛的体
验时所说——又是什么呢? 人们真正能进入那里吗? 又是通过什

---

　　① 《散文片断》,"奇遇一","奇遇二"中可见到叙述。——原注
　　② 写于 1914 年 8 月。——原注

么途径呢？——倘若，由于意识是我们的命运，我们无法摆脱它，如果在意识中，我们永不在空间，而是在想象的面对面中，而且我们始终忙于行动，做和拥有。里尔克从来不背离对敞开的论断，而当他在衡量了我们接近它的能力时，他有了许多变化。有时，人似乎总是从中被排斥。有时，一丝希望会留给"爱的伟大运动"——当人超过了自己所爱者，仍坚持不渝大胆地从事这种既无休止也无限制的运动，不愿也不能在其心目中的人身上休闲，而是撕裂他，或超过他，以使他不成为使我们避开外部的屏障：这种条件如此艰难以致让我们宁可遭受失败。爱，这总是爱某人，眼前有某人，只看着他而不看着他以外的地方，除非由于不留神，在激情的盲目狂奔中，爱最终使我们转移而不是使我们回转。甚至孩子，他们更易受到直接生活的纯粹威胁。

> ……少年儿童，我们
>
> 使他们回转，迫使他们向后看
>
> 有形的世界，而不是敞开，
>
> 在动物的面容中这个世界如此深邃……

而即使是动物，"其存在对于它也是无终止的，无轮廓并且不关注其状况"，动物"在我们看到前景之处，它看到一切，在一切中看到自身，只是并非永远如此"，有时，动物也会"忧心忡忡和闷闷不乐"，为与原初的福乐分离而焦虑，就像远离了它的气息内在深处一般。

因此可以说敞口是绝对的不肯定，在任何一张脸上，在任何一种目光中,我们从来不曾见过它的反射,因为任何一种反射都是某种有形象的实在的反射。"始终是人世而不是无名的任何一处。"

这种不肯定是本质的:我们接近敞口如同接近某种可靠之物,这便

176　是确信我们会错过敞口。令人惊讶的东西,也是里尔克的特殊之处,便是他依然十分确信不肯定之物,如同他执意要排除对它的疑虑,要怀着希望肯定它而不是不安地肯定它,怀着那种并不无视任务甚艰难的自信去肯定它。犹如在我们身心中,鉴于那种我们是"被背离"的事实,有那种返回的可能性,许下了本质性的再次转换的诺言。

事实上,如果我们重谈那两种障碍,即在把我们转向一种局限生活的生命中把握着我们的障碍,那么似乎主要的障碍——因为动物已免除了这种障碍,我们见到动物进入向我们关闭之物——这种不良的内在性,即我们的内在性,却能够(作为一种闭塞的和排除的力量)变成接纳和附着的能力:不再是那种把我们与现实事物分离的东西,而是向我们归还这些事物的东西,而这正是在它们摆脱可分割的空间之处,以进入本质的领域。我们的不良的意识并非不良,因为它是内的,因为它是那种在客观界限之外的自由,但是由于它不够内在,而且根本不自由,在这种不良的意识中,正如在不良的外部一样,占据统治地位的是物,是对成果的关注,渴望拥有,是把我们与占有联结起来的欲望,是对安全和稳定的需要,是求知以求确信的倾向,即那种"考虑到"的倾向——它必然变为追求计算并把一切减约为计算,甚至是现代世界的命运本身。

因此,如果有某种返回的希望的话,那是在当我们通过意识的转换,越来越背离之时,这种转换不仅不是把意识拉回我们称作实

在物的那种东西,其实那只是客观实在而已,在这种客观实在中, 177
我们始终处在稳定的形式和分离的存在的安全中,同样,不仅不是
把意识维持在它本身的表层上,维持在想象的世界——这世界只
是对象的复制品——而是把意识转移到一种更深的内部,转移到
最内在和最不可见之中,而此时,我们不再关注我们的作为,而是
从我们中解放出来,从实在的事物和事物的幽灵——"那些被遗弃
并暴露在心灵山头"上的东西——中解脱出来,此时,我们最贴近
这处:"内部和外部收缩在唯一的连续的空间里"。

　　诺瓦利斯曾肯定地表达过类似的愿望,他说:"我们渴望在宇
宙中遨游。宇宙难道不在我们身心中吗? 我们并不了解我们精神
的深度。神秘的道路通往内部。永恒同它的世界,过去和未来在
我们身心中。"克尔凯郭尔唤醒了主观性的深处并欲使主观性摆脱
范畴和一般的可能性,以便在其特点中再把握住它,他曾说过的某
些话里尔克当然知道,这不成问题。然而,里尔克的体验有自己的
特点:他的体验与急迫和奥妙的强力无关,而在诺瓦利斯作品中,
正是通过这种强力,内部肯定并激发着外部。它与尘世的超越同
样不相干:倘若诗人走向最内层,这并非为了在上帝身内突然出
现,而是为了在外部突然出现,为了忠于尘世、尘世生活的圆满和
极大丰富,此时它就以它那股超越一切计算的力量喷出边际。此
外,里尔克的体验有自身的使命。这些使命从根本上讲是诗的话
语的使命。正是在诗的话语中,他的思想上升到了一个更高的阶
段。此时,神秘学的愿望远去了,这种愿望使他关于死亡的想法以 178
及他对意识的假设,甚至他的敞口的思想变得笨拙,而这种敞口思
想有时趋向成为一个存在着的区域,而不是存在的要求或这种要

求的过度的无限制的内在。

转换：变换成不可见之物

然而，当我们越来越背离外部，在我们趋向于这个想象的空间，即心灵内在深处时，又发生了什么呢？人们可能会设想，意识在此寻找着无意识，把它作为自己出路，设想意识渴望沉没在本能的盲目中，在那里它又可能找回动物的无知的纯洁性。其实并非如此。除了在《杜伊诺哀歌集》第三首中，里尔克感到这内在化更像是一种意义本身的变换。他在致胡勒维茨的信中说，这在于"最大可能地实现我们存在的意识"，在同一封信他又说："我们不应该仅仅使用由此到时间限度内部的各种形式，而是应当——尽我们能力所及——在我们参与的高级意义中建立这些形式……""高级意义"这几个字表明，这个内在化在使意识去除一切它所体现和制造的东西，去除把它变成被称为世界的那种客观实在物的替代的同时，使意识的命运发生逆转——这转换无法与现象学的还原相比，但它使人联想到这一点——内在化并不走向非知的空无，而是走向更高的或更严格要求的意义，同样也许更接近这些意义的源头和这个源头的喷发。这个更内在的意识于是也更为自觉，在里尔克看来，这意味着"在这意识中，我们被引入独立于时空，独立于尘世存在的前提条件"（这时，他所说的只是一种更宽阔、更松弛的意识），但是这也意味着：它更为纯洁，更加接近建立起它的那种要求，这要求把它变成并非把我封闭起来的不良的内部深处，而是把它变成那种超越的力量，在这股力量中，内在深处是外部的爆发和喷发。

　　但是,这种转换又怎么可能呢?它是如何完成的呢?倘若它不会还原成"极其短暂的",也许永远是非实在的状况的不确实性,那么,是什么给予它权威和实在的呢?

　　通过转换,一切都转向内部。这意思是,我们自身在转动,而且我们也转动一切,所有一切我们参与其中的事物。这是关键之点。人与事物相关联,人处在事物的中间,如果人放弃了他的实施性和代表性的活动,如果人退缩进自身之中,这并不是为排除所有非自己的东西,即卑微的和失去时效的实在事物,而是为了带动它们,使它们参与这种内在化,在内在化中,实在事物失去了使用价值和遭歪曲的本性,它们同样失去了狭窄的界限而进入真正的深度。这样,这种转换像是一项庞大的转位工程,在这项工程中,事物,各种事物都在变化,并在我们身心中实现内在化,变成内在事物,变成内在于它们自己的事物:可见之物转变成不可见的,不可见的变得越来越更不可见,这是在不被照明这事实不表示一般的剥夺,而表示进入另一侧,"这一侧没转向我们也没被我们照明"之处。在里尔克的说法中以多种方式重复了这一点,他的那些说法是法国读者极其熟悉的:"我们是不可见的蜜蜂。我们拼命地采可见物的蜜,把蜜积存在不可见物的大金蜂窝里。"

　　每个人都被号召去重新开始诺亚的使命。每个人都应成为各种事物的亲切的和纯粹的方舟,变成各种事物赖以藏身之处,然而,在这藏身处里它们并不满足于保持原样,保持它们想象的那样,狭窄而又陈旧,是一些讨好生活的东西,但在这藏身处中,它们在发生变化,失去了自己的外形,它们丧失自身以求进入它们储备的深处,这是在它们像是避开自己之处,未受触动,处在不确定物

180

的纯净之中。是的,每个人是诺亚方舟,但是,若注意一下便可发现,每个人以奇特的方式成为诺亚方舟,而且,人的使命并不在于拯救洪水中的万物,更多是把万物投入更深的洪水之中,万物便过早地、彻底地消失在洪水中。事实上,人的天赋秉性就是这样。倘若,一切可见之物必然变成不可见的,倘若这种变化是目的,那么我们的介入似乎是十分多余的了:变化由其自身完美地得以完成,因为一切全都要消亡的,因为,里尔克在同一封信中说:"要消亡之物到处陷在深刻的存在中"。那么我们,最不耐久、最易消亡的人,又有什么要做的呢? 在这项拯救的使命中,我们又有什么可奉献181 的呢? 这正是:我们易消失的特性,我们会消亡的秉性,我们的脆弱,我们的易腐性,我们的死亡天赋。

死亡的空间和话语的空间

因此,我们处境的真实性和我们问题的分量又提了出来。在《杜伊诺哀歌》末尾,里尔克用了这个词:"无限地死亡",这词含糊不清,但是我们可说是无限地要死的人,略超过要死的。任何事物都要消亡,但我们是最易消亡的,所有事物都在逝去,都在发生变化,然而我们欲求变化,我们欲逝去,而我们的意愿是这种超过。由此,他召唤道:"欲求变化吧"。不应当待着,而应通过。"他不在任何地方待着。""封闭在待住不动之中的东西已是僵化的。"活着,就总是在告辞,被辞去,辞去存在着的东西。然而,我们能够超过这种分离,并把它视为犹似它在我们后面那样,我们能把它变成这样的时刻,在此刻中从现时起,我们触及了深渊,我们进入深层的存在。

这样,我们看到,转换这种走向最内在的运动,即我们在改变一切的同时改变我们自己的工作,它具有某种与我们的目的相关的东西——这种变化,这种从可见之物到我们负载的不可见之物的完成,就是死这项使命本身,而直至此时,我一直是难以承认它的,这项使命是一种工作,当然,这项工作极其不同于我们制造物品并设想某些成果的工作。现在我们甚至看到,这项工作如果说在某处相似于另一项工作,那么它与另一项工作也是对立的,因为,在这两种情况中,问题确实在于一种"变化":在尘世中,事物被转变为物品以供被把握,供使用并变得更为可靠,它们具有明确无误的界限和同一而又可分的空间——但是,在想象的空间中,事物被转变为不可把握之物,不可使用也不会损耗,不为我们所拥有,而是那种剥夺运动,这运动剥夺了我们对事物、对我们的拥有,是不可靠的:在风险的内在深处,事物成为平坦单一,即在那里无论是诸物还是我们都得不到庇护,而是无保留地被引向某个无任何东西挽留我们之处。

里尔克在晚年的一首诗中说,内部的空间"体现着诸物"。它使诸物从一种语言进入另一种语言,从外来的、外部的语言进入完全内部的语言,甚至进入语言的里面——当语言在寂静中并且透过寂静命名并把名词变成一种静静的实在。"超过我们并体现诸物的那个空间"是最佳的使之改观者和体现者。但是,这种说明更使我们预感到:是否有另一种体现者,另一种空间,在那里事物不再是可见到的,而依旧待在它们不可见的内在深处呢?当然有,而且我们可以毫不犹豫地说出它的名字:这个本质的体现者,便是诗人,而这个空间,便是诗歌的空间,在那里无任何现在的东西,在那里,在不在场的内部,一切都在诉说,一切全回到了精神的领悟中,这领悟是敞开的和非静止的,而是永恒运动的中心。[①]

从可见之物变成不可见之物,如果这种变化是我们的使命,如果它是转换的真实,那么有一处,在那里我们看到这变化得以完成而并没有消失在"极短暂"状况的模糊隐约中:这就是话语。说话,这在本质上就是把可见之物改变为不可见之物,就是进入不可分割的空间,进入存在于自身之外的内在深处。说话,就是建立在这个点里:在那里,话语需要回荡和被听到的空间,在那里,空间在变成话语的运动本身的同时,成为知晓的深度和颤动。里尔克在一篇法文写的文章中说,"如果不是造就不在场的语言,不可见物的语言,又怎么承担和拯救可见之物?"

敞开,即诗歌。在这空间里,所有的一切都返回到深刻的存在,两个领域之间有着无限的过渡,一切都在死去,但死亡是生命的知心伴侣,恐惧是愉悦,欢庆在悲哀,而悲哀会增光,这空间本身正是"万物像奔向离自己最近、最真实的实在那样"朝它奔去之处,即最大的圆圈和不停变化的那个空间,它是诗歌的空间,是俄耳甫斯诗歌[②]的空间,诗人当然无法进入其中,诗人进入其中只是为了消亡,在这空间中,诗人只有保持一致才进入裂口的深处,这裂口把诗人变成一张无人理会的嘴,正如它对待聆听寂静的分量的人,

---

①　在赞扬雅各布森的诗时,里尔克说:"不知道词语之纬在何处结束,空间在何处开始。"——原注

②　俄耳甫斯,希腊神话中人物,色雷斯的诗人、歌手。他善弹竖琴,其琴声可使猛兽俯首,顽石点头。

这就是作品,是作为渊源的作品。

作为渊源的歌:俄耳甫斯

　　当里尔克颂扬俄耳甫斯,颂扬作为存在的歌时,这并不是以吟唱之人为起始所完成的那种歌,甚至也不是歌的那种圆满,而是作为渊源的歌和歌的渊源。确实,俄耳甫斯这形象中有一种根本性的含糊不清,这种含糊不清属于神话,而神话是这形象的储备,但这含糊不清同样在于里尔克思想的不确定性,在于他在体验过程中逐渐分解死亡的实质和实在的那种方式。俄耳甫斯不同于天使,在天使身上,变化已经完成,天使并不知道变化的风险,但同样也不知道变化的好处和意义。俄耳甫斯是各种变化的行为,而不是战胜了死亡的俄耳甫斯,而是始终在死去的那个俄耳甫斯,是要求消亡并在消亡的焦虑中消亡着的俄耳甫斯,而这种焦虑变成为歌,这话语,它是死亡的最纯的运动。俄耳甫斯之死有甚于我们,他就是我们自身,拥有对我们死亡的提前得知,他是散落深处的那个人。他是诗歌,如果说诗歌可能成为诗人,成为诗歌圆满的理想和榜样的话。但同时,他并不是那完美的诗歌,而是某种更神秘、更严格要求的东西:诗的渊源,即献祭之点,它不再是两个领域的调和,而是失落的神的源渊,不在场的无限痕迹,即里尔克在这些诗句中也许最接近的时刻:

　　　　喔,你,失落的神! 你,无限的痕迹!
　　　　敌对的巨大力量在将你撕裂,
　　　　必定把你四分五裂,

184

把我们变成洗耳恭听的人和自然之嘴。

这种含糊不清以多种方式表现出来。有时,在里尔克看来,把人的话语变成沉重的、与变化的纯洁无关的话语的那种东西,似乎也正是把人的话语变得更可说、更能担起使命——他的使命——的那种东西,即从可见之物到不可见之物的这种变化。世界的内部空间要求人的话语的谨慎以求确切的表白。这空间只有在话语的严格限定中才是纯的和真的:

> 空间任鸟儿飞,这空间并非
> 内在深处的空间——它为你的形象增色……
> 空间超越我们并体现事物:
> 以致,一棵树的存在对于你是一种成功,
> 它在自身四周,在你身上所显示的空
> 间四周,投下了内在空间。你要用
> 谨慎来围绕它。它不会自我限制。
> 只有在你的弃绝中成形时,它才会成树。①

诗人的使命在此便是一种中介的使命,荷尔德林是首先表达并表示庆贺的。② 诗人的命运就是遭受不确定物的势力和存在的纯粹暴力——它不造就任何东西——的摆布,就是勇敢地支持这势力,

---

① 写于 1924 年 6 月。——原注
② 至少在《犹如在节日》这首赞歌中。——原注

但也是挽留住它,把克制,把形式的完成强加给它。这种要求充满风险:

　　　　为何有人应当像牧羊人那样,
　　　　直立着暴露在影响的无度中?

　　但是这项使命并不在于听命于存在的不明确,而是在于给予存在以决定,准确和形式,或是如他所说,在于"以焦虑为起始做点事情",在于把焦虑的不确定性提高到准确话语的决定。我们知道,对说出事情并以与之相适应的完美表达把事情说出来的关注,这对里尔克来说有多么重要:不可言喻对于他似乎是不适时宜的。说,是我们的使命,以排除无限的那种完善的方式说出已结束的事,是我们的权力,因为我们自身就是受限的存在,关注着了结并且有能力在有限中重新把握完成。在此,敞口在话语的约束中再次关闭,话语是如此确定,以致它根本不是谈话朝向内部得以完成的纯净境地,也不是变换成不可见之物,话语自身变化为可把握住的事物,它变成众人的话语,在这话语中,事物没有被改变,而是固定、凝固在可见的方面,正如,有时出现在他的《新诗》①的表现主义部分,这是一部视觉之作,而非心作。②

　　或者,相反,诗人转向最内部,正如转向源泉,而对源泉宁静而

①　写于1906—1908年。——译者注
②　在完成《新诗》后,他曾自言称:
　　　视觉之作已完成,
　　　现在要作心作。——原注

纯净的喷发必须加以保护。真正的诗便不再是那种关闭着诉说的话语，不再是话语的封闭的空间，而是透气的内在深处，通过它，诗人耗尽自身精力以拓宽空间，并且有节奏地化为烟云：环绕着子虚乌有的内部的纯净的灼伤。

> 呼吸吧，喔，看不到的诗！
> 世界的空间，始终地纯粹地
> 与洁净的存在作交换。抵消的力量，
> 我在其中有节奏地自我圆满……
> 空间的成果。

187

在另一首诗中：

> 歌唱实在是另类喘息
> 围绕着子虚乌有的气息。飞往上帝。风。

"围绕着子虚乌有的气息"：这像是诗歌的真实，当诗歌仅只是一种静悄悄的内在深处，一种我们的生命奉献在其中的纯粹付出，而不是追求某个成果，以征服和获得为目的，而是无为，处于那种以上帝这象征性名字来命名的纯关系中时。"歌唱是另类的气息"：气息不再是这样一种语言，即它是那种可把握的和扣住人心的说法，气息，即贪欲和征服，它在呼吸中渴望着，它总在窥视着什么，它在持续着并欲求持续。在歌声中，说话即超出，即认同这过渡——走向纯粹的衰落，而语言不是别的东西，只是"人心的这种深刻的纯真无邪,通过它,人心才可能在自身不可抗拒的坠落直至毁灭中划出一条纯净的线来"。

变化于是犹如存在的幸运的衰竭——此时,存在无保留地进入了无任何东西得以保存的运动之中,这运动实现不了、完成不了也拯救不了任何东西,这运动是纯粹的跌倒的幸福,坠落的快活,即那种欢快的话语,仅有这么一次,它在消失于声音之前,把声音赋予消失:

> 在逝去的人群中,在衰落的王国里,
>
> 当那块水晶,它发出鸣响声,
>
> 在鸣响清脆声中它已经粉碎。

然而,必须再补充一句,里尔克已自觉地把变化设想为进入永恒,并把想象的空间设想为从毁灭性的时间中获解放。"我觉得,把那种自由状态的东西,从感觉来说,把空间,把敞开的环境这些东西称作时间,而不是消逝①的行为,这几乎是不公正的。"有时,在最后的作品中,他似在影射一种完成的时间,这时间滞留在时间的纯粹在场中,以致永恒更像是自我封闭的时间的那个纯净的圈子。但是,不管空间是在瞬间之上的那个时间,还是那个"领略着不在场的在场"并把持续改变为非时间的空间,它似是那个不再存在的东西滞留在那里的中心,而我们的天职,在把事物和我们自己

---

① 德文原文为 *Kein Vergehn*(并非消逝)凯因·凡尔根。里尔克在此把"空间"和"敞开"与时间的消逝,与终了的坠落对立起来。——原注

安置在这空间的同时,并非是消失,而是持续下去:拯救事物,是
的,使它们变成不可见的,而且要使它们在不可见的特性中复活。
这便是死亡,这个更迅捷的死亡是我们的命运,它再次成为残生的
许诺,这样的时刻已经宣告来到:在里尔克来说,死,就是避开死
亡——他的体验的奇特的升华。这体验意味着什么?它又是怎样
完成的?

189

3. 死亡的变换

里尔克在《杜依诺哀歌》第九首中阐明了属于我们的权力,由
我们,最易逝的有生命之物之中的我们来拯救比我们更持久的
东西:

> ……这些物,它们的生命在衰败,
> 它们知道你在祝福它们;易逝者,
> 它们给予我们权力,来拯救最易逝者。
> 它们愿意在我们看不见的内心里,我们将它们——
> 无限地——改造成为我们! 不管我们的存在最终是
> 什么。

这就是我们的特权:当然,它与我们消逝的天赋秉性相联,但
是,这是因为在这种消逝中,也显现出了挽留的权力,而在这个更
为迅捷的死亡中,体现着复活,改变了面貌的生命的愉悦。

不知不觉中我们接近了这个时刻:在里尔克的体验中,死,将

不是死，而是改变死亡这个事实，在这时刻里，为告知我们不要否认极端，教会我们暴露在我们末日的动荡的内在深处而作的努力，将在平静的肯定中告终：没有死亡，"接近死亡，就再也看不见死亡"。生活在"敞口"中的动物"摆脱了死亡"。但是，我们，当我们经受着受局限的、被维持在界限内的生命的情况中时，"我们只看到死亡"。

> 它，我们只看到它；自由的善
>
> 在它身后是衰败，
>
> 而在身前是上帝，当它前进时，
>
> 他在永恒中前行，正像流
>
> 淌的泉水。

190

死亡，"只看到死亡"，是受有限生命和转换很糟的意识的过错。死亡就是这种我们把它引入存在的对限制的关注，死亡是那种糟糕的变换的成果，也许是它的手段，正是通过这种糟糕的变换，我们把各种事物变成物，变成全封闭的、善终的、倾注着我们对终了关注的实在。自由应当是对死亡的解脱，是接近死亡变得透明的那个点。

> 因为人一旦接近死亡，就再也见不到死亡
>
> 而是向外凝视，或许借助巨大的动物之眼。

因此现在不应再说死亡是我们回避生命的另一侧面，它仅仅是这

种避开的错误，是厌恶。凡在我们回避之处，就有死亡，而我们称之为死亡的那一刻，只是极度的扭曲而已，是弯曲的过度，是极限之处，超过这里，一切就全都颠倒，全都回转。这是千真万确的，以致在转换的考验中——那种朝着内部的回转，通过它我们在我们身心中走出我们之外——使我们逃避死亡的东西，恰恰是在我们甚至没有察觉之时，我们可能遇到的超过死亡时辰的这种情况，因为我们已远离，全不在意，我们由于漫不经心，忽略了本来应该为此要做的事（害怕，使自己滞留在世，愿做些什么事），而在这忽略中，死亡得以被忘却，我们忘却了死。里尔克在讲述了卡普里岛和杜依诺的两种具有神秘色彩的体验之后（在讲述中，他似乎首次体会到了自 1914 年起他称之为世界内部空间的那种东西），他以第三人称谈到了他自己，他说："实际上，很久以来他是自由的，若有什么东西阻止他去死，或许只有这件事：有一次在某处他忽略了去察觉死亡，他没有像别人一样继续向前走到那里，而是相反，又返回来了。他的行动已在外，在孩童们与之玩耍的被制服的事物中，而且在这些事物中消亡。"

不可见的死亡的内在深处

　　对于他所致力的这种体验的升华，他却极少关注，这让人感到惊讶，但是这种升华表达了他深深追求的运动。正如每种物都会变成不可见的，把死亡变成一种物的那种东西也会变成不可见的。死亡进入它自己的不可见性，从它的不透明面过渡到透明面，从令人恐惧的实在变成讨人喜欢的非实在，死亡在这过程中是它自身的转换，由于这种转换它是不可把握的、不可见的，是整个不可见性的源头。现在我们一下子明白了为何里尔克始终对马尔特的死保持缄默：不察觉到这种死亡，就是给予它以真实性的唯一机会，就是不把死亡变成令人粉身碎骨的可怕的界限的致命错误，而是变成心花怒放的幸福时刻，死亡通过这时刻在内在化的同时，迷失在它自己的内在深处。同样，在重病中，他对他为何死去和他将死的事实并不理会："里尔克和他的医生的谈话总是表现出他的这种愿望，即他的病痛不同于别人的病痛……奇怪的交谈，海默利大夫讲道，它总进行到病人本会说出死这个词之处，但是突然间，他谨慎地停了……"这种谨慎难以捉摸，在谨慎中我们不知道这种"不正视死亡"的愿望是否表示害怕看到死，在不堪想象面前的巧妙回避和逃避，或者相反，表示着深刻的内在性——它保持着沉默，强制沉默却为了不滞留在受局限的知的限度中而让自己无知。

　　我们还更清楚地看到，里尔克的思想自他希望一种有个性的死亡开始，就发生了变动。正如以前——虽然他不再以如此断然的方式表示差别——他始终打算谈论双重死亡，在一种死亡中，看到的是纯粹的死亡，死亡的纯净的透明，而在另一种死亡中，看到的是昏黑和不纯。正如以前一样，而且他比从前更为精确地看到这两种死亡具有效果的和转换的不同，这也许是由于不良的死亡——即由于某事，某种偶然原因引起的暴死——仍是一种不曾变化的、不返回其神秘本质的死亡，或由于这种不良的死亡在真正的死亡中变为转换的深刻内在性。

　　在他的思想中得以进一步明确的东西，就是这项形象变化的工作——它无限地超出我们，并且它也不可能源于我们尘世的所作所为的能力——只有通过死亡在我们身心中得到完成，就像是

192

只有在我们身心中,死亡能够自我纯净化,内在化,并且把这股变
化的巨大力量,这种不可见性的力量——死亡正是这力量的根源
深处——运用到它自己的实在中去。为什么在我们身上,在人身
上,即在各种有生命之物中最易逝的我们身上,死亡得以完成呢?
因为我们不仅仅身处于正在逝去的人当中,而且,在这个世俗王国
里,我们也是自愿逝去者,是对消亡说"是"的人,消亡在这样的人
身上让人评说自己,消亡成为言与歌。因此,死亡在我们身上是死
去的纯洁,因为死亡能达到它歌唱的这一点,因为死亡在我们身上
找到了体现在歌中的"不在场和在场的同一性",找到了脆弱的顶
尖端,这个尖端在撞击粉碎时发出回响和震颤的纯净声响。对于
死亡,里尔克说它是名副其实的爱说"是"者,死亡仅仅说"是"。但
是,这只是发生在有能力说的存在之中,正如话只是在这绝对的
"是"——在那里话语给予死亡的深刻内在性以发言权——之中才
成其为话语和根本的言语。因此,在死亡和歌唱之间,在由死亡这
个不可见之物对不可见之物的转换和这种转换在其中得以完成的
歌之间,有一种神秘的同一性。在此,我们又回到了卡夫卡似曾竭
力要表达的东西上:我写作为了死去,为给予死亡以根本的可能
性,由此,死亡在根本上死去,即成为不可见性的根源,但是同时,
只有当死亡在我身心中写作,把我变成非个性得到肯定的空无之
处时,我才能写作。

人的死亡

"非个性"这词,我们把它引用在此,表明了区分里尔克早年和
晚年的不同观点的这种东西。如果说死亡是死在其中自己发生无

限变化的透明核心，那么就不可能再谈得上那种有个性的死亡——在这种死亡里，我将在对我的固有的实在和独一无二的存在的肯定中死去，就如我在它之中是极度不可见的，而它在我之中是可见的，而我所能作的祈祷将不再是：

> 喔，主啊，给予每个人他自己的死亡，
>
> 让死亡真正是这生命的出路，
>
> 在那里，他找到了爱、意义和苦恼。

而成为："给予我死亡——它并非是我的死亡，而是人的死亡，确是源于死亡之死，在死亡中我无需去死，死并非是事件——事件，即是我所特有的，是降临于我一人的——而是什么也不降临在那里的非实在性和不在场，在那里既无爱也无意义和苦恼与我相伴，而是完全抛弃这一切。"

　　无疑，里尔克并不打算为死亡恢复低下的非个性——它要使死亡变成某种不及个性的东西，始终不纯粹的东西。死亡在他身心中所针对的那种非个性是理想的，它高出于个人，不是某件事的突发性和偶然的中立性，而是死亡这件事本身的升华，死亡在自身内部的改观。此外，*eigen*（*der eigen Tod*，"特有的死亡"）一词具有模棱两可的意思，它意为有个性的，但也有名副其实的意思（海德格尔在谈到死亡时把它作为绝对特有的可能性，意思是说把死亡当作极端的可能性，这会发生在最极端的"我"身上，而且，同样也是"我"的最有个性的事件，即在这事件中，"我"得以最高度、最名符其实地自我肯定，当海德格尔这么说时，他似乎也围绕着这种

模棱两可的意思），这种逐渐的转化使里尔克得以在他旧时的祈祷
中认识自己：给予每个人他自己的死亡，这个死亡是特有地死去，
是本质的死亡并在本质上死去，这本质也是我的本质，因为死亡是
在我的身心中得以纯净化，因为通过向着内部的转变，通过我的歌
的赞同和内在深处，死亡变成纯净的死亡，即通过死亡对死亡实现
纯净化，变成我的成果，即事物在死亡的纯净内部发生过渡的
成果。

　　确实，不应当忘记，为把死亡提高到自身的高度，为使死亡在
自身迷失之点和我在我之外迷失之点相吻合而做出的努力，并不
是一种一般的内部事情，而是对于事物来说包含着巨大的责任，只
有通过事物的中介，通过那种委托于我的，把事物本身提高到更高
的实在和真实的运动，这种努力才有可能实现。这一点在里尔克
身上是至关重要的。他正是通过这种双重的要求为诗歌的存在保
存着紧张，而若无这种紧张，诗歌的存在也许就会消失在相当暗淡
的理想性中。这两个领域中的任何一个都不应该为另一个而牺
牲：可见之物对于不可见之物是必需的，它逃避到不可见物当中，
但它同样是拯救不可见物，"对立的神圣法则"，它在两极之间恢复
了一种价值的平等：

　　　　在尘世，在冥间，两者
　　　　奇特地、无区分地掌握着你。

196　艺术的心醉神迷的体验

　　藏而不露的信念："彼世"只是存在于"此世"的另一种方

式——当我不再仅仅在我身心中,而是在外部,贴近诸物的真诚时——正是这一切使我不时地"观看"它们,使我转向它们,以使回转在我身心中得以完成。当我看到事物时,我以某种方式逃避,同样我也为它打开通向不可见之物的大门以拯救它们。一切都在看见这运动中发生作用,此时在这运动中,我的目光不再朝前看,随着吸引它向着打算而去的时间的驱动,而是回过身来"似从肩上方,向后朝着事物"看去,以达到"它们闭封的存在",那时我把它看作完成的存在,而不是在艰辛生活的消磨中衰落或变化着的存在,而正像它在人的天真无邪中那样,以致我以刚离开事物的人的无私和略保持距离的目光看到了它们。

　　这种无私的目光,并无前景,仿佛来自死亡内部,透过这目光"一切事物以更遥远,在某种程度上也是更真实的方式表现出来",这种目光是杜依诺的神秘体验的目光,但这也是"艺术"的目光,完全有理由说艺术家的体验是一种心醉神迷的体验,这种体验是死亡的体验。恰当地观察,这在本质上就是死亡,就是把这回转引入目光,而这回转即心醉神迷,即死亡。这并不意味着一切全沦为空无。① 相反,此时事物显示出我们的视觉往往领会不到的那种感官上的无比的丰富,我们的视觉只能接受一种景观:"一位女警官在他近旁,从前在其他境遇中也曾见这双蓝眼睛,而现在间隔着一段更具精神色彩的距离,她使他很受感动,而意义如此丰富以致似乎无法被掩饰。"

①　虽然在谈到卡普里岛的"体验"时,里尔克也承认:"环境"布置如此缺少人情味以致"只能称为空无"。——原注

　　由此,产生了那种对事物的持久的友情,产生了在事物身边的逗留,里尔克在生活的各个阶段都曾要求我们把这些看作能最好地使我们接近真实性形式的那种东西。我们可以说,往往当他想到不在场一词时,他想到的是事物的在场,即存在——事物,在他心目中的那东西:谦卑,安静,严肃,受着力的纯粹重心的支配,这种重心是在影响的网络和运动的平衡中的静息。他在晚年时说:"我的世界始于事物身边……""我通过事物有了生活的特殊幸福。"

　　　　并无我身处其中之物,
　　　　并非只有我的声音在歌唱:一切都在回响。

他遗憾地注意到了绘画疏远"对象物"的那种倾向。他从中看到了战争的反射和毁坏,正如他谈到克利①时所说:"在战争年代,我常常真切地感受到'对象物'的这种消失(因为,在此是一个信仰问题,即我们在何种程度上接受一个对象物——此外,我们渴望通过它来表达自己:心身遭摧残的人通过碎片瓦砾为自己找到了最好的所指……)但现在,读了霍桑斯坦因这本极风趣的书之后,我能在自身发现一种无比的宁静,并无论如何懂得了任何事物对于我来说在何种程度得以保全。要有城里人的一股顽固劲(霍桑斯坦因是城里人)才敢称没有任何东西再存在:而我,我能从你的娇小的樱草起始,一切从头做起;真的,没有东西阻止我找到各种不可

---

①　克利(Paul Klee,1879—1940),德国画家、作家。

穷尽的和未受触动的事物：若不是在无休止开始的这种快乐和紧张中，艺术又将以何处为出发点呢？"①

这段文字不仅有趣地披露了里尔克的偏爱，而且把我们带回到了他的体验的深深的含糊不清中去。他这么说：艺术在事物中有其出发点，但这又是什么样的事物？未受触动的事物（unverbraucht），当事物未被交付使用，未在尘世的使用中受到损耗。因此艺术不应当以我们的"平常"生活为我们提供的有等级的和"有序的"的事物为出发点：在社会的次序中，它们各自遵循自己的价值，它们有价值，一些事物比另一些更有价值。艺术不理会这种次序，它只根据绝对的公平，这种无限的距离，即死亡，对实在之物发生兴趣。因此，尽管艺术以事物为出发点，但各种事物并无任何区别：艺术不选择，他的出发点是在拒绝做选择本身之中。若艺术家在事物中偏向于选择"美的"事物，他就背叛了存在，背叛了艺术。相反，里尔克拒绝"在美的事物和不美的事物之间做选择。每种事物仅是一种空间，一种可能性，而由我来使其变得完美或不完美。"不选择，不拒绝任何东西进入视觉，再在视觉中进入转换，以事物为起点，以所有一切事物为起点，这正是始终折磨着他的一个条件，而这也许是他从霍夫曼斯达尔②那里学到的东西。霍夫曼斯达尔在写于 1907 年的文章《诗人与这时代》中谈到了里尔克，他说："这就像是他的双眼没有眼睑似的"；他不会让任何东西留在他之外，他不会禁止自己接触任何人，任何产生于人头脑中的幻想，

199

---

① 1921 年 2 月 23 日。《里尔克与梅林娜书信集》。——原注
② 霍夫曼斯达尔（H. V. Hofmannsthal，1874—1929），奥地利诗人、剧作家。

不会抛弃任何思想。同样,1907 年里尔克在给克拉拉·里尔克的信中以同样的口吻说:"做任何选择都不许可,创造者不能回避任何存在;任何地方使他脱离幸运处境的丝毫偏差都会使他彻底犯错误。"诗人若不欲在背叛存在时背叛自己,就永不应该"避开",由于这种厌恶,他可能会把他的权利交给不良的死亡,即那种限制又无限制的死亡。他不应在任何方面自卫,在本质上讲这是一个无防卫的人:

> 无遮掩向着痛苦敞开的人
> 受着光亮的折磨,每种声音都使他震动。

里尔克常常引用他某次在罗马见到的小银莲花的形象。"花朵在白天开得太旺盛,以致晚上无法闭上。"因而,他在写俄耳甫斯的十四行诗中,把这种无限接纳的天赋盛赞为诗歌开放的象征:"你,万物的接受和力量",他在一首诗中写道,其中,*Entschluss*(决心)与 *erschliessen*(开放)相呼应,揭示了海德格尔的 *Entschlossenheit* 200 (坚决接受)的渊源之一。艺术家,艺术家的生活应是这样,但去何处寻到这种生活?

> 何时,在这种生活中
> 我们终于成为开放接纳的人?

如果诗人确实与这种接受相联——它不做选择,并且不是在这样或那样的物中,而是在所有的事物中并且更深入地在各种物的范围以内,在存在的不确定中寻找出发点;如果诗人应当站在无限关系的交叉点上,即敞开的、似乎不存在的地点,在那里各种不相干的命运相互交叉着,他便能快活地说,他在诸物中找到了出发点;他称为"诸物"的东西仅仅是眼前和不确定物的深度,而他称为出发点的东西是接近这个什么也没开始的点,是"无限开始的紧张"——作为渊源的艺术本身,或敞开的体验,寻求一种真实的死。

双重死亡的秘密

因此,我们又回到了运动的整个含糊不清由之散发出来的那个中心。从事物出发,是的,必须如此:应拯救的正是事物,正是在诸物中,当我们真正地转向诸物,我们就学会了转向不可见之物,感受到了转换的运动,并且在这运动中,学会了改变转换本身,直至转换在那独一无二的歌声中成为清除了死的死亡的纯洁,在那歌声中,死亡说"是",那歌声在这个"是"的圆满中是歌声的圆满和完成。当然,这运动是困难的,是漫长而耐心的体验,但是它至少向我们清楚地表明了我们应该从何处出发:物不是被给予我们了吗?"而我,我能从你的娇小的樱草起始,一切从头做起;真的,没有东西阻止我找到各种不可穷尽的和未受触动的事物。"是的,"没有东西阻止我"——但条件是我已使自己从一切阻碍中,从一切禁锢中解脱出来,而且,如果这种解脱从一开始就不是那种彻底的返回,唯有它把我变成"准备接待一切,并不排斥一切的人","一个无包装的人"的话,那么这种解脱只是幻想而已。因此,也不应当以事物为出发点,使接近真正的死亡成为可能,而应以死亡的深处为出发点,使我转向物的内在深处,并以不把握自身、不能说"我"、不

201

是任何人,即非自身死亡者的无私目光,真正"看到"物。

以死亡为出发点? 而现在,死亡又在哪里? 我们可以认为里尔克做了许多努力使死的考验"理想化":他设法为我们把考验变成不可见的,他欲清除这考验的粗暴性,他在死的考验中看到了一致性的许诺,那种更广泛理解的希望。如果考验是那种极端,那么应当说这是一种十分圆通的极端,它十分注意不伤害对第一存在的信念,不伤害我们对整体,甚至对死亡恐惧的倾向,因为这种恐惧谨慎地在其自身消失了。然而,这种消失准确来说有着令人慰藉的一面,也有着令人害怕的一面:这像是它的过渡的另一种形式,是那种把它变成不洁的超越的东西的投影,是我们永远遇不到的东西,是我们无法把握住的东西:把握不住的绝对的不确定物。若死亡的真正的实在并不单纯是我们从外部称之为离开生命的东西,若它不是死亡的世俗的实在而是其他东西,若它始终在逃避,在避开,那么这运动,以及它的谨慎和它的内在深处,使我们预感到了它的深刻的非实在性:死亡如深渊,不是那种奠基的东西,而是一切基础的不在场和丧失。

这正是从里尔克的体验中得到的一种令人震惊的结果,因为这种体验给我们以启迪,而无论他本意如何,都像在它的令人宽慰意图中,体验继续在向我们述说那种生硬的初语言。这种他使一切都对之依赖的巨大力量,脱离了它拥有最后时辰的实在的时刻,这力量不受他控制并往往不受我们控制:它是不可避免的东西,却是不可进入的死亡;它是现时的深渊,是我与之无关的没有现在的时间,即那种我无法向着它飞驰而去的东西,因为在它之中,我不死,我被剥夺了死的权利,在它之中,人们在死,人们不停地、不断地在死。

一切的发生，就像里尔克使死亡失去偶然性，以使死亡变得纯净的那种运动，迫使他把这种偶然纳入死亡的本质，迫使他把它封闭在死亡的绝对不确定性中，以致死亡不仅不只是一种不合适和不恰当的事件，它在其不可见性之中变成那种甚至不是事件的东西，那种不完成的东西，那种东西却存在着，是它的完成所无法实现的该事件的一部分。

正如存在双重死亡，同样存在两种与死亡的关系，一种人们喜欢称作真正的；另一种是非真正的，里尔克的这种论断在哲学界产生反响，它只是表示了双重性，在这双重性内部，这样一种事件避而退之，如为了保护其秘密的空无。不可避免，却不可接近；确定无疑，却不可把握；这意思是虚无被视为否认的权力，否定的力量，终结，从这里起，人便是无存在的存在决定，是那种抛弃存在的风险，是历史，是真实，死亡被视为权力的极端，被视为我的最固有的可能性——但也是不会降临在任何人身上的死亡，对它我永不能说"是"，与它并无可能的真正关系，当我以为通过坚定的接受控制住它时，我正在躲避它，因为那时我正在避开把它变成在本质上非真实的东西和在本质上非本质的东西：在这种前景下，死亡不允许为死亡而存在，死亡开无可能支撑这样一种关系的坚定性，它确实就是不降临在任何人身上的那种东西，是永不降临那种东西的不确定和犹豫不决，对此我无法认真去思考，因为它并不是严肃的，它是它自身的欺骗，是粉化，空无的消耗——不是终端，而是某种死亡，不是真的死亡，而是如里尔克所说的"对它的致命错误的冷笑"。

俄耳甫斯的空间

在里尔克的运动中,令人感到十分震惊的是诗歌体验的力量如何在不知不觉之中,把他从探索一种自身的死亡——显然,正是在这类死亡中他对自己了解得最清楚——引向完全另一种要求。最初,在把艺术变为"通往自身之路"后,他越加感到,这条道路会把我引向那个地方,在那里,在我的身心中我属于外部;把我引向我不再是我自己之处;把我引向如果我说话,就不是我在说话之处,我不能说话之处。和俄耳甫斯相会就是和这并非是我的声音相会,和成为歌的这种死亡相会,但这死亡不是我的死亡,尽管我应当更深地消失在它之中。

> ……最终地,
>
> 有歌声时,就是俄耳甫斯。他来,他去。

这话似仅与古代思想相呼应,按这种古代思想的说法,仅仅只有一位诗人,只有一种说话的傲慢力量,它"穿越时间,到处在屈从于它的人中炫耀自己"。这就是柏拉图称为激情的东西,诺瓦利斯,更接近里尔克,他早已说过:"克林索尔,永恒的诗人,别死去,留在人间。"但是,俄耳甫斯死去了,他并没留下:他来,他又去。俄耳甫斯并不是诗人成为其代言人的这种傲慢超越的象征,这超越使诗人说:不是我在说话,是神借我身心在说话。俄耳甫斯并不意味着诗坛的永恒和不变,而是相反,他把"诗意"与超出限度的消失的要求联结在一起,他召唤更深地死去,转向一种更极端的死:

喔,但愿您明白他应当消亡!

即使消亡的焦虑把他扼杀。

当他的话语在尘世流传时,

他已到了您不陪伴他的冥府……

而他顺从地走向彼处。

　　从俄耳甫斯身上,我们注意到诗意般地谈吐,而消亡属于同一 205
运动的深度,歌唱者应当全身心地投入其中,而最终将消亡,因为
只有当死亡的提前接近,超前的分离,事先的诀别在他身上抹去存
在的错误信念,驱除了保护性的安全,把他交付给无限的不安全
时,他才说话。俄耳甫斯已指明这一切,但是他还是一种更为神秘
的符号,他带动并吸引我们趋向如此地步:他本人,永恒的诗歌,却
进入了自己的消亡,在消亡中他同把他撕裂的强大力量融为一体,
这股力量变成“纯粹的矛盾”,“失去的上帝”,即神的不在场,亦即
原初的空无,哀歌第一首关于利诺斯的神话中曾谈到这种空无,并
且,“由寂静构成的新的不中断”——不中止的低语声,以这空无
起始,通过受惊吓的空间散布开来。在不仅仅是可靠的生存,真
实的希望,诸神均无,而且在没有诗歌之处,说的权利、听到的权
利均经受着人缺的考验,因而也在其中受到它们的不可能性的
考验,俄耳甫斯便是指向渊源的那种神秘标记。

　　这个运动是“纯粹的矛盾”。它与变化的无限相联,而变化不
仅把我们引向死亡,而且无限地改变着死亡本身,把死亡变成那种
死的无限运动,把去世者变成无限地死去,就好像,对于去世者来
说,问题在于在死亡的内在深处永远不断地、无限地死去——在死

亡的内部,继续使不该停止的变化运动成为可能的,即那种无节制的黑夜,在那里,应当在非存在之中永远地回归存在。

206　　　这样,当玫瑰不催人欲睡时,在里尔克看来它就成为诗歌行为的象征,同时成为死亡的象征。玫瑰犹如俄耳甫斯式空间的可感在场,这空间只是外部也只是内在深处,是极度丰富之处,在那里事物并不相互限制,也不互相重叠,而是在共同的繁荣发展中扩大领域,而不是攫取,并且持久地"改造外部的世界……使其成为充满内在的团"。

> 犹如无轮廓获幸免的生灵
> 更是纯粹的内在无比地温柔
> 透亮至边际
> 我们见过类似的吗?

诗歌——诗人在其之中——就是这种向外部世界敞开的内在深处,向有生命之物无保留地展开着,它就是世界,事物和不停地改变为内部的有生命之物,就是这种变化的内在深处,即从表面看来平静温和的运动,但这运动是很大的危险,因为话语此时触及最深的内在性,不仅要求大量的外部的保障,而且自身冒着风险并把我们引入这境地,在此,无法言及有生命之物,无法使有生命之物变成任何东西,在此,一切都在不停地重新开始,死本身也是一件无终了的事。

> 玫瑰,喔,纯粹的矛盾,
> 愉悦,众目睽睽下不会催人入睡。

里尔克与马拉美

要想把里尔克的体验所固有的特征,即他的诗歌超出形象和形式所捍卫的特征突现出来,就应当在那种否定的特殊关系中寻找它:这种紧张是一种赞同,这种耐心是屈从,但它又远远过了头("他不顾一切地屈从"),这种行动缓慢并且似不可见,又无效力可言,却不无权威,他把它与尘世有威力的力量对立起来,它在歌中与死亡的秘密和解。

正如马拉美,里尔克把诗歌变成一种与不在场之间的关系,但是,这两位诗人的体验表面看来如此相近,却极其不一样,就像在同一种体验内部,他们有着不同的要求。在马拉美看来,不在场依然是那种否定的力量,它避开"诸物的实在",使我们从事物的重压下解脱出来,对于里尔克来说,不在场也是诸物的在场,是存在之物的内在深处,在此处汇聚着通过静悄悄的、静止的和无终了的坠落向着中心跌落的欲望。马拉美的话语以能毁灭、中断有生命之物并中断自身,隐退到瞬间即逝的生机勃勃中去的那种东西的光彩说出存在:这种话语保留着决定权,即把不在场变成某种有影响力的东西,把死亡变成一种行为,变成自愿的行为,在这种行为中虚无先生在我们的支配之下,是一种最佳的诗歌事件,《依纪杜尔》的尝试已对此作了说明。但是,里尔克同样转向死亡,如同转向诗歌可能性的渊源一般,他寻求一种与死亡之间更深刻的关系,他在

自愿的死亡中还仅仅看到了某种强暴权力和精神力量的象征,而诗歌的真实是无法建立在这个基础上的,他从自愿的死亡中看到了一种针对死亡本身的错误,一种对死亡审慎的本质,对死亡不可

见力量的耐心的欠缺。

在马拉美的作品中,不在场与瞬间的突发性相联。一瞬间,在一切重新落入虚无时,存在的纯净发出光芒。一瞬间,普遍的不在场成为纯净的在场,而当一切在消亡时,消亡在显现,它是明显的纯净光辉,是透过黑暗的光线和黑夜中的明亮的唯一之处。在里尔克的作品中,不在场与空间相联,空间本身也许是摆脱了时间的,但它通过使其神圣化的那种缓慢的变动也像是另一种时间,是接近有可能是死亡的时间本身或死亡本质的时间的一种方法,这时间完全有别于缺乏耐心和激烈的忙碌,即我们的那种时间,正如诗歌的无效的活动有别于有效的活动。

在这种时间里——我们应当在无止境的迁移和无终止的谬误的停滞中,逗留在我们之外,世界之外,正如在死亡本身之外死去——里尔克欲辨识出一种至高的可能性,以及一种运动,即接近优美和诗歌的敞口:与敞开最终和谐的关系,俄耳甫斯式话语的解放,在这种话语中空间显示出来,这空间是一种"无名的无处"。说话便是一种荣耀的透明。说话不再是说,也不是指名道姓。说话,就是欢庆,而欢庆就是颂扬,把话语变成一种光芒四射的纯粹的消耗,这种消耗在没有任何东西可说时它还在说,它并不赋予无名的东西以名,但它接纳它们,召唤它们并庆贺它们,这是绝无仅有的语言,黑夜和寂静在其中表现出来而不中断也不显露:

> 喔,告诉我,诗人,你在做什么。——我庆贺。
> 但是,人和妖魔
> 你怎样经受他们,接纳他们?——我庆贺。

但是，无名，隐名，

诗人，你又怎样召唤他们？——我庆贺。

你从何处取得真实的权利，

是在一切衣着中，在各种面具下？——我庆贺。

寂静是怎样认知你的，还有愤怒，

以及星星和风暴？——因为我庆贺。

第五部分

灵感

第一章　外部，夜

作品吸引着献身于它的人走向它接受不可能性考验的地方。这种体验确是夜晚的，是夜的体验本身。

在黑夜，一切都消失了。这是第一种夜。在那里，不在场，寂静，静息，夜，在接近。在那里，死亡抹去了亚历山大国王的画像，在那里，入睡者并不知睡着，死去者和一种真正的死相会，在那里，话语在保证其含义的深深的寂静里结束并告成。

但是，当一切消失在夜里，"一切都消失了"出现了。这是另一种夜。夜是"一切都消失了"的显现。当梦幻代替了困倦，当死者进入夜的深处，当夜的深处出现在已逝者之中，这种夜就是预感到的东西。幻影，幽灵和梦幻是对这种空无之夜的暗示。这就是杨格[①]的夜，在黑暗似乎不太黑暗处，死亡便永不会是十足的死亡。在夜里显现的是正在显现的夜，奇特之处并不仅来自某种不可见的东西，这种东西正在受到掩护，在昏暗的要求下使自己被看到·不可见之物便是那种人们无法停止观看的东西，即永不止息地让自己被看到的东西。"幽灵"在此，以躲避，并使夜的幽灵平静。自

---

① 杨格(Edward Young，1685—1765)，英国诗人，著有无韵诗《夜》，该诗从他夫人和女儿的死中汲取了灵感。

以为见到幽灵的人恰恰是不愿意见到夜的人,他对夜的各种小形象充满着恐惧,他将夜固定起来,制住永无止境的重新启始的摆动,以此占据夜并使它分心。这些是空无的,这些并不存在,但是,人们用某种存在来装饰它,把它封闭起来,如果可能的话,用一个名词、一个故事、一种类似性把它封闭住,正如在杜依诺的里尔克,人们说:"这是雷蒙梯纳和波吕克塞娜。"①

第一种夜是接纳的。诺瓦利斯向它唱赞歌。对于这夜,可以说:"在夜里,就像是它有一种内在深处。走进这夜里,就在其中安息,或睡眠或死亡。"

但是另一种夜并不接纳,并不开放。在这种夜里,人总是在外部。它也不封闭,它并不是那个大城堡,虽然近在眼前,却不可接近,人无法进入其中,因为进口有人看守着。夜是不可进入的,因为进入夜里,就是进入外部,就是待在夜之外,就是永远失去从夜中出来的可能性。

这个夜永远不是纯粹的夜。它在本质上是不纯的。它不是马拉美越过天边瞻望的、诗意天空般的、空无的美丽的钻石。它不是真正的夜,它是无真实性的夜,然而它并不撒谎,它并不是虚假的,它不是知觉在其中迷失的混乱,它并不欺骗,但人们无法从中清醒。

在这夜里,人们找到死亡,实现了遗忘。但是这另一种夜是人

----

① 波吕克塞娜,希腊神话中的特洛伊公主。荷马时代以后的神话把阿喀琉斯的死归因于她。特洛伊陷落后,阿喀琉斯显灵,要杀她作祭品。

们找不到的死亡，是自我遗忘的遗忘，这遗忘在遗忘内是无休止的回忆。

躺在尼基塔身上

215

在夜里，死，就像睡觉一般，[1]仍是尘世的馈赠，白天的手段：正是这种美好的界限在结束之时实现了完美。任何人都想死在尘世，都愿因尘世、为尘世死去。在此前景中，死，就是去和自由相会，这自由使我能自主存在，自主决定性的分离——它使我通过挑战，斗争，行动，劳作能避开存在，使我朝着其他人的世界自我超越。[2] 我存在着，我仅仅是存在着，因为我把虚无变成我的权力，因为我能不存在。死于是成为这权力的终极，成为这种虚无的共谋，在这种共谋中，肯定他人通过死亡朝我而来，肯定自由通向死亡，这支撑着我直至进入死亡，并把死亡变成我的自主的死亡。犹似我最终与已经终了的世界混为一体。死便这样环抱了时间的整体，并把时间变为整体，这是一种时间的心醉神迷：人们永不在现在死，人们永远在以后死，在未来死，这未来从来就不是现时，只有当一切都已经完成，它才会来到，而当一切全已完成时，就不会再有现在，未来又将重新过去。过去越过整个现在与未来接上的这

————————

① 　见附录部分：《睡眠，夜》。——原注

② 　若他人构成整体，构成可能的全部，至少，是这样的。如果整体并非一个，那么由我而始朝向其他人的运动就永不朝我而回来，它仍是圆圈破裂的召唤，由此造成：这运动甚至并不由我向其他人而去，人们并不回答我，因为我并不召唤，因为无任何东西以"我"为起源。——原注

个跳跃就是人死亡的意义所在,这种死亡充满人道精神。

216 　　这种前景并不仅仅是希望的幻觉,它包含在我们的生活中,它也像是我们死亡的真实,至少是我们在夜里遇到的那第一种死亡。我们愿意死于这种否定,它在劳作中属于劳作,它是我们话语的沉默并赋予我们的声音以意义,它把世界变成未来和世界的成果。人可能独自死去,但是人死亡的孤独极其不同于独自活着的人的孤独。这种孤独特别具有预言性。(在某种意义上讲),它是一种存在的孤独,这种存在不仅尚未消逝,而且全部属于未来,它不再只为变成在边际和现时的可能性之外的将来的那个存在而存在。他独自死去,因为他并不在现在死去,在我们所在之处死去,而是整个处在未来中,在未来的极端,它不仅从现在的生存中,而且从它现在的死亡中脱离出来:他独自死去,因为他所有的一切都在死去,而这也造成了巨大的孤独。由此,死亡仍然很少显现为结束。对于守留在垂死者身边的人来说,死亡的来临像一种越来越死去的死亡,它停息在他们身上,他们必须护卫它,必须延长它直至这个时候:时刻已经结束,每个人都在一起快活地死去。从这个意义上讲,每人都处在临终弥留之中,直至世界的末日。

　　勃列科诺夫,这个生活一帆风顺的富商无法相信像他那样的人会突然死去,有一天晚上,他在俄罗斯的大雪中迷了路。"这不可能。"他跨上马,丢下了雪橇,留下了已冻得半死的仆人尼基塔。他像以往一样,既果断又敢干:他一直往前而去。但是,这做法已

217 经全然无用,他无目的地走着,可是这行为并不有效,是错误的,它像迷宫一样把他引入这样的空间:每向前走一步也就是后退一步——或者,他在原地打转,屈从于圆圈的天命。他盲目地出发,

又"偶然地"回到了雪橇，尼基塔仍在那里，他衣着单薄，他并不折腾着去死，深陷于死亡的寒冷。"勃列科诺夫"，托尔斯泰讲述道，"静静地站了片刻；然后，突然以他做成了一笔好生意，在购买者手掌上猛击一下时的那种果断精神，往后退了一步，撩起了皮袄的袖子，暖和起几乎冻僵的尼基塔来。"从表面上看，并无任何变化：他仍是那个活跃的商人，果断而勇敢，他总能找到要做的事，并总能成功。"瞧，咱们干得……"，他说道，对自己十分满意；是的，他始终是最好的，他属于那个最优秀的阶层，他充满活力。但是，此时却有某种事情正在发生。他的手在冰冷的躯体上来回搓着，某种东西破碎了，他所做的事打破了界限，不再是现在和此地发生的事了：令他意外的是这一切把他推进了无限性。他感到十分惊讶，他无法再继续下去，因为他双眼充满泪水，他的下颌抖了起来。他不再说话了，只能吞咽下卡在他喉咙口的东西。"我害怕了"，他想，"我变得虚弱了。""但是，这种虚弱并非是不快：它在他身上引起一种特殊的快感，这是他此前从未经历过的。"这之后，他死了，躺在尼基塔的身上并紧紧地抱着他。①

在这种前景中死去，就是设法躺在尼基塔身上，睡倒在尼基塔们的世上，紧紧拥抱其他人和整个时间。在我们看来，这展现的似是一种品德的转换，心灵的怒放，一种友爱的伟大举动，其实并非如此，甚至在托尔斯泰看来也并非如此。死，并不是变成一个善良的主人，甚至也不是变成他自己的奴仆，这并不是一种道德的促进。勃列科诺夫之死并不向我们显示任何"善"举，他的举止，使他

---

① 尼基塔活着（幸存者）。——原注

一下子躺在冻僵躯体上的这种行为,这动作并不意味着什么,它简单又自然,它并非是人性的东西,而是不可避免的:正是这一切必定会发生,他无法避免这样做,这更有甚于他难免一死。躺在尼基塔身上,这就是死亡向我索取的不可理解的和必然的行动。

夜间的举动。它不属于习惯行为的范畴,这甚至不是一种非习惯的行动,由此一事无成,使他一开始采取行动——温暖尼基塔,然后自己在善的阳光下暖和起来——的那种意愿变得烟消云散了;这是无目的、无意义的;这是无实在性的。"他为了死去而躺下。"勃列科诺夫,这个果断又敢干的人,他也一样,只可能是躺下死去;这正是死亡本身突然展开这茁壮的躯体,将它躺在白夜里,而这个夜并不使他害怕,他在夜的面前并不将自己封闭起来,收缩起来,而是相反,他愉快地奔向它。仅仅是当他躺在夜里时,他无论如何是躺在尼基塔身上,犹如这夜,它依然具有人形的希望和未来,犹如我们只有在把我们的死亡托付给某个他人,托付给所有的他人时才能死去,以在他们身心中等待未来的冰冷的底部。[①]

夜的陷阱

219

第一种夜,它依旧是白天的建树。正是白天造成了夜,白天在夜里构建自身:夜只谈白天,夜是白天的预感,它是白天的储备和深处。一切都在夜里结束,因此,有了白天。白天与夜相联,白天之所以是白天,只是因为它有开始并有结束。这正是它的正义所

---

　　① 如此无私的馈赠,以致它把生命偿还给尼基塔。——原注

在：它是始与末。日出，日落，是这使白天不知疲倦，辛勤和有创造力，使白天成为白天不间歇的劳作。白天越是怀着普天下变化的自傲的关注伸展自身，夜的元素就越有可能退进光亮本身之中，照亮我们的东西就越加是夜间的，是夜的不确定和过度。

　　这是一种根本的风险，这是白天的可能的决定之一。决定有数种：或是把夜当作不应被越过的东西的界限来接纳，夜被接受和承认，但是仅作为界限和某种界限的必要性：不应当越过它。这就是希腊所说的适度。或者，夜是白天最终应驱除的东西：白天在白天唯一的王国里劳作，白天是它对自身的征服和辛劳，白天趋向于无限性，虽然白天在完成自己使命中只是一步一步地向前迈进并且牢固地把住了界限和边际。或者，夜是白天不愿仅仅加以驱除的东西，而且还是白天欲占为己有的东西：夜也是那种根本性的东西，不应丢弃它，而是应当保存它，也不是把它当作界限来接纳的东西，而是在它自身中接纳它；夜应在白天通过；夜变为白天，它使日光更丰富，它使光明变成来自深处的光芒，而不是表层的闪烁。220于是白天就成了白天和黑夜的总体，辩证运动的伟大许诺。

　　当把白天黑夜与在其中完成的运动对立起来时，所影射的仍是白天的夜，这夜是它的夜，谈到它的夜时人们会说它是真的夜，因为它加有它的真实，正如它有自身的规律，这些规律赋予它与白天相对立的义务。因此，在希腊人看来，服从于卑微的命运，就是保障平衡：适度是对过度的尊重，于是它使过度受到威胁。因此，对他们来说是如此必然：星星——夜之女并不是名声扫地，而是她们有自己定居的领地，她们并不是飘移的，也不是不可捕获的，而是谨慎的，并且恪守这种谨慎的誓言。

但是，另一种夜始终是别样的。只是在白天才会觉得听到它，把握住它。白天，这另一种夜是那种可能被击破的秘密，是期待着被揭开的黑暗。对夜的激情，只有白天才能感受到它。只是在白天中，死亡能被渴望，被设想，被决定，被实现。只是在白天中，另一种夜才将自己暴露出来，像那种冲破所有的束缚，欲求结果并在地狱中相结合的爱情。但是，在夜里，这另一种夜是那种无法与之结合的东西，是无休止的重复，是一无所有的满足，是无根底和无深度之物的闪烁。

另一种夜的陷阱，就是无法进入的第一种夜，必定通过焦虑不安进入的第一种夜，但是在这夜里，焦虑不安把您掩藏，不安全变成为遮挡。在第一种夜里，似乎，当我们向前走时会找到夜的真实，再往前去就会走向某种本质的东西——这些是正确的，条件是第一种夜依然属于尘世，而通过尘世，它属于白天的真实。在这第一种夜间行走却非易事。这是在《地洞》中，卡夫卡的兽的劳作使人们联想起的那种行动。那里筑起了坚固的防御来对付地上面的世界，却暴露在下面的不安全面前。按照白天的做法来修建，却是在地下面进行，筑起的东西又塌陷下去，树立起的东西又倒塌。洞穴越像是朝外面关闭得严实，与外部一起被封闭在洞里，无路可退的危险就越大，而当一切来自外界的威胁似被排除出这个完美无缺的紧闭的内在深处时，正是这内在深处变成了富有威胁性的古怪，此时，危险的本质显示出来了。

总有这样一种时刻：在夜里，兽会听到另一头兽的声音。这是另一种夜。这丝毫不可怕，这丝毫不意味着什么离奇的东西——与幽灵和心醉神迷无任何相同之处——这只是一种难以察觉的喃喃声,一种几乎无法与寂静区分开来的声音,即那种寂静的沙土流动。甚至这也算不上:仅仅是一种劳作的声音,钻洞的劳作,挖掘,起初是间歇的,但当察觉到时,它就不再停息。卡夫卡的故事没有结尾。最后一句话是针对这项无结束的行动:"一切继续下去无任何变化。"有一家出版社说,只缺数页,即描写故事主人公死去的那场决定性战斗的几页。真是完全没有读懂这作品。不可能有什么决定性战斗:在这样的战斗中没有决定,也无更多的战斗,而只有等待、接近、猜想,变得越来越富有威胁性的威胁的变化,但这威胁是无限的、不明确的,全部包含在它的不确定性本身之中。兽在远方感觉到的东西,这可怖的东西总朝着它而来,在那里不停息地劳作着,这正是兽自己,而倘若兽一旦能置身于它的在场面前,它所遇见的东西,正是它自己的不在场,兽所认不出来的,所不会遇见的,正是它自己,但已变成他者的它。另一种夜始终是他者,而听到他者的就变成了他者,接近他者的就远离自身,就再也不是接近他者的人,而是避开他者,从这处、那处走开。那位进入了第一种夜,大胆地设法朝着它最深的内在深处,朝着根本处走去的人,在某时候听到了另一种夜,听到了他自己,听到了他自己的步履,朝着寂静走去的步履发出的永久回荡着的回声,而回声向他传来的这些声音像是无际的窃窃私语声,向着空无,而空无现在是一种迎着他来的在场。

预感到另一种夜接近的人,也预感到了他在接近夜的心,那个他寻求的本质的夜的心。肯定,正"在此刻"他致力于非本质的东西,从而失去了一切可能性。因此,他应当避免的正是此刻,正如要告诫旅行者避开荒漠在其上变成海市蜃楼般的诱惑之地。然

222

而,谨慎在此亦非适当的地方:并无那种从夜过渡到另一种夜的准确时刻,也无止步和向后退去的界限。子夜从不在子夜时降临。当骰子掷出时,子夜降临,但只有在子夜时分才能掷出骰子。

因此,应当避开第一种夜,这至少是可能的,应当生活在白天并为白天而劳作。是的,应当如此。然而,为白天而劳作,最终还是找到夜,这便是把夜变成白天的成果,把夜变成一种劳作,一种逗留,就是挖地洞,而挖地洞就是把夜向另一种夜打开。

投身于非本质东西的那种风险在其本身是本质的。躲避它,就是把它紧系在自身,于是它成为影子,总随着您并总走在您前面。通过有条不紊的决定去寻求它,这也就是否认它。不理会它使生活变得更轻松,使命变得更可靠,但在不理会之中,它依然被掩盖起来,遗忘的是对它的回忆的深处。预感到它的人就无法躲开它。接近它的人,即使他在它之中认出了那种非本质东西的风险,也会在这种接近中看到本质的东西,为它牺牲整个真实性,整个严肃性,而他却觉得自身是与这些相关联的。

为什么是这样?是谬误的力量?是夜的迷惑?但这些并无权力,这些并不在召唤,这些只是由于疏忽才有吸引力。自以为被吸引者是深深地被忽视了。自称受到不可抗拒天赋的束缚者,只是受到了自身弱点的主宰,把无任何东西要抗拒叫作不可抗拒的,把不叫作天赋的东西称为天赋,他应当把自身的虚无依托于对束缚的欲望。那么,为什么是这样?为什么一些人创作出作品以避开这风险,并不是为了应和"灵感",而是为了逃避灵感,像筑地洞一般构建作品,他们欲在其中以空无为遮挡,他们正是在挖掘,在加深空无,在他们周围造成空无时才建起这地洞?为什么那么多其他的人,他们虽然明知自己在背叛世界和劳作的真实,却只有一件关注的事:他们以为在效劳于他们从属的世界,在这世界中他们寻找着安全和援助,但他们在自欺——现在他们不再仅仅是背叛着真实劳作的运动,他们怀着自责披露出他们闲散的错误,他们以荣誉、效劳,以那种尽责的感情,那种文化的捍卫者,民众的代言人的感情来平息这种内疚之情。也许,其他人甚至忽略了建筑地洞,因为他们担心这个庇护所在保护他们的同时,会在他们之中保护起那些他们应当失去的东西并使他们的在场过分稳固,由此会排斥正在接近的那个不确定之处,而他们正怀着犹豫不决的心情悄悄地趋向那里,即"那个决定性的战斗"。对这些人,我们不再听人谈起,他们并没留下途径的记载,他们无姓氏,在无名氏人群中他们隐姓埋名,因为他们并不出众,因为他们进入了模糊之中。

为什么是这样?为什么是这种举止?为什么这种无望之举朝着无意义之物而去?

第二章 俄耳甫斯的目光

当俄耳甫斯朝欧律狄刻①走下去时,艺术就是夜借以敞开的巨大力量。夜,通过艺术的力量接纳他,夜变成了接纳的内在深处,变成了第一种夜的和谐和一致。但是,俄耳甫斯正是朝着欧律狄刻走下去的:对于他来说,欧律狄刻是那种艺术可实现的极端,在姓氏的掩饰下,在面纱的遮盖下,她是那个极其黑暗之处,而艺术、欲望、死亡和夜似乎趋向那里。她是那种时刻,在这时刻中夜的本质如另一种夜一样靠近的时刻。

这一"处",俄耳甫斯的作品并不在于在向深处走下去的同时确保接近它。他的作品就是将它重新带回白天,并且在白天给它以形式、形象和实在。俄耳甫斯无所不能,除了正视这一"处",除了在夜间观看夜的中心。他沿着这中心走下去,他能够——这能力更强大——将它吸引到身边,并和自己一起将它引向高处,但要背转身去。这背转身去是唯一的接近的方法:这就是在夜间显示出来的掩饰的含义。然而,俄耳甫斯在他的迁移运动中忘却了他

要完成的作品,而他忘却是必然的,因为他的运动的最高要求并非

---

① 欧律狄刻是俄耳甫斯之妻,她被毒蛇咬死,俄耳甫斯为使她还阳,下到冥国,他的歌声使复仇女神流泪。

作品，而是在这"处"的本质显现的地方，在它是根本的而在根本上是表象的地方，即在夜的中心，有人直面这"处"，并抓住它的本质。

希腊神话说：只有对深度的过度体验——希腊人承认这种体验对作品是必需的，在这种体验中作品受到过度的考验——并不为体验本身进行时，人们才能完成作品。深度并不正面暴露自身，它只有隐藏在作品中才会显露自身。这是一个重要的、无情的回答。然而，神话也指出，俄耳甫斯的命运同样是不屈从于这种法则——当然，当俄耳甫斯在转向欧律狄刻时，他毁了作品，他的作品顷刻间土崩瓦解，欧律狄刻又返回黑暗中去；夜的本质在他的目光注视下，表现为非本质的。这样，他背叛了作品、欧律狄刻和夜。但是，不转向欧律狄刻，同样也是背叛，是对他的运动的无度和不慎的力量的不忠，他的运动欲使欧律狄刻处在她白日的真实中，处在她每日的快乐中，他的运动欲使她处在她的夜间的黑暗中，处在她的远离中，她的身体不露肌肤，面目被遮掩，他的运动欲在她看不见时看到她，而不是在她可看见时，不是作为一种熟悉的生活的内在深处，而是作为那种排除了一切内在深处的东西的奇特性，不是使她活着，而是使死亡的圆满在她身上具有生命力。

他来到冥府寻找的仅仅是这些东西。他的作品的全部荣誉，他的艺术的全部力量，以及对在白日的灿烂阳光下的幸福生活的渴望，这一切全都为这唯一的心思而牺牲了：在夜里看着夜所掩盖的东西，看着另一种夜，看着显现出来的隐匿。227

这是一种极其成问题的运动，白天把它谴责为无理由的疯狂或是对过度的补偿。对于白天来说，下到地狱，走向虚幻的深处的运动，这已是过度。俄耳甫斯不顾不准他"回转身来"的戒律，这是不可避免的,因为从他朝黑暗迈出第一步起,他就触犯了戒律。这看法使我们预感到,实际上,俄耳甫斯从没停止朝欧律狄刻转过身去:他看到了看不见的她,他触摸到了未受损的她,在她阴影的不在场之中,在这种并不掩盖她不在场的遮掩的在场之中——它正是她的无限的不在场的在场。假定他不曾看她,他就不会吸引她,或许她并不在那里,但他本人,在这目光中是不在场的,他同她一样已死亡,并非死于尘世间这种安详的死,即安息、宁静和终了,而是死于另一种死亡,即无终止的死,那种对终了不在场的考验之死。

　　白天在评判俄耳甫斯的做法时,指责他显得不耐烦。俄耳甫斯的错似乎在于那种促使他去看见并占有欧律狄刻的欲望中,他唯一的命运是歌唱她。他只有在歌声中才成其为俄耳甫斯,他只有在赞歌声中才可能和欧律狄刻有关系,他只有在他诵唱诗歌之后才会有生命和真实,而欧律狄刻并不表示其他任何东西,只是这种神奇的依赖,这依赖脱离歌声就会把他变成一个影子,并且,只是在俄耳甫斯节拍的空间里才会使他自由,有生气和自主。是的,这一切确实如此:只有在歌声中俄耳甫斯才对欧律狄刻拥有权力,但是,同样在歌声中欧律狄刻已失去了,而俄耳甫斯本人是那个被撕裂成碎块的俄耳甫斯,①是歌声的力量从现时起把他变成的那个"无止境的死亡"。他失去欧律狄刻,因为他想超越歌声有节制的界限去拥有她,而他自己也完了,但是,这种愿望,失去的欧律狄刻和被撕碎的俄耳甫斯对于歌来说是必要的,正如经受永久的闲

----

① 指俄耳甫斯遭报复,头颅和肝脏被抛入大海。

散的考验对于作品来说是必要的。

俄耳甫斯的罪源于缺乏耐心。他的错误在于欲穷尽无限，欲使无尽告终，是无止境地支持他的错误的运动本身。缺乏耐心是欲摆脱时间不在场的人的错误，耐心是一种巧计，它设法控制这种时间的不在场，同时将它变成以另一种方式衡量的另一种时间。但是，真正的耐心并不排除缺乏耐心，它是缺乏耐心的内在深处，它是那种受苦难并无限地受考验的缺乏耐心。俄耳甫斯的缺乏耐心，因此也是一种正确的运动：在他的缺乏耐心中，那种将成为他自身的激情，他的最大的耐心和他在死亡中的无限止逗留的东西正在开始。

灵　感

尽管尘世评判俄耳甫斯，但作品并不评判他，并不阐明他的过错。作品什么也没说。一切的发生就像是俄耳甫斯在违抗戒律，在看欧律狄刻时，只是服从于作品的深刻要求，就好像通过这种得到启迪的运动，他确实从冥府夺得了黑暗的阴影，在他不知不觉中带回到了作品的大白天中。

看看欧律狄刻，向个关注歌唱，缺乏耐心而且还忘了戒律的那种带有欲望的不慎，这一切本身就是灵感。灵魂因此就会把夜的美改变成空无的实在性，就会把欧律狄刻变成阴影，把俄耳甫斯变为无止境的死亡吗？灵魂因此就会是那个成问题的时刻，即在此刻中夜的本质变成了非本质的东西，第一种夜的接纳的内在深处成了另一种夜的欺骗性陷阱吗？别无他样。从灵感中，我们只预

229

感到失败,我们只识别出迷途的暴力。但是,如果说灵感意味着俄耳甫斯的失败和两次失去的欧律狄刻,意味着无价值和夜的空无,那么,灵感却通过一种不可抗拒的运动,迫使俄耳甫斯转向这种失败和这种无价值,犹如放弃失败比放弃成功严重得多,犹如我们称作无价值、非本质,称作谬误的那种东西,对于接受它的风险并无保留地投身进去的人来说,有可能表现为整个真实性的根源。

富有灵感而又遭禁的目光使俄耳甫斯注定丧失一切,而且不仅仅是丧失他本身,不仅仅是白天的严肃,还有夜的本质:这是肯定无疑的,毫无例外。灵感意味着俄耳甫斯的灾祸和对他的灾祸的确认,而灵感并不会作为补偿而预示着作品的成功,同样它不会在作品中肯定俄耳甫斯的理想的胜利和欧律狄刻的幸存。由于灵感,作品受到了连累,正如俄耳甫斯受到了威胁。在此时,作品达到了它的极度不可靠之处。因此,作品极其经常地、强烈地抵制着赋予它灵感的东西。因此,作品为自我保护而对俄耳甫斯说:只有你不看她,你才会留住我。然而这种被禁止的行为正是俄耳甫斯要完成的,以使作品超过确保它的东西,他只有在忘却作品、在由夜而生并与夜相联——正如与渊源相联——的那种欲望的驱使下才能完成。在这种目光中,作品丧失了。这是它绝对丧失的唯一时刻,在此刻,某种比作品更重要的东西,比作品更缺乏重要性的东西显示并表现出来。作品就是俄耳甫斯的一切,除了作品丧失在其中的渴望的目光,以致,也只有在这目光中,作品才能超越自身,与其渊源相结合,献身于不可能性。

俄耳甫斯的目光是俄耳甫斯对于作品的最高天赋,他在这天赋中拒绝了作品,牺牲了作品,而自身通过渴望的过度运动走向渊源,而且他在这天赋中,不知不觉地又走向作品,走向作品的渊源。

于是对于俄耳甫斯来说,一切注定归于失败,在失败中,作为补偿的仅仅是作品的不确定性,因为,作品是否曾经存在过呢? 在闪耀着起始的光芒和决定的最可靠的杰作面前,有时我们也会面对熄灭的东西,即突然变得看不见的作品,它已不再存在,它从不曾存在。这种瞬间的消失是对俄耳甫斯的目光的久远的回忆,它是怀着怀念又回到渊源的不确定当中。

天赋和牺牲

倘若必须强调一种这样的时刻似乎显示了灵感的东西,那么应当说:它把灵感与渴望联在一起了。

出于对作品的关注,这时刻引入了作品被牺牲在其中的无忧无虑的运动:作品的规律被违背了,作品为利于欧律狄刻和阴影而遭背叛。无忧无虑是祭献的运动,这种祭献只可能是无忧无虑的,轻快的,它也许是一种错误,它作为过错即刻得到了补偿,但是它以轻快、无忧无虑、天真无邪为实质:无仪式的祭献,在其中祭典本身,即在不可接近的深处中的夜,通过无忧无虑的目光——它甚至不是什么亵渎行为,根本没有不敬行为的笨拙和严重性——已回归非本质,而非本质并不是俗事,而是属于这些范畴之内的东西。

追随着俄耳甫斯的本质的夜——在无忧无虑的目光前——,他在歌声的迷惑力中掌握的神圣的夜,这夜被围在界限和歌声的有节制的空间中,它必定比在歌声之后所变成的空无的渺小更丰富,更庄严。神圣的夜关闭着欧律狄刻,它把超过歌声的东西关闭

231

在歌声里。但它也被关闭着：它被捆住，它是侍从，是受礼仪的力量支配的祭典——这词意味着次序、正直，即笔直，道家的道和达摩①的基点。俄耳甫斯的目光把它解脱出来，打破了界限，破除了曾包含着、挽留着本质的法则。俄耳甫斯的目光便是自由的极端时刻，在此刻，他使自己摆脱了自己，而更为重要的是使作品从他的关注中解脱出来，解脱了包含在作品中的祭典，把祭典交给它自己，交给它的本质的自由，交给它的本质，即自由（因此，灵感是最佳的天赋）。因此，一切都在目光的决定中起作用。正是在这决定中，渊源通过目光的力量在靠近，这目光的力量解开了夜的本质，消除了关注，中断了不停息之物，把它暴露在外：这是渴望、无忧无虑和权威的时刻。

　　通过俄耳甫斯的目光，灵感与渴望联系在一起。渴望通过缺乏耐心与无忧无虑相联系。凡是不缺乏耐心的人永远达不到无忧无虑，达不到关注与它自身的透明相结合的这一时刻；但是，坚持缺乏耐心的人将永不可能有俄耳甫斯的无忧无虑的、轻快的目光。因此，缺乏耐心应当是深刻的耐心的核心，是无限的期待，寂静，耐心的矜持从其内部迸发出来的纯净的闪光，不仅像极度的紧张所燃起的火星，也像躲开了这种期待的亮点，像无忧无虑的幸运的偶然。

232

跳　跃

　　写作始于俄耳甫斯的目光，而这目光是渴望的行动，它粉碎了

---

　　①　达摩是 Dharma 的音译，即佛教的法。

命运和对歌声的关注,并在这种得到启迪的和无忧无虑的决定中达到了渊源,使歌声变得神圣。但是,为趋向这一刻,俄耳甫斯首先应当有艺术的伟力。这就是说:只有达到了这个时刻才写作,而人们只能在这个由写作的行动打开的空间中趋向这一刻。要写作,应当首先已经写作。在这样的对立中还有着写作的本质、体验的困难和灵感的跳跃。

第三章　灵感，缺乏灵感

跳跃是灵感的形式或运动。这形式或这运动不仅使灵感变成那种无法得以证实的东西，而且它又体现在它的主要特征中：在这种灵感中，它同时在同一种关系中，是灵感的缺乏，是创造力，是在内在深处混合的干枯。当荷尔德林把诗意时光感受为苦恼时光时，他对这条件作了检验，即在这条件中缺乏诸神，但上帝的缺陷帮助了我们。马拉美曾遭受过这种枯竭的折磨，并且英勇果断地把自己禁闭在这种枯竭之中，他也承认这种丧失并不可解释为一种个人的过失，也不意味着作品的丧失，而是告示了和作品的相会，以及这种相会具有威胁性的内在。

自动写作

在我们的时代里，在误解和简便的阐释使之变得贫乏却又加以保护的形式之下，这正是超现实主义重新发现的，也是安德烈·布勒东①加以维护的灵感的本质的方面，布勒东一再肯定这种自

---

①　安德烈·布勒东（André Breton，1896—1966），法国小说家、诗人、理论家、超现实主义创始人之一。

动写作的价值。这种发现带来了什么？显然，是这种发现所表示
的东西的相反方面：简易的方法，始终可拥有的有效的工具，成为 234
与所有人相近的并成为即刻的幸运在场的诗歌。不论是谁都立即
地、完全地成为诗人。更有甚者，诗歌——平等而又绝对——从一
些人传到另一些人，在并无人的每个人身心中自我写成。

　　这是表象——另外，这也是一种值得研究的美妙的神话。然
而，在事实上，在最简易可行的手段提出来之处，掩饰在这种简易
之后的东西，就是一种极端的严格要求，而在这种确信的后面，这
种赋予每个人并且向所有人展示出来的才干，无需求助天才和文
化，这种才干是不可达到之物的不安全，是对甚至不可能被寻找之
物的无限体验，是检验不可加以验证的东西，检验某种并非探求的
探求和从不曾出现的在场。似乎没有什么东西比诗歌更接近自动
写作，因为诗歌使我们转向直接。但是，直接并非靠近，它并不靠
近我们附近的东西，它震撼着我们，正如荷尔德林所说，它是那股
震撼的可怕的力量。

　　在《谈话录》中，布勒东强调指出了这样一种自发性的艰难所
在：“借此机会，我要顺便指出：我不会放弃为对懒惰的指责进行辨
正，这种指责不时针对或多或少坚持不懈地醉心于或曾醉心于自
动写作或自动行为的其他形式的东西。要使这种写作成为真正的 235
自动，事实上应当是：写作成功地使置身相对于外界索求，以及相
对于求实利的、感情性质的个人关注而言的某些松弛的境况中。
今天，我仍然觉得，满足深思熟虑的思维的严格要求要比完全自由
支配这种思维——以致除了用来听取看不到的口说之物就无需耳

朵——来得更简单,也更少一点不自在。"①

　　当然,首先出现在这种诗歌和不假思索的写作相会中的东西,便是那种躲避束缚的决定:理性在监视我们,批判精神在约束我们,我们按照礼仪和习俗在说话。自动写作向我们揭示了避开这些强大力量的写作手段,在白天,却像在白天之外,以一种夜晚的、摆脱了日常和碍人目光的方式写作。由此造成在超现实主义的历史中,写作的自由与"睡眠的体验"联在一起,这种自由如同写作的更为平和、更少风险的一种形式。布勒东的每个友人在预前谋划好的睡眠中天真地寻找着夜,每个人悄悄脱离了习惯的自我并且自以为更自由了,成为更广阔空间的主人。这造成了一些混乱,"鉴于基本的精神卫生考虑"必须加以制止。有人也许会想,谨慎在此无所用。然而不慎并不会引导人走得更远,譬如把戴斯诺斯②引向——不是远离自身走上迷途——布勒东所说的"欲把注意力集中在他一人身上。"

236　　自动写作欲消除束缚,取消中介,拒绝一切媒介,使写作的手与某种原初的东西接触,使这只积极的手变成一种极端的被动性,也不是一只"握笔的手",一种工具,一种唯命是从的器具,而是一种独立的力量,对于它,无人再拥有权利,它并不属于任何人,它除了写作不能也不会做任何事情:一只死亡的手,类似于魔法所说到的荣耀之手(魔法恰恰错在想利用它)。

　　这只手似乎把语言的深度交给我们支配,但是实际上,在这种

---

　　①　《谈话录》。——原注

　　②　戴斯诺斯(R. Desnos,1900—1945),法国诗人、超现实主义运动的成员,积极参与了催眠术的试验。

语言中,我们并不支配任何东西,我们同样也不支配着这只手,它对于我们来说是只陌生的手,就像它早已把我们抛弃,或是它曾把我们吸引到洒脱的净地:在那里,既不再有资源、支撑、掌握,也无停止。

自动写作首先使我们想到的是这些:它确保我们所接近的那种语言并非是一种能力,它不是说的能力。在这种语言中,我一无所能,"我"从来不说话。

然而,自动写作不是很幸运地为我们确保了说一切的自由吗?它不是把艺术家置于一切的中心,使他躲开美学、道德或法律上种种其他力量的评判吗?于是艺术家似乎无需对向一切敞开和向他暴露一切的无限的激情负责。到处都是他的乡土,一切都注视着他而他有权观察一切。这是诱人的、动人的。

不选择的权利是一种特权,但这是一种使人精疲力竭的特权。不选择的权利也是拒绝选择,是不同意任何选择的义务,是逃避世界本来的次序,即我们生活在其中的那种次序,向我们提出的这种选择的必然(或是由某种超越的或内在的法律所表达的任何次序向我们提出的选择)。更有甚者,问题不在于通过一种道德的决定,通过某种倒过来的苦行主义的规矩拒绝做选择,而是在于达到不再可能做选择的那时刻,达到说,就是全部说出来之处,在那里,诗人成为无法逃脱任何事情,也不回避任何事情,得不到庇护,任凭存在的奇特和过度支配的人。

在自动写作中,人们一般满足于看到发明了一种特别的消遣,自动写作只是赋予最初的诗歌以形式而已,这形式,即通过它我们曾看到受尽折磨的里尔克,即霍夫曼斯达尔想方设法要还诗歌以其王国的钥匙所表达的形式,当时在发表于1907年的《诗人与这时代》的论述中,他谈到获得灵感者时说:"他待在那里,静悄悄地更换着位置,除了眼和耳,他什么也不是,他只是从他在那里安息的事物中获得色彩。他是观众,不,他是隐藏起来的伙伴,是一切事物安静的兄弟,而他的色彩的变化对于他是一种内在深处的折磨,因为他为任何事物而受苦,他享受着每件事物同时他也为之受苦。这种痛苦而又享受的能力正是他生命的全部内涵。他为深深地感觉事物而受苦,他为每件事物,为所有一切事物而受苦,他为所有这些事物所具有的奇特和把它们结合起来的那种和谐的东西而受苦,为在这些事物中扶植起来的无价值的、高尚的、庸俗的东西而受苦,他为它们的状况和它们的思想而受苦⋯⋯他不能疏忽任何事情。对任何有生命之物,对任何事物,对任何幽灵,对产生于人头脑中的任何幻象,他都不允许闭上自己的眼睛。就好像他的双眼没有眼睑一般。他无权驱除任何一种宣称他属于另类从而压制他的思想,因为在他的类别中,每种事物应各有其位。在他身心中,一切应当并且要求相会⋯⋯他必须服从的唯一法则是:不能禁止任何事物进入他的心灵。"①霍夫曼斯达尔影射我们欲加以阐明的灵感的这种特征,在缺乏灵感者身上并不是一种欠缺,而是

---

① 　在一封信中,济慈几乎以相同的方式说道:"至于诗歌的特征,我想到了我自己所属的这类人:这类人没有我,他是每样事物而又什么都不是。他无个性⋯⋯他为事物的阴暗面高兴,同样也为它们的光亮面高兴。最终,诗人是那种较少诗意的东西,因为他无身份。他不断以其他实体,太阳、月亮、大海来充满自己,而不是用他自己的身躯。男人和女人都是冲动的造物,他们富有诗意,他们具有不变的属性。诗人无属性,他无身份。在上帝的所有造物中,他最少诗意。"济慈又说:"因此,如果说诗人无自我,如果说我是诗人,那么我说我不再写诗了,又有什么可惊讶的呢?"——原注

在这种缺少中表达了它在场的深度、丰富和神秘："……并不是诗人在不断地思念世上的万物，而是万物在想着诗人。万物在他身心中，主宰着他，甚至主宰他的枯竭时光，他的萎靡不振，他的惶惶不安，也是非个性的状况，它与地震仪的跳动相对应，比较深邃的目光就可能从中看到比在诗歌本身之中更加神秘的机密。"

喃喃细语的取之不尽的特性

正如安德烈·布勒东在《第一宣言》[1]所说的那样，当人们对诗人说："您随心所欲地继续吧。请信赖喃喃细语的取之不尽的特性"时，似乎，通过这个途径，我们才会感觉到诗歌灵感的无限丰富。灵感的首要特性是取之不尽用之不竭，因为灵感是对永不中断的接近。取得灵感者——自以为有灵感者——有这种感觉：他要说话，要不断地写作。里尔克指出，在写《时光之书》时，他觉得自己无法停止写作。而梵高说他再也无法停止作画。是的，这是无止境的，这在说话，在不停地说话，这是一种无寂静的言语，因为寂静在这言语中自言自语。自动写作是对这种无寂静言语的肯定，是在我们近旁打开的无休止的，用我们共同的话语表达出来的喃喃之声，它犹如一股永不枯竭的源泉。它对与作者说："我把所有的词语的秘诀都给你。美妙的诺言，每个人都急于把这诺言解释为似乎在说：你会拥有所有的词语。但这更甚于对他的许诺，不仅仅是话语的全部，而是作为渊源的话语，是渊源的纯净的迸发，

---

① 指发表于 1924 年的《超现实主义宣言》，第二个宣言发表于 1929 年。

在那里是说话,而非某句话语在先,那是先于话语的可能性之处;在说话始终先于自身之处。

最初,似乎并非如此——这运动的模棱两可恰恰在于此——灵感或自动写作使我们转向的那一点,即这种我们可利用的完全聚合的话语——它把我们抹消,在把我们变为本人的同时,通过我们将自己的入口打开——是那种用它无法表达任何事情的话语。相反,似乎,如果与这种话语保持接触的话,一切就可以说出来,一切将说出来的东西属于渊源的纯净性。似乎,有可能同时是一位掌握着日常词语的人——或多或少具有一些才干、底蕴的人——又是一个触及言语的这时刻的人,在言语的这个时刻中,言语并非可随意使用、接近的东西,是那种中性的、模糊不清的话语,它是话语的存在,是用它无事可成的闲散的话语。还因为作家仍以为自己身兼二者——那个掌握着词语的人和言语这种不可随意支配的东西在其中避开了各种分割,并且是纯粹不确定物的地方——作家就产生幻想,他能支配不可随意支配的东西,并在这原初的话语中,他能说出一切并把声音和话语赋予所有东西。

然而,这是幻想吗?就算是一种幻想,它也并不是作为一种会让艺术家极易产生幻觉的海市蜃楼而非接收不可的东西,而是作为引诱艺术家脱离可靠途径并把它带向最艰难、最遥远处的诱惑。于是,灵感逐渐地呈现出它的本来面目:它是强大的,但是条件是接受灵感者已变得极其虚弱。灵感无需外界的资源,也无需个人才干,但是也必须已经放弃了这些资源,在世界上不再有支撑并且摆脱了自身。据说,灵感是神奇的,它即刻发挥作用,而无漫长的时间的绵延,也无中介。这意味着应当失去时间,失去行动的权利和作为的能力。

灵感越是纯净,进入灵感具有吸引力的空间,进入听到更接近渊源的召唤的空间的那人就越贫乏,就好像他触及的财富,即源泉的这种极大的丰富也是极度的穷困,尤其是否定的极大丰富,把他变成不创作的人,在无限的闲散内部游荡。因此,常常错误地以为最有灵感的艺术家所面临的枯竭状态意味着:灵感,这种被给予又被收回的恩赐在他们身上瞬间缺乏了。倒是更应该说,有那么一处,在那里灵感和缺少灵感混淆在一起了,有那么极端一处,在那里灵感,即那种超出使命,超出既有形式和经过验证的话语的运动,取了枯竭之名,成为这种能力的缺乏,这种艺术家徒劳追寻的不可能性——它是一种既美妙又绝望的夜间的状态,为寻求某种游荡的话语,不善于抵御灵感过分纯净力量的人仍滞留在其中。

241

桑道斯勋爵

在《桑道斯勋爵的书信》中,霍夫曼斯达尔描述了这种悬置和停止状态,在这种状态中,灵感具有与枯萎贫乏相同的外表,它是那种使词语僵化和排斥思想的魔幻力。桑道斯勋爵设法向弗朗西斯·培根解释他为什么放弃了一切文学生涯。他说,那是因为"我完全丧失了通过思维和话语连贯地处理某个主题的能力"。在最普通和最高雅的词语面前,他感到无所措手足,这并不是对这些词语的价值的一般的疑惑,或是对它们的正当性的犹豫,而是感觉到一种在解体的实在,感觉到某种东西在霉烂并化为尘埃。并非是他缺乏词语,而是词语在他眼下发生变化,它们不再是一些符号而

变成目光,空无的光亮,吸引人并让人着迷,它们不再是词语,而是词语的存在,即那种自动写作欲使我们和它建立联系的固有的被

242 动性。"孤立的词在我身边游动;它们在凝固并变成一双双盯着我的眼睛,而我也不得不把我的目光注视着它们,它们在目光投进时变成了令人眩晕的漩涡,这漩涡在不停地旋转着,在漩涡之外是空无。"与此同时,桑道斯勋爵描述了这种变化的另一方面:词语丢失了,物变得无用了,但是在这种缺少的庇护下,一种与事物内在深处的新的接触建立起来,即预感到一些未知的关系,另一种语言,它能适应诗人,即无限接受,当他拒绝做选择,它也能禁闭处于事物深处的沉默。霍夫曼斯达尔赋予这种体验和谐的、忧郁的略有些柔软的形式,但是他至少找到了这种惊人的形象,使那种任何艺术家都无法逃避的严格要求变得敏感起来,而这种要求迫使艺术家——对自己行为不须负责任者——承担起他无法去做的事情的责任,并使他对那些他无法表述和也无法被表达的事情承担罪责:"此时,我怀着坚定不移的信念感到在明年,再下一年,在任何一年,我都不会写任何书,不管是拉丁文的还是英文的,而其中缘由是奇怪而痛苦的……我想说的是,那种也许算是赋予我使用的语言,不仅是写作,还有思维,这语言既不是拉丁文、英文、意大利文也不是西班牙文,而是一种我连一个词都不认识的语言,是一种无声的事物对我说话的语言,也许有一天我会从坟墓里用这种语言在一位不认识的判官面前为自己申辩。"

马克斯·勃罗德说,卡夫卡读了《桑道斯勋爵的书信》,把它视为一部与他亲近的作品,而我们不可能怀疑卡夫卡在写作时,会感

243 到自己从他的言语深处,通过这种他并不掌握的不了解的言语审

视自己,却又要对这种言语负责任,并且,这种言语在种种过分的折磨和指责中,越来越将他排斥在写作的权利之外,排斥在这种起初属于他的愉快的并稍有点矫作的天赋之外,迫使他使用一种他被拒绝理解的而又必须加以说明的话语。由于某种过于强烈的运动,我们被吸引进这样一个空间,那里没有真实性,界限消失了,我们被过度支配,然而,正是在此,我们又被迫使保持正确的举止,不失分寸并在走向谬误的深处之时寻找一种真正的话语。

倘若我们还想有所作为,必须对这运动有所防卫。就好像只有避开了强有力的灵感才可能避免枯萎无果,就好像只有抵制了写作的纯粹需要,避免接近那种自我描述的东西,即那种无头无尾的,我们只有强迫它保持沉默才能表达的话语,我们才能写作。这种神奇的折磨恰恰在于此,它与灵感的召唤相联,它必然会遭背叛,而这并不是因为书本只是高尚话语的被降低了价值的回声,而是因为只是在使启迪着书本的那种东西沉默时,使书本试图提出的运动缺失并中断了"喃喃之声"时才会写作。

谁要写作和创作,谁就必须不断在自己身上使这种兴奋平息下来。驾驭意味着睡眠,创作者通过它来平息并欺骗驱使着他的强大力量。创作者之所以具有创造力和能力——那种流芳于世的能力——只是因为他在自己的活动和原初的话语从中发出光芒的中心之间设置了睡眠的间距和厚度;他的洞察力是由这睡眠造成的。如果超现实主义的体验要我们在灵感中观察某件睡眠性质的事件,而我们却睡着以避开它的话,我们就会对超现实主义的体验发生误解,而这种体验就会在灵感所在之处欺骗我们。卡夫卡曾多次对古斯塔夫·雅努克说:"如果没有那些可怕的不眠之夜,一

244

般地说,我不会写作的。"应当深刻地理解他的意思:灵感,这种不
会结束的游荡的话语,就是漫长的不眠之夜,而作家正是通过避开
它的方式来拒绝它才开始真正写作。这活动把他返还给了他在其
中能睡眠的世界。也因此,超现实主义信赖于梦幻,这不是信赖睡
眠:如果说"灵感"和梦幻之间有某种关系的话,那是因为梦幻是一
种对在睡眠中拒绝睡的影射,是一种对在梦幻中睡眠成为睡的不
可能性的影射。早期催眠术的超现实主义信徒沉迷于睡眠。但
是,催眠并不在于让人入睡,而是阻止睡觉,在凝重的夜间保持已
失去生机的洞察力的一丝被动的、顺从的光亮,即不会熄灭的那一
点,而迷惑人的强大力量已同这种失去生机的洞察力建立起了接
触,并且在一切都成为形象的另一处中触及了它。灵感温和地或
是急剧地把我们推出世界,而在这个外部,并无睡眠,也不会有静
息。也许,应把它称作夜,而且确实就是夜,夜的本质是不让我们
睡觉。睡眠是一种出路,通过它我们并不设法避开白天,而是避开
无出路的夜。

作品,通往灵感之路

245

　　自动写作的挫折并没使安德烈·布勒东气馁;在他看来,失败
并没有在任何方面降低它所表示的要求。如果说他仍希望它是一
种绝对的成功,甚至要求它作为净化自身的手段,那么这种希望类
似于保护艺术家的希望——当艺术家想有所作为,但又不愿背叛
对他有启迪的东西,他尝试着使不可和解之物调和起来,在他必须
遭受根本的闲散之处找到作品之时。这种受折磨的体验,它只有

在受挫折的掩盖下才能得以继续,然而,如果这体验是那种不可能成功的无比冒险的运动,因而从这种体验中得出的东西,我们把它叫作成功,这种折磨,我们把它叫作幸福,这种枯竭贫乏成为灵感的圆满:这种勤劳的、不知疲倦的绝望,是无所操劳的天赋的机遇或恩赐。在体验之中,艺术家所遇到的东西,他们中有一位告诉了我们,他说:"我的画是无价值的","作为画家,我永远不会有什么重要价值,我完全感到了这一点。"这就是体验的真实性所在:应当坚持在这种无价值的空间,保持对完成的关注和追求完美的权利,同时承受着不可挽回的失败所带来的苦恼。只不过,对于我们来说,这失败名叫梵高,而苦恼变成了火焰般的光芒,变成色彩的本质本身。

关于这种体验,要说的根本东西也许是这些:在很长时间里,作品都经历过体验,只不过并不理会它或是给它取一个掩盖它的名字,而此时,艺术欲体现诸神或表达人类。今天,已完全不一样了。作品不再是纯真无邪的了,它知道自己来自何处。或是,至少,它会去探寻它,在这种寻求中,作品会越来越接近渊源,在这种接近中使自己保持在可能性起作用之处,在那里,风险是根本的,失败在威胁着,这就是作品似乎要求的东西,它把艺术家推向那里,远离它,远离完成它。这种体验变得如此重大,以致艺术家无止境地追求它,万不得已,同时也考虑到根本的东西,就把它创造出来置于光天化日之中,并设法直接地把它表现出来,或是,换句话说,设法把作品变成通往灵感的道路,这做法保护并捍卫了灵感的纯洁性,而不是把灵感变成通往作品的道路。

这行为在逻辑上是错误的,这并不说明什么,因为这正是这种谬误的必要性,即这谬误似乎是无出路的,它同样是一种极端的要求,这种严格要求的特性迫使艺术家不去回避它并神秘地支持它的过度。然而,有另一种难处使艺术家更深地陷入他的错误。里尔克在给克拉拉·里尔克的信中暗示了这一点:"这确切地向你指出,我们应当经受最严峻的考验,而且似乎,在我们投身作品之前,应当对此不提一词,不以向外诉说的方式削弱这些考验,因为,独一无二的东西,即其他任何人不会懂得并且无权懂得的东西,也就是我们特有的这种迷惑应当融入我们的工作,以成为有价值的并显露出它的法则,即有特色的画面,唯有艺术的透明才能把它显示给人们……有时我想,倘若梵高不得不把他幻觉的独一无二的特性告知某人,倘若他不得不同其他人一起研究他将要从中提炼出作品的素材,他将会犯下何种蠢事——错误——啊! ……"召唤高更前来,源于这种直接交流的渴望。高更来了。"他刚来到——这位渴望已久的友人,这另一个他,梵高出于绝望割下了自己的耳朵。"①

也许,事实上,自体验打破了内在深处,欲显露之时起,也许体验就即刻消失了。也许体验设法显露自己只是为了成为可承受的,为了减轻自己的负荷和"减缩自己"。对于这样的"也许",每人有自己特有的决定来作回答:一位割下自己耳朵,但并没有作成画,另一位流浪,在街头喧闹,这是漫长之路的开始,以雪下告终,②死

---

① 指 1888 年 10 月,在与高更发生激烈争执后,梵高精神处于狂乱状态,割下自己的耳朵。

② 高更在法国南部城市阿尔勒与梵高见面后发生争执,返回布列塔尼,又于 1893 年去南太平洋岛塔希提岛定居,1901 年他离开该岛去更为原始的马尔吉兹岛,和当地土著人生活在一起,并与殖民地当局抗争,捍卫土著人利益。疾病和牢役之苦使他饱受折磨,1903 年去世时在他枕边留下一幅颜料未干的布列塔尼农村的雪景油画。

在老灯街。在此，只需指出，自动写作也是对这问题的一种答案。自动写作大胆地称：唯有体验的时刻才有价值，唯有无保留地不在场的隐名的、可见的痕迹才是重要的。一切都应成为公众的。秘密应当打破。阴暗应当进入白日并变为白天。无法言传的东西应当是可意会的：所有一切被隐藏的东西，正是应当显现的东西，并非显现在负罪感的焦虑中，而是在幸运的嘴的无忧无虑中。——什么，无风险？在脱口而出的话语，在无意识的无知的自由的简便中？并非无风险，永远不会在无动于衷的自发性的平静中。自动写作是被动的，这也意味着它置身在一种纯粹激情运动的不慎和鲁莽中。它是那种成为渴望的话语，是把自身托付给渴望以返回渊源的话语，它不厌其烦诉说的东西，它无法使其沉默的东西，它无法开始也无法结束的东西，就是勒内·夏尔①与之呼应的东西，他说："诗歌是由渴望实现的并依旧是渴望的那种爱"，而安德烈·布勒东说："渴望，对，永远如此。"

---

①　勒内·夏尔(René Char,1907—1988)，法国超现实主义诗人。

第六部分

作品与交流

第一章　阅读

阅读：在作家的笔记本中，看到这类表白并不会让人惊讶："在写作时，总是伴随着那种焦虑……"洛马佐（Lomazzo）谈到了列奥纳多·达·芬奇每当要作画时所感到的极度不安，这也一样，我们是理解的，我们觉得能理解这一点。

然而，若有人向我们吐露，"在阅读时，我总感到不安"，或有人除了极少特别的时光就无法阅读，或是还有人搅乱了自己的全部生活，抛弃社会、工作和世上的福乐，从而为自己开辟一条可阅读片刻之路，对于这样的人，我们可以为他在皮埃尔·雅奈①的病人旁留一席之地，因为这位女病人曾说："有人读的书就变脏了。"

听音乐把乐意听音乐的人变成音乐家，看画也一样。音乐、绘画是掌握着那里钥匙的人深入其中的天地。这把钥匙可说是"天赋"，这天赋可说是对某种趣味的痴迷和理解。音乐爱好者、绘画爱好者是这样一些人物，他们公然把他们的偏爱当作一种妙不可言的病态：它将他们孤立起来，而他们又为之感到自豪。其他人则谦虚地承认自己没长耳朵。会听，会看，必须有天赋。天赋是一个封闭的空间——音乐厅，博物馆——人们围在这里面私下享受乐

---

① 皮埃尔·雅奈（Pierre Janet，1859—1947）：法国神经科医生、心理学家。

趣。无天赋者留在外面,有天赋者进出自在。当然,音乐只在星期天被爱;这个崇拜物并不比另一个要求更高。

阅读不要求有天赋,它揭露了这种对天生特权的求助。作者,读者,都没有天赋,而被人觉得有天赋者,尤其感到并非如此,觉得自己不具备并缺乏这种别人赋予他的能力,同样作为"艺术家",就是不知已有艺术,不知已有世界。阅读、看和听艺术作品更要求无知而不是知,而是要求某种由巨大的无知所赋予的知,要求某种并非事先给予的天赋,在忘我中必须每次去取得、接受又失去的天赋。每幅画、每部音乐作品把我们所需的这种工具献给我们以接纳天赋,并"给予"我们用来看、用来听所必需的眼睛和耳朵。非音乐家是这样一些人,他们出于某种最初的决定拒绝这种听的可能性并避开它,就像避开一种他们怀着猜疑加以拒绝的威胁或拘束。安德烈·布勒东不赞成音乐,因为他欲在自己身心中捍卫听到言语的不和谐的本质——他的非音乐的音乐;而卡夫卡一直承认自己不赞同音乐,他在这种缺憾中却发现了自己的长处:"我确实很强大,我具备某种用简洁明了的方式标志它的力量,那就是我的非音乐的存在。"

253

一般来说,不喜欢音乐的人承受不了音乐,同样,厌恶毕加索的画的人会怀着强烈的嫌弃排斥它,犹如遭到了直接的威胁。他甚至都不看画,说这话并没违背诚实。看画不在他的能力所及。不看画并不是他的错,这是他的诚恳的形式,是对那种使他闭上眼睛的力量的准确预感。"我拒绝看这个",这些说法比爱好者令人生疑的恭维话语更有力地揭示出艺术作品被掩盖着的实在,以及它绝对的不宽容性。确实,人们无法与眼皮底下的画共存。

　　相对于文字作品,造型的作品具有使排他性的空无变得更明显的这种长处,而文字作品似乎愿意滞留在这种空无之内,远离人们的目光。罗丹的《吻》任凭人们观看,甚至乐意让人们观看,《巴尔扎克》无眼神,是一件封闭和沉睡的作品,专注地沉浸在自身之中直至消失。这种决定性的分离——雕塑把它变成自己的要素——在空间的中心支配着另一个反叛的空间,一个隐蔽的、确实的和逃脱的空间,也许是不变的空间,也许是无闲息的空间,这种得到维护的暴力——面对它我们感到自身是多余的——似乎是书本所没有的。从地底下发掘出来的塑像,展示出来供观赏,它无所期待,也一无所得,更像是从它的所在处挖出来的。然而,一本被发掘出来的书,一部从瓮中找到的手稿,重见天日供人阅读,不是由于某种惊人的运气又重获新生的吗? 一本人们不读的书又是什么? 是某种尚未写出来的东西。阅读,将不是重新写书,而是使书自己写成或被写成——这一回并没有作家这个中介,也没有写书的人。读者并不将自己投入书中,而是首先使书摆脱一切作者,在他接近书本中,那种如此迅捷的东西,那种掠过书页并丝毫无损于它的影子,给予阅读以某种多余东西的印象的一切,甚至极少一点的关注、兴趣,读者全部的无限轻松确定了书的新的轻松,书成为一本无作者的书,无严肃性,无劳作,无重量的焦虑,无投入其中的整个生命的凝重,即有时是可怕的、总令人可畏的经历——对此,读者毫不介意并在其超脱的轻松中视为草芥。

　　尽管自己并不知道,读者却投入了一场与作者的深刻斗争:无论今天书与作家之间存在何种内在的深刻关系,无论鉴于发行的需要,作者的形象、影响和经历如何直接地被揭示出来,任何阅

读——在其中对作家的重视似乎起着如此重要作用——都是一种
指控,它取消这一切,把作品归还其本身,归还其匿名的影响,归还
强烈的、非个人的表述,即作品。读者本人始终完全是匿名者,他
是任意一个、独一无二而且是坦诚的读者。读者并不把自己的姓
名添补在书上(如从前我们先辈所做的那样),而是以其无名的在
场,以这种谦恭的、被动的、可互换的、毫不足道的目光抹去了一切
255　名字——正是在这种目光轻轻的注视下书似乎写出来了,远离一
切物和人。

　　读者把书变成大海和风,即经人加工完成的作品所成为的那
种东西:一块更光滑的石头,从天而降的碎片,无过去无未来,看到
人们不会对之质疑。阅读给予书本这种粗糙的存在,即塑像"似"
仅从雕塑刀那里获得的那种存在:这种使塑像避开看到它的目光
的孤立,这种高傲的间距,这种孤苦伶仃的聪慧,既排除了雕刻家,
也驱除了还想对它加以雕塑的目光。在某种程度上说,书需要读
者以便变成塑像,需要读者以向自身肯定某种无作者的和无读者
的东西。阅读给予它的首先并不是更具人性的真实;但阅读也没
有把书变成某种非人的东西,某种"物体",一种纯粹的密集的独特
风格,那种阳光不会使其成熟的深度成果。阅读仅仅使书,即作品
变成——成为——作品,超越创造它的人,超越在其中所表达出来
的体验,甚至超越一切传统使其成为可支配的艺术资源。阅读的
本质,即它的特性阐明了在"阅读造成作品变成作品"这句话中,动
词 faire① 的特别意义。造成一词在此并不表明一种生产性活动:

---

　　①　动词 faire 有很多含义,在此译为"造成"。

阅读并不造成任何东西，不添增任何东西；它让存在的东西存在；它是自由，但不是产生存在或是抓住存在的自由，而是迎接，赞同，说"是"的自由，它只能说"是"，并且在由"是"打开的空间里，让作品的动人决定得到肯定，这就是对作品——仅此而已。

"拉撒路①，到外面来。"

256

阅读把作品作为其所是来对待，这就使它排除了任何作者，阅读并不在于把一位读者引入作品，一位实实在在存在的人，他有生平、职业、宗教信仰，甚至阅读，此人以此为起始，开始和写这本书的另一人进行对话。阅读并非谈话，它不进行讨论，不询问。它从不问书本，更不会问作者："你究竟要说什么？""你告诉我什么样的真实？"真正的阅读从不会对真正的书提出质疑；但它也不会听从于"文本"。唯有非文学的书才会呈现为由既定意义牢固地构织成的网络，呈现为一种确实的论断的整体：在由某人读它之前，非文学的书总是已由所有人读过了，正是这种预先的阅读保证它有一种坚固的存在。但是，以艺术为渊源的书在世上并不具有自身的保障，当它被阅读时，它从不曾被人读过，它只有在由这种独一无二的阅读打开的空间里才能实现它的作品的影响，每次都是第一次，每次都是唯一的一次。

由此产生了那种奇特的自由，而阅读——文学阅读——给了

---

① 拉撒路是《圣经新约》中的人物，耶稣的朋友，马大和马利亚的兄弟，住在伯大尼，死后四天，耶稣使他复活。

我们这种自由的榜样。如果这种阅读不听从于什么,如果它不以任何已经在场的东西为依靠,那么这是一种自由的行动。当然,书本就在此,不仅是书本纸张和印刷的这种实在,还有它作为书本的本质,即由稳定的意义织成的材料,这种它依靠现成的语言做出的表述,这种由所有读者群体在它周围建起的围篱,在这些读者中,我并没有读过它,我却已在他们之中了,而这种围篱还是各种书籍构成的围篱,它们像羽翅交错的天使,密切地注视着这本陌生的书,因为只要有一本书处于危险中,就会在全部的书库中打开危险的缺口。因此,书就在此,但作品还是被掩藏,也许是根本就不在场,总之被遮饰起来了,被书本这个显眼的事实遮住了,而在书本这事实之后,作品期待着解放的决定,"拉撒路,到外面来"。

翻倒这块石头似乎是阅读的使命:使它变得透明,用锐利的目光——这目光鼓起劲头穿过它——把它瓦解。在阅读中,至少在阅读之初,有某种令人目眩的东西,它类似于那种我们想通过它向生活打开已闭的双眼的不合情理的运动;这运动与渴望相关联,它如灵感一样是一种跳跃,一种无限的跳跃:我要读尚未写出来的东西。但是,更有甚者,使阅读的"奇迹"变得更加离奇的东西——这也许向我们揭示了各种魔术的意思——那就是在此,这石头和这墓地并不仅仅掌握着那个要使其富有活力的尸体的空无,那就是这石头,这墓地构成了将显现出来东西的被掩饰的在场。把这块石头翻滚开,当然这是件美妙的事,而且我们每时每刻用日常语言完成它,并且,我们每时每刻在与这位拉撒路交谈,他已死三天,也许死了许久,他在那精致织造的细布条包裹之下,向我们作答,与我们谈话,推心置腹。但是,对文学阅读的召唤作答的,并不是一

扇倒下的门，或变成透明的门，甚至有点变薄的门，而是一块更坚 258
实的、更固定的、沉重的石头，是石头的洪流，震撼着天地。

　　这就是构成阅读的那个"敞口"本身的特性：只有更好地关闭
的东西才会敞开；只有属于最不透明的东西才是透明的；只有人们
把它当作无实质的虚无的重压来承受的东西，才让自己在自由而
愉快的是中被接受。而这些并不是把诗歌作品与寻求某种会使通
常的理解感困惑的晦涩难解联结在一起。这只是在已在那里的书
与从不事先在那里的作品之间，在书，即被掩饰的作品和只能在这
种掩饰的已成在场的厚度中得以体现的作品之间，即在一种激烈
的断裂之间，建立起从一切或多或少具有意义，有着黑暗和光明的
世界向这样一个空间的过渡：在那空间里，确切地说，无任何东西
有意义，可是，所有具有意义的东西都回溯到那里，正如回溯到渊
源一般。

　　然而，这些看法如果把阅读变成一项从一种言语到另一种言
语的准备工作，或是要求首创性，要求努力和征服的冒险行为，那
么它们有可能会使我们上当。对阅读的接近也许是一种乐中有难
的事情，但阅读是那种更为容易的事，是那种无劳作的自由，是顷
刻间喜悦的纯粹的是。

阅读的轻快而单纯的是

　　从文学阅读的意义上讲，阅读甚至不是一种纯粹的理解活动，
不是保持其意义又将它重新推出的领会。阅读位于理解之外或之 259
内。阅读也不是确实地推出某种召唤，从而在常用话语的外表后

面,在众人的书本后面显露出应在阅读中披露出来的那唯一的作品。当然,有一种召唤,但它只能源于作品本身,这是一种沉默的召唤,读者只有在对它作答时才会听到它,它使读者背离通常的关系而转向那个空间;阅读在那里逗留时,在它跟前成为对作品的接近,受到作品慷慨大度的热情接待,这种接待把书本提高到它作为作品的那个高度,又通过同样的运作使作品上升到存在,把接待变成那种作品在其中表白的陶醉。阅读是那种逗留,它具有轻快而透明的是——即这种逗留——的简洁性。即使阅读要求读者进入空气稀薄、土地塌陷的区域,即使除了这些狂风暴雨般的接近之外,阅读似乎是一种对作品的这种公开暴力的参与,阅读在其自身,是安静沉默的在场,即过度的平和领域,是位于一切风暴中心的沉默的是。

这个在场的、陶醉的和透明的是的自由就是阅读的本质。自由使阅读与作品这方面相对立:这个侧面通过创作的体验触及了本质,无限性的折磨,永不开始永不终止的东西的空无的深处,即把创作者暴露在本质孤独的威胁中并把他交给了无休无止。

从这意义上讲,阅读比创作更为积极,更有创造力,虽然它不制造任何东西。阅读参与了决定,它轻轻松松做决定,不负责任并单纯无邪,它无所事事,但一切均已完成。对卡夫卡来说,是焦虑不安,未结束的故事,无指望的生活,遭背叛的使命的折磨,每个变成逃亡的白天,每个睡梦驱逐的夜晚,而最终,确定无疑的是"《变形记》晦涩难懂,彻底失败"。但是,对卡夫卡的读者来说,焦虑不安已成为自在、幸福,错误的折磨变成了单纯无辜,而文章的每个片断都是那种圆满的喜悦,对作品完成的确信,发现了独一无二的、不可避免和不可预测的作品。这就是阅读的,轻快的是的本质,它远远超出了创作者与混沌之间的昏暗的斗争——在这场斗争中,他尽力想隐没,然后成为主宰——使人联想起创作的神圣方面。

由此可见,作者对读者的诸多抱怨显得不准确。孟德斯鸠写道:"我恳求一个我担心人们不会给予我的恩赐:不要通过片刻的阅读来评论一项 20 年完成的劳作;赞同或指责全书而不是几个句子",他所要求的东西正是艺术家经常为得不到而感到遗憾的东西,他们怀着苦涩联想到那种洒脱的阅读,漫不经心地溜上一眼,把他们的作品当耳旁风;不懈的努力,无数的牺牲,全部身心的倾注,盘算谋划,孤独的生活,数世纪的沉思和寻求,这一切都交由兴致所至者无知的决定来评价、审视和否定。瓦莱里对今日无知的读者深感忧虑,这些读者要求阅读简单方便,瓦莱里的这种忧虑也许是有道理的,然而,一位认真的读者的文化,那种沉浸着近于宗教式的,已成为某种崇拜的虔诚的阅读的精心仔细,对此并不会改变什么,可能会带来更加严重的危险,因为,一位轻松的读者围绕一篇文章迅捷地飞舞一圈,这位读者的这种轻快或许不是真的轻快,而是无足轻重的,而它并非是无前途的:它告示着阅读的幸福和单纯无邪,这种阅读也许实际上是和一位看不见的舞伴在某个分离的空间里跳舞,和"坟墓"一起跳的快活又疯狂的舞蹈。对于这种轻快,不应期望那种更为严肃的关注的运动,因为凡是在给予我们轻快之处,都不乏严肃。

261

第二章　交流

对阅读威胁最大的读者这个实在，他的个性，他的不谦虚，面对他阅读的东西他顽强地要保持自身，要成为通常善于阅读的人。读一首诗，这不是还在读诗，甚至不是通过这首作为中介的诗，进入诗歌的本质。阅读诗，就是诗本身在阅读中表现为作品，是诗在由读者打开的空间里产生了迎接它的那阅读，阅读变成读的能力，变成能力和不可能性之间，变成与阅读时刻联在一起的能力和与写作时刻联在一起的不可能性之间的开放的交流。

作品的交流并不在于作品通过阅读成为可与读者交流的东西。在读的要求和写的要求之间，在为已取得能力的作品的度和欲求不可能性的作品的无度之间，在作品在其中把握住自己的形式和作品在其中拒绝自身的无限性之间，在决定（它是开始的存在）和犹豫不决（它是再开始的存在）之间，作品本身就是交流，是斗争中的内在性。这种激烈斗争在作品仍是作品之时一直持续着，这是永不曾平息的激烈斗争，但它也是某种调和的平静，是一种争议——那种融洽的运动，这种融洽在它不再接近无融洽之物时就消亡了。

阅读，因此并不是获得与作品的交流，而是"让"作品自己与自己交流，借用一种有缺陷的形象，就是成为交流的猛烈光芒通过相互的吸引和排斥在其中迸发出来的两极之一，事件就在这两极之间发生，而且事件通过这过程本身构成那两极。当然，这个比喻并不真实。它至多表明使两种时刻在作品对立起来的那种对抗（或更确切地说，这是把作品变成一种紧张，在其中，作品的时刻似乎两两对立起来的那种对抗），通过这种冲突把作品向它的交流的自由打开，但是这种比喻并不是说这样的一种对抗是那种确定之后一成不变的，被叫作读和写的，两种能力的粗糙图线相应的固定极之间的对抗。至少应当再补充一点，这种对抗的激化——它最终采取了读者和作者的人格化形式——在作品的生成过程中一直继续着。说到底，凡是在作品似乎已成为两种稳定的要求体现在他们身上的两人的对话之处，这种"对话"首先是更为不明晰的要求的更加原初的斗争，是不可调和又无法分离的时刻被撕裂的内在深处，我们把它们叫作度量和过度、形成和无限、决定和犹豫不决，它们在接连不断的对立之下使同一种激烈斗争具有实在性，趋向敞开，又趋向封闭；趋向于在具有局限的明确形象中把握自己，又趋向于无止境的游荡；消失在无休止的迁移中，即那种永不来临而是回来的另一种夜的迁移。在这种交流中，黑暗将成为白天，在黑暗中将会有亮光，在这种揭示中，没有任何东西显现，但是掩饰在其中成为表象。

尚属未来的读者

有时，人们会说，任何作者都是在某个读者面前写作，或是为了有人阅读而写作。这是一种欠思考的说法。应该说，那是因为读者这方,或一旦作品告成,将成为阅读的权力或可能性的东西就已经在场了,它处在变化着的形态下,处在作品的生成中。在写作就是为自身夺取不可能性的情况下,在写作成为可能的情况下,写作承受着阅读要求的诸特性,而作家成为尚属无限未来的读者的新生的内在深处。然而,很自然,这种能力只有通过在体验不可能性中与它自身的对立,才是写作的能力。并无一边有能力,另一边有不可能性的情况;并无这两个对立面的冲突;在写作这事实的事件中,有一种紧张,它通过写作把对立方汇集在那里的内在深处,要求对立方在极端的对立中保持自身,但还要求他们在脱离自身时,在共同地保存在自身外,处在他们共同的归属的不安的统一体中的同时,来到他们自身。能力只是相对于不可能性才是能力;作为权力被确立的不可能性。

266　　　作家,在他始终是一个现实的人并认为自己是这个在写作的人的情况下,他还认为,自愿地在身心中庇护着读者避开他所写的东西。他感觉到在他身上存在有待降生的读者的活生生的且有着要求的那部分,而且往往,由于那种他很少能躲避的篡夺,正是那个过早地、错误地降生的读者开始在其身心中写作(仅举一个粗浅的例子:这些优美的段落,这些漂亮的句子浮现出来,不可谓是写的,而只是可看的)。现在,我们明白了,这种错觉来自于在产生过程中,预示着阅读要求的那时刻通过作家传递出来的东西,然而,当这些时刻汇集在阅读的最后决定中,汇集在作为唯一的真正阅读旁的接待和逗留的自由中时,这些时刻恰恰在他之外来临。

　　作家永远不能读他自己的作品,因为这会给他阅读作品的幻觉提供理由。勒内·夏尔说:"他是一个投射的存在,一个持存的存在的生成。"但要使"持存的存在",就是给出形式和度量的存在,即创造者、"起始者"达到最大限度的变化——使之成为"读者",那么已完成的作品应当摆脱他,摆脱造就它的人,在排除他的情况下结束,在这"偏离"中完成,这偏离最终剥夺了他的所有权,这偏离于是确实地具备了阅读的形式(并且阅读在这偏离中成形了)。

在这样的时刻中,以作品为荣的正是作品;作品不再是被完成的,不再与某个完成作品的人有关,而是把作品的整个本质凝结在这一点上,即现在有了作品、起始和最初的决定,那么,取消了作者的那时刻也就是这时刻,作品在此刻向自身开放,阅读在开放中获得根源。 267

因此,阅读于此刻产生,此时,"空无"在作品生成的过程中表明它未完成,但也表明它进展的内在深处,即"投射的存在"的飞跃,在作品相对于自身的距离更换了标记,不再表示它的未完成,而是它的结束,不再意味着它尚未造就,而是它从不曾要造就之时,阅读便产生了。

一般来说,与作家相反,读者纯真地认为自己是多余的。读者并不认为自己在造就作品。即使作品深深震撼他的身心,尤其是作品使他不可忘怀,他仍感到不能彻底探讨作品,感到作品依然整个地让人无法接近它的最深处,他深入不了作品,作品不受他控制,这种自由造成了他与作品之间关系的深度,造成了他的是的内在深处,但是在这是的本身当中,这个自由又使他保持着距离,它恢复起距离,这距离是唯一造成接纳的自由并且以取消它的那个阅读的激情为起点,它总在不断地重新构成。

这个距离,如果读者保持其纯粹的话,如果它此外还是读者与作品密切关系的度量——这种密切由于读者认识到作品是那个无他的作品而更为亲近了——那么这个距离就是结束作品,使作品远离一切作者,远离对作品已完成的关注,把作品当作它既成样子的那种东西。就好像是阅读的谦让——它使阅读变得单纯无邪并不需对造就作品的东西负责——也由此,比总以为自己已完成了一切并创造了一切的作者,更接近已完成的作品,更接近作品创作的本质。

空无的厌恶

但是,在作品这个肯定取代了造成作品的运动的时候,这段距离体现出被视为已完成的完成之作的是——即作品相对于自身的距离,相对于读者、外界、其他作品的距离——即造成了阅读的单纯无邪的那种东西本身,它也确定了阅读的责任性和风险。似乎,保护这样一段间隔是很困难的。在此,对空无的厌恶,通过用价值评判来填补空无的那种需要而表露出来。作品从道德、法律等各种价值体系的角度被评判为是好是坏。作品从现今十分脆弱的规则角度进行评判,被说成是成功还是失败,这些规则可以构成美学的诸多评判等级,实际上就是多少带有高雅趣味,或是或多或少缺乏品位的一些粗浅看法。从文化角度评判作品,说它内涵丰富或贫乏,这种文化把它与其他作品相比较,从作品中汲取或不能汲取更多的知识,把它增补到民族的、人类的宝库中去,或是从作品仅仅看到了某种为说话或为教诲而找的口实。

作品越受器重,很可能就越有危险:它成为一部好的作品,它被归在利用它的并把它变成有益作品的善的那一边。被评判为坏的作品,在这种评判中找到了它有时得以自我保护的空间。它被弃置一边,在书库里被打入冷宫,被焚毁,被遗忘:然而,这种流放,这种在火焰中、在遗忘的温吞中的消失,在某种程度上延长着作品的正确的距离,这与那股使它远离的力量是相应的。这并不是说它再过一个世纪一定会有它曾错过的读者。后代并没有被许诺给任何人,它不会造成任何一本书的福分。作品并不持续,它存在着;这种存在能打开一种新的持续,它是一种对开始的召唤,它提示除了由于最初决定的丰富,否则任何东西都得不到肯定,但是,作品产生的本身既由于消失的光彩,也由于成为习惯性的生存的微弱光线而发光。作品逃避了时间,这种感觉源于作品的"距离",它表达了总是来自于作品在场的远离,同时又扭曲了这种远离,它忘记却又表达的事实:在阅读中,作品总是首次出现,即那是独一无二的阅读,每次都是第一次,每次都是唯一的一次。

阅读的风险却并非偶然造成的。如果说作品的"空无"——即作品在阅读中对于它自身的那种在场——是难以保护的话,这并不仅仅因为这空无难以在自身中支撑,而且因为可以说它还记得这种空无,它在生成过程中标志着作品的未完成,它是作品对抗的时刻的那种紧张。因此阅读作品吸引读它的人注意到这个深刻的生成:他并非必然要重新目睹作品产生的方式,也就是作品创作的实际体验,而是参与了作品,如同他参与了某种正在完成的事情的过程,参与了成为存在的那个空无的内在深处——如果这个进展,表现为时间过程的形态,那么它就奠定了小说体的本质的基础。

269

这种阅读方式——在场之于作品如同在场之于生成——在蜕270 变中产生出批评阅读,通过它,已成为行家的读者询问起作品,以弄清作品是如何造就的,然后问它创作的秘密和条件,又严厉地问它是否确实符合这些条件,等等。已成行家的读者变成了一位逆向的作者。真正的读者并不重新写书,而是由于不知不觉的诱惑,向着曾是他的各种各样预兆回归,而这些预兆曾事先使他在场于书的冒风险的体验:书对于他来说不再显得十分必要,以重新成为多种可能性之一,以重新发现某件不确定的,一切还有待做起来的事情的那种犹豫不定。作品又重新找到了自身的不安,找到了它的贫困的财富,它的空无的不安全,而此时阅读与这种不安相结合又共同承担起这种贫困,变成为类似渴望的东西,成为激情运动的焦虑和轻快。

所有这些变化属于阅读的真正本质。阅读要保持我们称为作品的距离这种东西的纯粹,但是同样也要永远保持这个距离,使它与作品的内在深处交流,要阻止作品在其中凝固不变,在理想的徒劳的孤独中自我保护。"空无"在生成的过程中,属于作品的被撕裂内在深处,最终,似落在它之外,空无使它向它自己敞开,使它成为绝对地在场,然而又将这在场变成防止向它接近的远离,并给我们的感觉是画外有画,还使我们感到诗、寺庙和塑像不受时间变迁的影响,而这些作品却带着时间的烙印。

好像这种具有撕破力的空无在生成过程中,有时是作品身陷271 其中的深渊,有时是作品通过其发出光彩的飞跃,它是那种一切在其中都永久重复自己的空无的暴力,也是一切都以此为开始的那种寻求,一如这种"内部的遥远"——正如米肖①所说——在结束之时,把一切都传递到外面,把作品孤立起来,在作品周围形成这种不在场的光晕——各种杰作的在场的显著特征——,犹如作品的光荣光环,并将作品置于空无的威严和无表现力的无动于衷的遮掩之下。作品就这样把自己固定在无生命的距离中。作品被孤立起来,由并非是阅读的,而是赞美的崇拜的空无捍卫着,它们已不再是作品了。艺术作品从来不与静息相联系,它与使杰作变成习以为常的那种把握十足的确信毫无关系,艺术作品并不藏身在博物馆里。从这个意义上讲,艺术作品从不存在,如果错误地移植这个观点:艺术作品并未造就完成,在谈到艺术作品时说艺术作品永不停止地被造就完成,那么这至少告知它始终是与其渊源相联系,艺术作品只是从渊源的不停止的体验为起始而存在,这还告知我们对抗的暴力——通过它,在生成的过程中,艺术作品曾是生成的各时刻的对立——并不是这生成的特征,而是属于作品存在的垂危斗争的特点。作品是狂暴的自由,通过它作品得以传播,通过它,渊源,即渊源的空无而模糊的深处得以扩展,以形成完整的决定和起始的坚定。因此,它越来越趋向于使作品的经验变得显而易见,这种经验并不确实就是作品创作的经验,也不是作品创作技巧的经验,而是不断地把作品从起始时的光明带回到渊源的黑暗,并且使作品在其中敞开的耀眼的显现服从于作品退缩于其中的掩饰的不安。

　　阅读在作品的距离中成形,它是这种空无的形式和空无似乎

───────────────

　　①　米肖(H. Michaux,1899—1984),法国诗人、画家,原籍比利时。

落在作品之外的时刻,阅读也就深深地返回到作品的内在深处,返回到似乎是作品永久产生的那种东西中去。阅读并不是环绕着作品球体飞翔并且用自己带羽翅的脚使这球体旋转的天使。阅读并不是从外面,从玻璃后面捕捉陌生世界内部发生的事情的目光。阅读与作品的生命相关联,它对所有这些时刻在场,阅读就是这些时刻之一,并且,它轮流并同时成为每一时刻,阅读并不仅仅是对这些时刻的重新追忆,是它们最终的变形,阅读在自身当中留下了真正在作品中起关键作用的东西,因此,它最终独自承担着交流的全部重担。

作品与历史

　　然后,由于具有这样的内在深处,体现在读者身上的阅读自然要掌握作品,阅读欲"抓住"作品,减缩、取消与作品的一切距离;更有甚者,它要把这段距离——作品完成的标记——变成一种新的生成原则,即作品历史性实现的生成,而此时,在文化领域中,作品在发生着变化,成为各种真实事情的担保和各种意义的保管,而这个运动是无法避免的,对此,没什么可惊讶的。但是,这运动并不仅仅意味着艺术作品遵循一般作品的发展过程,也不意味着服从于通过其连续变化推动作品的规律。因为这运动也得到了艺术作品自身的特性的鼓励,它源于作品相对于自身的深刻距离,由于这种距离,作品总是避开它之所是,似乎已最终完成而又尚未结束,使它避开一切受到掌握的不安,似乎使自己成为生成的无尽变异的同谋。距离使作品置于我们的能及范围之外,不受时间变迁的

伤害——作品在其中,作品会因荣耀的静止而消亡——距离也使
作品暴露在时间的种种历险中,显示出它在不断寻找着某种新的
形式;另一种取悦各种变化结局,这些变化在把作品与历史联系在
一起时,似乎把它自身的远离变成无限未来的许诺。

因此,曾倾注在作品内在深处的东西,为把作品保持并凝固在
纪念性的静止中而落在作品之外,最终,倾注在外部并把作品内在
深处的生活变成只有展示在众人面前并使自己充实着外部世界和
历史生活时才能完成。

这是在"空无"运动载负起某种内涵的情况下产生的变化,至
于作品,由于暂时或最终失去了它的坚忍不拔的发生力量和内在
深处而展开,并同时产生一个价值在其中起作用的世界,这些价值
召唤着真实性的公断,并对这种公断的来临至关重要。

于是,在作品中,曾是作品与它自身的交流,即渊源在起始中
的那种充分发挥,成为对某种东西的交流。把作品打开并使它成
为敞开之物的产生和光彩的东西,成了一个敞开的地点。它是由
稳定事物构成的这个世界的反映,并且模拟我们出于生存需要而
在那里的这种仍然存在着的实在。那种曾无意义,无真实性也无
价值,但一切似乎在其中取得意义的东西,成为说出真实的事,虚
假的事的语言,而人们为了学习,为了更加了解自己或为了自我修
养而去读这些东西。

通过这种创造,作品在自身之外按照外部事物的模式得以实
现。作品通过这种重心运动,不仅不是起始的力量,而成为正在起
始的事物。作品并没有把握其无内涵的纯粹肯定的实在,而是变
成仍存在的实在,包含着它从时间的运动中得到的许多意义,这些

意义根据文化形式和历史要求被做出不同的阐释。作品通过这一切使自己变得可以把握，不再是作品的存在，而是致力于世上各种作品的丰富方式的作品，它开始为读者服务，参与公众的对话，表达、拒斥老生常谈，它安慰、宽解、让人生厌，这并非鉴于它自身，或是与空无和它的存在的断然性的关系，而是由于它的内涵的转移，最终由于它所反映的共同话语和现行真实性的那种东西。当然，现在被阅读的已不再是作品，而是所有人被再思考的那些思想，是变得更习以为常的共同习惯，是继续在编织人的生命运动的日常的来来往往；这是对其自身很重要的运动，不应当诋毁它，但无论是艺术作品还是阅读均未在运动中出场。

　　这个变化并不是最终的，对于作品来说，它甚至不是一种恶或善。消失，即使当它乔装成有益的在场，它仍属于作品的本质，而且应当想到它也与艺术的辩证法相关，这个辩证法也就是从赞歌——作品、艺术和世界均不在场——通往作品的辩证法，在这作品中，人与世界设法使自身在场，然后又通往作品的体验本身、艺术、渊源在起始中的交流体现为某种在场——它也是消失——的那种作品。

　　有时，人们会遗憾地发现，艺术作品永远不再说它在产生时的那种语言，它产生时的那种语言，只有那些曾与它同属一世界的人才能听到和接收到。欧墨尼德斯①永远不会再向希腊人说话，而我们将永远无法得知用这种语言说出的东西。这是真的。但是，下面的事情也是真的：欧墨尼德斯从来还不曾说过话，每当她们说

――――――――――

　　① 欧墨尼德斯是希腊神话中的复仇三女神。

话时,便是她们宣告她们的语言的独一的诞生,从前她们在隐退到黑夜的寺庙里之前,如愤怒又平静下来的神灵一般说话——这些并不为我们所知,而且对我们来说将仍是陌生的——后来她们又如诸多无名势力的象征物一般说话,这些势力所进行的斗争对于正义和文化的降生是必不可少的——这些对于我们来说是太清楚不过了——最后,也许有一天,她们像话语在其中总是原初的,即渊源的话语的作品那样说话——这些对我们来说是未知的,但并不是陌生的。在这一切之外,阅读,视觉每次都通过内涵的分量和已展开的世界的各种途径,把作品独有的内在性,它的坚忍不拔、惊人的生成和它所展示的飞跃汇合在一起。

第七部分

文学与原初的体验

第一章　艺术的前景和问题

答案恰恰深植于问题当中。答案靠问题生存。常识认为答案取消了问题。确实,在所谓顺利的阶段,似乎只有答案是鲜活的。但是这种论断的幸运很快就消失了。真正的答案始终是问题的生命。答案可能困住问题,然而是为了使它保持敞开以捍卫它。

"艺术是什么? 文学是什么?"当然,在我们的时代,这样的提问来自于我们自身。然而,如果每次对它作答时,由于它总是对这些答案无动于衷,问题又被重新提出的话,那么应当在这个"重新"中清楚地看到一种起初让我们惊讶的要求。可能,问题仅仅设法在重复中消失,在重复中,已说过一次的东西在反复说的话中平息下来。但是,也许由于这种纠缠,问题更愿保持敞开。暂时搁置下来? 不。维持对立面,让对立面在无果的空间相互碰撞,在那空间里,相对立的东西不会相遇,这与问题的要害毫无关系。因此,必须排除这些使问题生质的障碍,相反,应当坚定地使文学置于辩论之外,在这些辩论中,文学发生分裂,无法像回溯到这种分界的渊源那样回溯到自身。

作品:若把艺术的严肃集中于这种概念,那么似乎应该让那些打算天真颂扬艺术作品的人和那些在艺术活动中赞赏把它变成为一种活动,而不是无用的热爱,并渴望看到它与一般的人类事业合

作的人和解。这两类人都打算承认人身上那种极佳的能力和艺术
家身上对这种能力的某种形式的运用——它要求劳作、规范、研
究。这两类人在谈到人的能力时说，从它的建树来看，它有价
值——这并非在某个超越时间处，在尘世外，而是在此和现在，按
照那些属于我们的界限，与它所服从的整个行动的法则保持一致，
正如它服从于最终目的那样：完成某个作品，完成这个唯有自由永
驻其中的真正的世界的建构。

　　当然，在这种一致中依然存在一种很大的不一致。艺术欲建
构，但是按艺术自身来进行，除了属于它的使命的东西，不接纳当
今流行的任何东西。当然，它以某种现实的东西为目的，某个物
体，但是是美的物体：这意思是指此物将是瞻望之物，而不是使用
的东西，此外它自我圆满，它信赖自身，不求教于其他任何东西，它
将是它的 fin①（从这词的两种意义上讲）。确实如此。然而这是
一件物品，体现着思维的另一侧。现实的东西：有效的东西。并非
是瞬间的空想、内心纯净的微笑，而是一种其自身发挥作用的已实
现的行动，这种行动告知别人信息或扭曲别人，向他们召唤，推动
感召他们，目的在于其他行动，它们往往并不返回艺术，而是属于
世界的进程，有助于历史，因而也许迷失在历史之中，但最终在成
为具体作品的自由中又重新处于历史之中：这是世界，已成为世界
的一切的世界。

　　这个回答是有力的、重要的。正如我们在马拉美作品中，后又

---

　　①　fin 可指结束和目的，即此处所说的两种意义。

在瓦莱里作品中所看到的,艺术似乎以黑格尔的话为支柱:人就是自己所造就的。若要通过作品来评价某人的话,这人就是艺术家。艺术家是创造者。一种新的实在的创造者,他在世界中打开了更广阔的视野,一种丝毫不关闭的可能性,而相反,如实在在其各种形式下得以扩展一样。这是一位在其所创造的东西中的他自身的创造者。同时,这是一位经过其作品考验的更有经验的艺术家,由于他的作品,他完全不同于从前的他;有时他会精疲力竭并在这作品中濒于死亡,而作品只会更有生气。

艺术在作品中是实在的。作品在世上是实在的,因为作品在世上得以实现(获得世界的赞同,即使是在震撼和决裂之中),因为作品有助于世界的创造,并且它只有在人在其中将成为人杰的世上才会有意义,才会有闲息。然而由此会产生什么结果呢? 在人的作品的内部——作品的使命符合创作和获得自由的普遍意志,这些使命必然是最重要的——艺术只可能遵循这种总体的命运,必要时它会装作不理会它,认为在这广阔天地里,它按照自身的小规律运转,但最终,在符合于把作品变成衡量它的唯一尺度的小规律的情况下,艺术将最认真、最严谨地致力于一般的人的作品和对普遍观点的肯定。

艺术是过去的东西?

282

由此还会产生什么结果呢? 在历史中,把有实效的行动认作自身的根本使命的人,不可能偏爱艺术行动。艺术的影响又少又糟。很显然,若马克思按着他青年时代的理想写出了最动人的小说,他就会使世界着迷,但是他就不会震撼世界。因此,要写出的是《资本论》而不是《战争与和平》。不应去描绘恺撒被谋杀,而应当是布鲁图斯。[①] 在观赏者看来,这些显得比较荒唐。可是,自艺术用行动来衡量之时起,直接而急迫的行动就只能认定艺术有错,而艺术只能自认有错。只需提醒一下荷尔德林所写的东西,对此,说他的命运是与诗歌相联是不够的,因为只是在诗中,只是为了诗他才拥有存在。然而,在1799年,当看到大革命处于危险中时,他写信给他的兄弟说:"倘若黑暗王国强行闯入的话,丢掉我们的笔杆,响应上帝的召唤,前往威胁最大,我们的参与最有用的地方。"

　　艺术活动,对于选定了它的那个人来说,在决定性时刻显得不足,这些时刻在每点钟都会敲响,此时"诗人应当通过拒绝自身来完成他的使命"。艺术从前曾与其他种类的绝对要求调和,绘画曾为神效劳,诗歌让神开口说话:那是因为这些强大的力量并不属于尘世,而且,它们的统治置身于时间之外,这些伟力并不衡量奉献给它们的时效性的服务的价值。艺术也曾为政治服务,但是政治那时并不是仅为行动效力,而行动也还没有意识到其自身如普遍的要求那样。只要世界还不完全是个世界,艺术肯定会在这世界中有其保留。但是这个保留,正是艺术家本人对它做的判决,如果说艺术家在作品中已认识到了艺术的本质,那么他由此就认识了一般人的作品的优先地位。保留使艺术家得以在自己的作品中产生影响。但是,作品此时仅仅只是这种保留的行动而已,而不是别

---

　　① 布鲁图斯(Brutus,公元前85—前42),古罗马政治人物,曾参与谋杀恺撒。

的什么，这是一个纯保留的行动，不起作用，是面对不愿接受保留的历史使命的单纯的犹豫不决，但也是那种对全体行动的直接的、积极的和有规则的参与。因此，由于忠诚于时日的规律，艺术家不仅面临使艺术作品处于从属地位的危险，而且面临放弃它，并且由于忠诚而放弃自身的危险。140 年之后，另一位诗人的话与荷尔德林的话产生共鸣，这位诗人是当前时代最有资格对他作答的："人类处境在某些时期遭受着以人性最无耻的方面为支撑的恶的冲突。在这种风暴的中心，诗人以对自身的拒绝来填补其使命的意义，然而又采取了这些人的立场：这些人撕去了苦难的合法面具，以确保向鲁莽汉的固执，即正义的传递者的永远回归。"（勒内·夏尔）

　　没有人能够容易地对这个"拒绝自己"放下心来，这拒绝有利于解放的行动，而"自己"，即艺术的自己，却有碍或是仅仅很有限地有助于它。1934 年，安德烈·纪德写道："在很长一段时间中，不可能再谈得上艺术作品。"[①]在一个世纪之前，黑格尔在开始他的美学课程时说过这样的话："艺术对于我们来说是过去的东西"，在此正是艺术应当加以思考的评价，它不会把这评价当作驳斥，因为，从那时以来，文学、造型艺术、音乐产生了大量作品，因为在黑格尔说这番话时，他并非不知道歌德仍健在，并且，在浪漫主义的

―――――――――――

　　① "在很长一段时间中，不可能再谈得上艺术作品。要聆听新的模糊不清的音符，就应该不被抱怨声震聋耳朵。在我的身心中，几乎无任何东西与此相容。不管我的目光投向何处，在我周围我只看到苦恼。仍保持静观的人，今天显示出一种非人的哲学，或一种可怕的盲目。"（《日记》，1934 年，7 月 25 日）――原注

名下,西方各种艺术已有了新的飞跃。那么,他——并不"轻率"说话的人,他想表达什么呢? 正是这些,从绝对自觉地成为历史的劳作之日起,艺术就无法满足绝对的需要:艺术被弃置于我们身上,它已失去了它的实在性和它的必然性;它曾拥有的真正的真实和有生命的东西现在属于世界和世上的现实的劳作。

浪漫主义的天才

黑格尔说,"被弃置于我们身上"——被弃置于我们的表象中,艺术在其中成为美学享受,还原为自身的内在深处的愉悦和消遣。然而正是在我们身上艺术欲重新掌握它的绝对性,这种"不可估量的价值"(勒内·夏尔语)。整个现代社会由这种双重运动所标志,这种运动在笛卡尔身上已经显出光彩,在越来越成为纯粹的、主观的内在深处的实存,与随着对实现着的精神和对创作意志的关注而越加活跃和客观地对世界的征服,在这二者之间,这种运动成为永久性的交换的游戏过程,即黑格尔首先充分加以阐述的那种游戏过程,并且,由此,与马克思的结合使这游戏的完成变成可能。

艺术也分担着这种命运,它有时成为艺术活动,但这活动总是有保留的,因而最终在直接而无保留的行动的真实性面前消隐。有时,艺术把自己禁锢在对内在绝对性的肯定中,即那种不接受任何法则和离弃一切权力的绝对性。这种极佳索求的各阶段是众所周知的。艺术的那个我肯定他是他自身的唯一度量,是对他所做和他所寻求的东西的唯一说明。浪漫主义的天才使这个正大的主体发生了飞跃,这主体不仅越出了常规,而且在自身的层面上,与完成和成功的法则互不相干。艺术，对于那个仅仅有效用的东西才是重要的世界来说，是无用处的，而且对它自己来说也是无用处的。即使艺术得以完成，也是在有度的作品和被限的使命之外，在生活的无度的运动之中，或者，它隐退到最看不见和最内在之处，在实存的空无之处，在那里，它使它的绝对性躲避在拒绝和超度量的拒绝当中。

艺术的这种要求完全不是一种不必严肃对待的徒劳的逃避，没有什么比这样一种作为拒绝的绝对性更为重要，而且这拒绝，由于符号的变化，也是最慷慨的肯定，是天赋，创造性的天赋，这一切无保留地、无需证实地传播了无根据的东西，而公正可能正是以此为根据建立起来的。弃置在我们身上的艺术应当把不曾安于美学乐趣的沾沾自喜归功于这种要求。为什么艺术的激情，不管在梵高身上还是在卡夫卡身上，不仅没有消失在纯粹的令人快活的满足中，或是消失在逃避中的我的毫无价值的虚荣心中，反而成为绝对的严肃，成为对绝对的激情呢？为什么荷尔德林、马拉美、里尔克、布勒东、勒内·夏尔这些人的名字意味着在诗歌中有一种无论文化，无论历史有效性，也无论优美语言的乐趣，都没表述出来的可能性，一种无所能的可能性作为它自身影响力在人身上的标记，而生存着并始终存在呢？这不是一个那么容易回答的问题，也许还不可能对它做出正确解释。

至少，应当表明这种要求或这种激情碰到了什么样的困难：最大的难处并不在于它对杰作的未来造成的威胁。确实，艺术在这种前景中并不再力求整体处于作品中，它并不是它所造就的东西。艺术不再站在实在这边，它并不在已制造出的东西的在场中寻找

286

自己的证明,艺术在至高实存的深度中无证明地表明自己,它对戈雅的模糊不清的草图比对整个绘画运动更为自豪。当提坦肯定的歌德的普罗米修斯喊道:"难道你没有独自完成一切,心灵神圣的灼伤?"这个"完成的一切"就是内在深处把它与出自创作忧心的责备对立起来的那种富有激情的明显事实。绝对性于是无理想归处。它在神圣的孤独中燃烧。正是内心的激情完成着一切,因为它向着火——它是一切的本质和运动——敞开着。

这种以被打入塔尔塔洛斯地狱深处的提坦①——因为提坦们难以满足的欲望并不是对时间和劳作的积极否定,而是反复的折磨和火轮——为象征的无比巨大力量,正是它在此刻关注着艺术。艺术是那种不愿在世上占有份额的客观激情。在此,在这世上,占统治地位的是对目的的从属,即度量、严肃和秩序——在此,即科学、技术、国家——在此,是意义,是对价值的确信,是善与真的理想。艺术是"颠倒的世界":非从属、过度、微不足道、无知、恶、无意义。这一切,这广阔领域属于艺术。这是一个它要求收回的领域:以什么名义?艺术并无名义,它不可能有名义,因为它不可能倚仗任何东西。艺术谈论心灵,顽强的实存,它表示"主体"的绝对性。令人震惊的是:笛卡尔才把世界朝我思的飞跃打开,帕斯卡尔就用我思把握更深藏的内在深处,而内在深处把我思指责为"无用的、不确定的和艰难的"。但是,还有同样令人惊讶的事,这个内心同

---

① 提坦是希腊神话中天神和地神的子女,六男六女均为巨神。巨神与宙斯展开顽强斗争,最终失败,被打入塔尔塔洛斯地狱。

样拥有一种逻辑,这个逻辑并非对理性不感兴趣,因为它欲成为理性的原则,它仅自称更确实可靠、更坚定、更迅捷。"理性应当依靠的正是内心和本能的这些认识,它在这基础上建立自己的推论。"这样,至上的权力一下子被坚实地建立起来,它巧妙地拒绝了科学,它把有用颠倒为无用,并且不能"原谅笛卡尔"。但是同时,绝对性被用来为它主宰的东西效力,并成为劳作的辅助和工具,对于世界,甚至极严格地说,对数学①的数目是有用的,而行动和研究正是在此基础上建立普遍的统治。令人难以忘怀的返回。帕斯卡尔最终永远属于笛卡尔。若说帕斯卡尔加深了纯净的内在生命,若说他使这生命恢复了自己的丰富多彩,恢复了它的自由运动,那么他所丰富的和确保的正是笛卡尔,因为笛卡尔正是以我为出发点奠定客观性,这个我变得越深刻,越未满足,越空无,人的意愿的劲头就会越强烈,这种人的意愿,从内心的内在深处起,已经通过一种尚未被察觉的意图把世界肯定为能被创造的,并旨在使用的诸物的总体。

以为自己极力反对价值,在自身用艺术来保护十分强有力的否定的泉源的艺术家,并不比造就"有用作品"的艺术家更少地服从于一般命运,也许有过之而无不及。已经让人惊讶的是:他只能以世界为基点来确定艺术。他是那个颠倒的世界。但是这种颠倒也并不是别的什么东西,而只是这世界用来使自身变得更稳定、更实在的"狡猾"的手段而已。这种相助也有限,它只在某些时刻是重要的,而历史后来会将它抛弃,而此时,它自身已明显成为对劳

①　"内心感到有三维并感到数是无限的……"——原注

288

作的否定,它在征服的技术形式发展中找到了确保它目的的辩证的生命力。

艺术问题

289　　什么是艺术？什么是文学？艺术对于我们来说是过去的东西吗？然而,为什么提出这个问题？从前,艺术似乎曾是神的语言,在神离去之后,艺术仍是神的不在场的语言,他们的不足和尚未决断他们命运的那种迟疑。似乎,由于不在场变得越来越深刻,由于它已成为对自身的不在场和遗忘,艺术便设法成为自身的在场,但它首先是为人提供自我再认识的手段,自我取悦的手段。在这阶段,艺术是人们称之为人文主义的东西。艺术在自身有用成果的谦逊(文学变成越来越有效而有趣的散文)和成为纯粹的本质的那种无用的傲慢之间摆动,这往往通过主观状态的胜利体现出来:艺术成为一种心情,它是"对生活的评论",它是无用的激情。诗意意味着主观。艺术取得艺术家的形象,艺术家从人所具有的一般东西中得到人的形象。艺术在艺术家体现着他不仅仅作为艺术家的那个人的情况下得以表现出来。

　　首先我们可以认为,"人文主义"艺术的主要特点在于模仿,或更在于它对人的关注,因而艺术似乎为重新成为至上的或本质的,只需摆脱这种从属的使命。正如笛卡尔的表象在于自身包含着科学能力(征服能力,即在否定实在、改造实在的同时征服实在的能力),同样,艺术家成为在体现的同时进行着改造的东西,他成为进行创造的那个人,创造者,然而始终是有创造力的人,成为在人的层面上的创造,而人正是从他以强大的意志力进行工作和行动的能力这意思上来理解的,对实施的关注和需要对象物以自我再认识的那种精神,恰恰表明了人的强大意志力的真正实质。艺术自夸具有创造性的艺术家这事实本身意味着艺术的巨大变质。艺术接受从属于从事艺术的那个人并在他身上穷尽自身。

显然,艺术的深刻困惑在文学中表现得尤为显著,因为文学鉴于文化和语言形式而直接向着历史行动的发展敞开,这种歧途使艺术在对价值的颂扬中寻找自身,而价值只能使艺术处于从属地位,这让我们看到了艺术家在一个他自视并无依据的世界里的困境。创造者这个概念的重要性在这方面很能说明问题。这个概念的含混使它变得实用,因为这概念有时可使艺术隐藏在我的无作为的深处,在天才的紧张度中,在帕斯卡尔的内心,他曾对笛卡尔,对他有条不紊的工作说过:"这很可笑,这并不值一小时的辛苦。"有时,这个概念给予艺术在世上比试的能力和权威的权利,它把艺术家变成实施者,变成它认定的那种极佳的制造者,另外,还赋予艺术护卫集体劳作的无名的权利,它保证艺术始终是个人的或大人物的:创造者始终是独一无二的,他欲保持他在自身坚定不移的那种形象,这种富有,我们在最伟大的行动中也无法找到与之等量齐观的东西。

应当进一步说明:由于这一切往往以最纯真、最微妙的方式得以表明,创造者便是艺术家要求获得的名称,因为艺术家认为这样就取得了神的不在场所留下的空位。这是一种极具欺骗性的雄心。这种幻想使艺术家认为,如果他担负起神的最起码的职能,即并非神圣的职能,这种职能将上帝变成每周工作六天的劳动者,变

成公众服务人员,变成"干什么都合适的",那么艺术家就成为神
291 了。这种幻想还遮盖了艺术应当将其围困起来并应当以某种方式
捍卫的空无,就好像这种不在场是艺术的深刻的真实,是这样一种
形式:在这形式下艺术应使它自己在场于它的固有本质之中。

创造者只是在历史加速阶段的黎明时分才成为最佳的神的属
性,而人在这时成为纯粹的我,而且也是客观完成的劳作、实现和
要求。自称创造者的艺术家并不汇集神圣物的遗产,他仅仅在其
遗产中放置他的从属的杰出原则。

艺术的新的探求

然而,由于另一种同样出色的运动,艺术,作为人在自身的在
场,并不满足于这种历史为它保留的人文主义变化。艺术必须成
为自己的在场。艺术欲肯定的东西,就是艺术。它要寻求的东西,
它试图完成的东西,就是艺术的本质。这一点对于绘画来而言是
令人震惊的:当绘画以整体面目出现时,正如马尔罗所指出的那
样,同样以本质面目出现时——旨在为自身的那种本质,它不再从
属于绘画应当庆贺或表示的价值,而是只为绘画效力,它注定于无
论生动的形式,无论人的使命也无论美学形式上的关注,都无法给
予一个名称的那种绝对——人们只能把它叫作绘画。这种倾向可
以用许多种不同方式来做解释,但它有力地显示出一种在各层次
上按照固有的道路把各种艺术引向它们自身的运动,使各种艺术
集中关注它们自身的本质,关注使它们在场并成为本质的东西:这
292 对于诗歌完全是真实的(对于"总体上"讲的文学),对于造型艺术

也是真实的,也许对勋伯格①来说也是真实的。

　　为什么有这种倾向? 为什么艺术在历史要它处于从属地位,对它质疑之处,却成为本质的在场? 为什么有马拉美,为什么有塞尚②? 就在绝对欲采取历史的形式之时,在时代有各种与艺术的绝对性并不合拍的关注和利害关系时,在诗人让位于搞文学的人,后者又让位于日常琐事来说话之时,在由于时间的销蚀,艺术消失之时,为什么艺术首次作为一种探求出现? 在这种探求中,关系到某种本质的东西,在这种探求中,重要的不是艺术家,不是艺术家的心情,不是人的接近的表象,不是劳作,不是世界赖以为基础建立起来的所有那些价值,也不是从前尘世的来生向其敞开的那些其他的价值,但是,这种探求是精确的、严格的,它欲在作品中自我完成,在作品之中——别无他求。

　　这是一种值得注意的现象,难以理解,更难以做出解释。但是,也许我们应当首先返回到至此为止已经使我们发现作品这个概念的尚不充分的反思之中。

---

①　勋伯格(A. Schœnberg,1874—1951),奥地利作曲家,后入美籍。
②　塞尚(Cézanne,1839—1906),法国画家。

第二章　艺术作品的特点

　　显然,艺术作品具有固有的特点。艺术作品欲与人类作品和一般活动的其他形式区别开来。也许,这种意愿不过是一种奢望而已。或者,艺术作品所欲是的东西表达了它之所是的真实性吗?不管怎样,也应当试着在艺术作品的奢望中描述它,倘若不是对艺术作品本身,至少是对艺术作品提出的问题做出阐明。

"失去人格的,书。"

　　艺术作品并不直接返回某个可能造就了它的人。当我们对为艺术作品做准备的境遇,对它产生的过程,直至那位使它变成可能的人的姓名一无所知时,艺术作品最接近它自己。这才是它的真正方向。体现在杰作这个最高级中的正是这种要求。杰作并不存在于完美无缺之中,正如美学所强烈要求的这个词所要表示的那样,也不在于艺术家的和作品的高超技艺。瓦莱里说得好,高超技艺就是:使人永远不结束自己所做的。唯有艺术家的高超技艺在他创作的对象物中才会完结,对于艺术家而言,作品永远是无限的、非结束的,而由此,非结束的作品存在着,它绝对的存在的事实,这奇特的事情被揭示出来似乎并不属于完成的高超技艺。这属于另一性质的。

　　杰作并不更多存在于许诺给它的绵延中,这种时间的持续似乎是艺术劳作最令人羡慕的特权——至少在我们后期的西方是如此。面对《马尔多罗之歌》①,我们根本不会去想这部作品将永垂不朽。这部作品通过它而绝对存在的那种东西,并不会阻止作品绝对地消失。将它置于我们面前的那种东西,作品带给我们的这种断言并不能用历史的持续来衡量,这种断言并不要求在这世上存活,也不要求晋升到文化的天堂。

　　马拉美极强烈地意识到了作品的这种特点。"书是失去人格的,就如作者与它脱离,它不渴望接近读者。要知道,就像人的小道具中的一件,它独自发生:被造就,存在着。"书对偶然性的挑战是那种"独自发生"的东西的易位,一种象征性的探求以使"诗人的词句消失"显示出来,是一种体验,为的是从渊源处把握那并非使作品变得实在,而是在作品中"失去人格的"实在的东西,是使作品超出实在或在实在之内的东西。

　　然而:一件由手工匠人或由机械劳动生产出来的物会更多地联系到它的制作者吗?物,它也是非个性的、无名的。它并不载有作者的姓名。

　　是的,确实如此,物并不归于某个可能造就了它的人,它也不归于它自身。正如我们常注意到的那样,物完全消失在它的使用中,它与它所做的,与它的有用价值相联系。物从不会宣布它存在

---

　　①　《马尔多罗之歌》(*Chants de Maldoror*)是法国诗人洛特雷阿蒙(1846—1870)所作的长篇散文诗。

着,而是告示它用来做什么。物并不显现出来。要它显现出来——这也是经常所说的——必须在使用的循环中有一种断裂,一个缺口,一种异常,使它从世上脱离出来,脱离它的挂钩,于是,它似乎不再存在了,变成了它的表象,它的形象,变成了成为有用之物或有意义的价值之前的那个它。由此,它也变成了让·保尔·里希特和安德烈·布勒东眼中的一件真正的艺术品。

作品存在着,标志着一种独一无二事件的光辉和闪烁,理解力随之能把握这事件,理解力感到自己受惠于它,就像受惠于它的本原,但是理解力首先只是把这事件作为它没有把握住的东西来理解,即不可理解之物,因为这事件发生在我们只能在"不"的掩盖下指明的这个先前领域里。对这个领域的探寻始终是我们的问题。

此时,让我们仅仅承认,光辉、迅捷的决定,这种在场,这个"电闪雷鸣的时刻"——用马拉美和所有与他相似的人,自赫拉克利特以来,为表达作品这事件总是再次使用的词——让我们承认这样一种令人震骇的断言并不属于对稳定的真实性的自信,也不属于生活和存在在有限的活动的亲密无间中相互完成的那已获得的日的光芒。作品没带来确信和光芒。既无对于我们来说的确信,也无对它自身的光芒。作品并非坚定不移,它并没有为我们在坚不可摧和不容置疑的基础上提供支柱,即那些属于笛卡尔,属于我们生活的世界的价值。正如一切有力度的作品把我们从我们自身夺走,把我们从我们的能力的习惯中夺走,并把我们变成虚弱的,似乎被摧垮了,同样,与它自身之所是相比,作品并不是强有力的,它没有能力,无能为力,它并不简单地是可能性的不同形式的反面,而是表明了不可能性在其中不再是缺失而是肯定的那个领域。

塑像为大理石增光添彩

这种在场的晦涩,它让人不可理解,它无确定性,但却耀眼,它是一个事件,但同时似乎是一种闭封事物的静息,所有这些,我们努力记住,并适当地对它定位:作品完全就是被用来造就它的那东西,作品是使其本性和它的材料,使它的实在的荣耀成为可见并在场的那种东西:诗歌中动词的韵律,音乐中的乐音,绘画中变成颜色的光线,房屋里变成石块的空间。

由此,我们还要设法指出使作品与物、与一般意义上的作品区分开来的东西。因为我们知道,在常用物中,材料本身并不是引起兴趣的对象物;造就物品的材料,使物品适合于其用途的材料越合适,它就越近于一无所是——说到底,一切物已成为非物质的,成为在交换的迅速循环中游移的力量,成为本身是纯粹生成的那种行动的消失的支架。这正是钱币的各种变形极巧妙地使人联想到的东西,先是沉重的金属,直至发生这样的变化,它使钱币成为捉摸不定的颤动,通过这种颤动,成为物的世上所有的实在在市场的运作中,它们自身被改变成始终处于移动中的非实在的时刻。

作品使消失在物中的东西显现出来。塑像使人理石增光添彩,油画并不是以画布为底配上物质的配料而作成的,它是那种若没油画就不为我们所知的物质的在场。还有诗歌并不是用思想和词语写成的,诗歌是这样的东西:以它为基点,词语成为自身的外表和这种外表向其敞开却又将其封闭的基础深度。

通过这种特点,我们已经看到作品不可能满足于对物质特性的强调,即作品似乎在我们面前拥有的物的实在性。这还只是一种比较的真实性而已。这种真实性却是重要的,因为它向我们表明,尽管雕塑家使用石头,筑路工也使用石头,但前者使用石头是使石头不是被使用,被消耗,在使用中被否定,而是使石头得到肯定,使其在黑暗中得以表露,即那条只通往它自身之路。

"移动的、可怕的、绝妙的大地"

作品就这样将我们引向黑暗深处,我们并不认为称之为基础就已经明确指示了它,它肯定不是本性,因为本性始终作为已产生和形成的东西显示出来,勒内·夏尔称之为"移动的、可怕的、绝妙的大地",他或许在呼唤某种东西,而荷尔德林称之为大地-母亲,保持沉默的大地,那在地下的大地,它引退在自己的影中,里尔克对它说:"大地,你所欲,不正是不可见地在我们之中再生?"梵高则更明确地向我们指引了它,他说:"我扎根于大地。"然而,这些神秘的名字,在其自身十分有力,却仍然与它们的所指毫不相干。

然而,在我们仅仅设法确认作品的主要特征之处,我们要记住:作品转向根基,转向作为基本要素的深度和阴影的成分,而我们知道诸物并不触及,但是,各种艺术在它们赋予材料的存在表象中——事后,说是艺术作品由这种材料造成——使基本要素的深度和阴影在我们之中,在作品这独一无二的事件中出现。

但是,即使从描述的角度来说,我们也感到这种分析多么欠缺,因为当作品产生时,基本要素肯定得到阐明,根基如在场,像被吸引着趋向光亮,尽管它也还是作品拒之在外同时又以其为基础的那种深度。但是，在这种密实的突现中，在"物质"在自身的这种在场中，并不仅仅是对适合于某种艺术形式的材料的肯定被预感到了：欧巴里诺斯①庙堂使人联想到的不只是石块和大理石，也不是它建造在那里的那块土地，而是由于强大的震撼力，在我们眼中，天更亮了，庙堂所俯视的大海更接近大海，夜更接近夜。瓦莱里说，这就是"在歌唱"的建筑。

荷尔德林在和辛格莱尔②最初关于疯狂的谈话中说到各种艺术作品时，称艺术作品是一种独一无二的节奏，他所指的正是这个区域，即一切全在外部，然而似乎不可进入的、封闭的地方："当节奏已成为唯一的、独一无二的思想表达方式，仅仅在此时，才会有诗歌。要使精神变为诗歌，它必须在自身包含着先天节奏的奥秘。精神正是在这种唯一的节奏中才能生存并变成可见的。各种艺术作品只是唯一的和同一的节奏。一切只是节奏。人的命运是唯一的上天的节奏，正如一切艺术作品是独一无二的节奏。"

还应追忆马拉美用来再次肯定"诗句这个古老的天才"的那些话："原则，它只——是诗句，就这样自动展露！为它的充分展示吸引着并释放着美的千姿百态（此刻，它们在充分展示中光彩夺目并在转瞬即逝的花朵中死去，呈现在如以太般透明的某种东西上），它们急切地奔来并在本质的价值中排列有序。征兆！在某种精神不可能性——微不足道只属于整体——的深渊中心，我们的荣耀的神圣的分数的分子，即某种至高无上的模式，它并没有作为任何

---

① 欧巴里诺斯（Eupalinos，公元前 6 世纪下叶），希腊建筑师，工程师。

② 辛格莱尔（Sinclair，1754—1835），英国经济学家。

物体而产生,但它存在着:为在其中进一步肯定,它借鉴了各种分散零乱的、不为人知的和浮动不定的蕴藏的财富,并锤炼它们。"

庄重的文字,因为它汇聚了作品的大部分欲望:这种在场,这种存在的事实,它与历史的持续并无关系(里尔克把塞尚的画与印象派画对立起来,他说:"已画好了:我喜欢这件东西,而不是去画:瞧,这就是画",此时他说的就是这种历史的持续)。这种在场并不是精神的,也不是观念的,因为它把千姿百态吸引到它的身边,它借鉴各种分散零乱的、不为人知的和浮动不定的蕴藏(夏尔说:"移动的、可怕的、绝妙的大地")。然而,所有这些蕴藏,节奏的基本的夜晚,基本要素把它称为物质性的那种深度,所有这些东西,作品把它们吸引过来是为了将它散发出去,从它们的本质中将它们揭示出来,这本质也就是基本的黑暗,而在这个从本质上变为在场的黑暗中,本质并没有被去除,而是被释放出来了,变成可见的,衬托在某种以太般透明的东西上,作品成为那种充分绽放出来、更有光彩之物,即荣耀的充分绽放。

作品,"对立物令人激动的结合"

在此,我们看到作品的另一种要求展现出来。作品并不是某种静止之削弱的统一体。它是对立物运动的内在深处和暴力,这种运动永远不会调和也不会平息,至少,当作品仍是作品时是如此。对立面的矛盾在这种内在深处发生冲突,不可调和,然而只有在这种使它们相互对立的争执中,对立才获圆满,这样一种被撕裂的内在深处就是作品,倘若说作品是那种隐藏着并始终封闭的东西的充分绽放：即在黑暗上面闪烁的光亮，这光亮由于这种成为表露在外的黑暗而闪光，它在充分绽放的最初光明中劫走了黑暗，也就是其本质是困住欲将它披露出来，欲在自身中吸引它并吞没它的东西。勒内·夏尔说："诗人是抛出的有生命之物和挽留的有生命之物的本原。"他所影射的正是"这种激动人心的对立物的结合"。内容与形式、词语与观念的二元性构成了最通常的企图，为的是理解以世界和世界的语言为基础，作品作为本质的不和的独一无二的事件，在将它突显出来的暴力中所完成的东西，而在这种本质的不和的内部，只有在斗争着的东西才能把握自身和取得资格。

里尔克在第二十六首十四行诗（第一部分）中这样谈到俄耳甫斯，谈到失落的和失散的上帝：

喔，你，逝去的上帝！你，踪迹无限！
在把你撕裂时，敌对的力量最终把你抛散，
把我们变成聆听者和自然之嘴。

作品就是俄耳甫斯，但作品也是敌对强大力量而且这力量分割着俄耳甫斯——因此，产生作品的人（创作者）源于这种撕裂的内在深处，正像认可它、捍卫它同时听它的人（读者）一样。理解，说话，在作品之中，在撕裂中在唯一建立起对话的撕裂的统一体中，有它们的原则。正如诗人置身于这个间距——在其中，尚无词语的节奏，没说出什么，却总在说着的声音，它应成为一种力量去指定唯一理解它并完全与它沟通的人为能包容它的中介——此时，诗人只有在听的同时才说话,同样,聆听的人,即"读者",就是那位作品通过他又重新被说出的人,这不是在一种一再重复中被再说出来,而是作品被保持在新的最初话语的决定之中。

由此产生了艺术家对作品的依附性。灵感的奇特性与诗歌相对于诗人的那种本质的在先性相关联,事实是:诗人自感,在生活中,在写作中,他还有待来临,面对作品他自己还不在场,而作品本身是整个未来,是在场和未来的节日。这种依附性是本质的。诗人只是作为诗歌的可能性,诗意地实存,从这意义上讲,诗人只在诗歌之后,尽管只是面对诗歌才实存。灵感并非是诗歌给予某个已实存的人的礼物,而是实存给予某个还未实存的人的恩惠,而这种实存的完成正如那种坚定地完全置身外部(如前面所说的间距),置身在给予自身的许可,给予一切主观信念和世界真实性的许可中的那种东西。

说诗人只是在诗歌之后才实存,这意思是说诗人掌握着他的诗歌的"实在",但是他掌握这个实在只为了使诗歌成为可能。从这个意义上讲,诗人在创作作品之后并没有幸存下来。他在作品中以濒死状态活着,这还意味着在诗歌完成之后,他就是诗歌冷漠地注视着的东西,诗歌与此无关,不会被诗歌作为其渊源以任何名义提及和赞誉。因为被作品所赞誉的,就是作品和作品在自身所汇聚的艺术。而创作者是那个从此以后被准许离去的人,他的名字已被抹去,有关他的记忆已消失。这还意味着创作者对其作品无权力,他被自己的作品剥夺,就像在作品中,创作者失去自身一样,创作者并不掌握作品的意义和特殊的奥秘,"阅读"作品并不由他负责,也就是说再次说它,每次都像对新作那样去说它,并不由他负责。

面对作品,在作品之中,作者和读者是平等的。二者都是独一无二的,因为只有通过这部作品并以它为基点,他们才有实存;不言而喻,因为不是一般来说各种各样诗歌的作者,也不是对诗歌有特别爱好,充分理解地读遍各种伟大诗作的读者。但是,他是独一的:这就是说读者是独一的,并不比作者差,因为读者是这样的人:每次在说诗歌时都把它当作新作,而不是作为再次说过的,已经说过的和已经被听到过的。

作品说:开始

作品在其自身,在撕裂的统一体中——它使作品变成旭日,而继之总是由不透明的深度取代——这是使作品成为"抛出的存在和持续的存在、理解它的和诉说它的东西之间的斗争的相互性的原则。存在的这种在场是一个事件。它并不在时间之外来到,作品也不仅仅是精神性的,而是通过作品,另一种时间来到了时间中,并且作为在场,来到实存的有生命之物的世界里和继续存在着的物的世界里的,不是另外一个世界,而是整个世界的另一面,是有别于世界的那种东西。

作品及其历史持续的问题正是在与这种意图的比较中出现的。作品是人所使用的、人所感兴趣的各种事物之一,人把这些事物变成追求知识、文化甚至虚荣的一种手段和对象。以此名义,作品具有历史,学问家,有雅趣和文化的人对它关怀备至,他们编写作品的历史,编写它所代表的艺术的历史。然而,也是以此名义,它什么也不是,只是一个物,这种物最终以对成果的关注为价值,它的知只是形式而已。

在作品仅仅是研究和关注对象的地方,它并不是其他产品中的产品。从这意义上讲,作品并无历史。历史并不关注作品,而是把它变成一种消遣之物。然而,作品即历史,作品是一种事件,是历史这事件本身,而之所以如此,是因为作品最坚定的意图是赋予开始这词以它的全部力量。马尔罗写道:"作品有一天说的言语是它永不会再说的,即它诞生的言语。"但还应补充一句,作品所说的,并不仅仅是在它开始时的它之所是,但是,历史总是在一种或另一种光线下言说:开始。历史正因此属于作品,然而也因此逃离作品。它出现在其中的那个世界里,是它在其中宣告的,正是现在,在流行的真实性惯用的时间里,有了一部作品它如不合习惯的、不合时宜的东西一般出现。这与这个世界这个时间没有关系。它从来不以熟悉的在场的实在为基点来体现自己;它从我们这里取走我们最熟悉的东西。它本身始终是多余的,是那种始终缺乏的东西的多余,我们曾称之为拒绝的极大富余。

作品说开始这个词,它欲给予历史的东西,正是首创性,是起点的可能性。但它本身并不开始。它总是先于一切开始,它始终是已经结束。自人们以为从作品中汲取的真实性显露并成为当今的生活和劳作之时,作品就在自身当中被封闭起来,好像与这种真实性并不相干、毫无意义一般,因为这不仅是相对于已知的和可靠的真实,作品显得不相干,而是它总在排斥真实:不管真实是什么,即使真是从作品中汲取的,作品也推翻它,作品又在自身重新提及它,然后掩埋和隐藏它。然而,作品说出开始这词,作品对于白天极为重要。它是先于白天的破晓。作品引人入门,确立什么。"确立什么东西的神秘,"夏尔说,但是作品本身始终是被排除在入门之外并远离清楚的真实性的那种神秘。

从这个意义上讲,作品始终是原初的,在任何时候都是开始:这样,它显示为总是新的那种东西,显示为未来之不可获取的真实性的海市蜃楼。作品"现在"是新的,它更新着这个似乎引其入门的"现在",并使它更为现时,而最终它是很陈旧、极其陈旧的,是那种失落在时光黑夜之中的东西,因为它是始终先于我们并在我们之前产生的渊源,因为它是对使我们得以远离而去的那种东西的靠近:过去的事情,在不同于黑格尔所说的意义上。

作品的辩证法

作品,只有当它是被撕裂的、始终斗争着的、永不平静的统一体时才成其为作品,只有当它通过黑暗而成为光亮,成为始终被封闭东西的充分展示时才成为被撕裂的内部深处。作为创作者,创造作品,使作品在场的人和作为读者——在场于作品之中以再-创造作品的人——组成了这种对立的诸方面之一,但是已经在发展作品,也使它稳定,以分离的权力的信念取代激烈的冲突,这些分离的权力始终准备忘却它们,只有在撕裂它们同时使它们相结合的激昂中它们才是实在的。作品由于无法在自身保留这种通过撕裂来统一的冲突,因而也包含着没落的起因。使它没落的东西,正是作品的似真,人们正是从这种好像真实的东西中汲取积极的真实性和消极的假相似物,即所谓的美,以这种分离为基点,作品成为或多或少有效益的实在和审美对象。

读者不仅是读者,而且是生活和工作在一个他需要现时真实性的世界中的读者,他认为作品在它自身之中具有真的时刻,而与人们试图归于它的真实性相比,作品始终是那种先于它的东西,而照此理由,它始终是非-真,真始于其中的"非"。读者在作品美妙的光彩中看到的不是在黑暗中发光亮的东西,不是只以黑夜的名义闪耀着的明显的真实,而是那种在其自身光亮的东西,是意义,即人们所理解的东西和从作品所能提取的东西,把它与作品分开以享用和支配它。这样,读者与作品的对话始终更多在于把作品"提高"到真实性的高度,在于把作品改变为一种常用言语、有效益的表述、有用的价值,而此时,业余爱好者和评论家则致力于作品的"美妙动人",它的美学价值并面对这空贝壳——他们把它变成对趣味不感兴趣的物品——以为是属于作品未展示的部分。

这种变化必定在这样的时刻完成:历史在巅峰上成为实现者的劳作和关注。

307

作品与神圣

但是,我们也预感到在人尚未在场于自身,而在场和起作用的是非人、非在场,是神的这个阶段里,作品最贴近于自己的要求,但是它被掩藏并似乎不被理睬。当艺术是神的语言,当庙宇是神的居住之处时,作品是看不见的,艺术是不为人所知的。作为神圣的诗歌,这是人所理解的神圣,而不是诗歌所理解的。然而作为神圣的、不可命名的诗歌在神圣中说出不可言喻的东西,而诗人在歌声的掩饰和包裹之中向社会传递着"看不到的、不可分解的火"和"旭日的曙光"(勒内·夏尔语),以使诗歌成为共同的渊源。因而,诗歌是掩饰物,它使火成为可见的,在使它成可见的同一过程中又把它掩饰和隐藏起来。诗歌显示,它照明,但同时在隐藏,因为它在黑暗中挽留仅通过黑暗发光的东西,并将它保持在黑暗中直至在黑暗把光明视为第一缕曙光中。诗歌在它命名的神圣面前消隐,它是沉默,沉默把在诗歌中说话的神引到话语——但是作为不可言喻的并且总是无言的诗歌,通过它在语言中禁锢的神的沉默,是那种作为诗歌在说话并作为作品在显示自己的东西,而同时一切都藏而不露。

因此,作品深藏在神的在场中,同时又通过神的不在场和黑暗成为在场的和可见的。作品便是自身本质的被撕裂的内在深处,它在命名神圣时所说的,正是地下神灵,愤怒者,"夜的不体面的女孩"对光辉的神灵的战斗,这些光辉的神灵以人的名义自封为正义的维护者。这战斗是它的本质的战斗本身,几个世纪之后,作品之所以有时又返回到这样一些神话,是因为作品在场于这些神话,唯有作品在神的掩饰下。

在时光流逝的过程中,似乎有一种作品的"辩证法"和一种对艺术意义的改变,即那种与既定的历史时期并不相应的运动,但它却与各不同历史形式有关系。用粗细条来描绘,正是这种辩证法用立起的石块和有节奏的颂扬之呼声,把在其中宣告并体现神的作品引向它赋予神以形式的塑像,直至在显示自身之前表象人的著作。

对渊源的关注

作品就这样从神到人,它辅助着这过程,因为每次作品说开始这个词时,它是以那种比世俗,比强权借用此词表现自身或采取行动更加原初的方式说出来。甚至作品与它看来如此相近的神之间的同盟,对于神是毁灭性的。神在作品中说话,在庙宇中逗留,但作品也是神的静默,作品是神谕,神的沉默无言的神秘在其中成为神秘的话语和话语的神秘。神居于庙宇,但被隐藏着,而且不在场于一种惊人的不在场,这种不在场的神圣空间由可见的和不可见的作品本身体现出来,是那种模棱两可的肯定。作品说着神,但由于神是不可言喻的,作品便是神的不在场之在场,在这种不在场中,作品趋向于自身成为在场,变成不再是宙斯而是塑像,不再是厄里倪厄斯①和诸光明之神的实际的斗争,而是受到启示的悲剧,而当诸神被推翻时,庙宇并没随之消失,反而开始出现,庙宇显示出来,继续成为它最初只在无知觉中所是的东西:诸神的不在场的暂住。

作品对于人也同样危险,人从作品那里撤销了神圣的威望和过度,欲把作品保持在他的水准上,欲在作品中自我肯定为控制和成功,劳作之幸运又合理的完成。不久,艺术作品丝毫没有被技艺所控制,它的失败与成功机会均等的事实就显现出来,艺术作品并不是一件在劳作的同时可以完成的东西,在艺术作品中,劳作并不

---

① 厄里倪厄斯是希腊神话中复仇三女神的总称,也叫欧墨尼德斯。

受赞誉，即使艺术作品有所求，这种劳作也是完全被扭曲的。人在作品中说话，但是，在人并不承认，并不感到自己被证实，在人不再在场，在人对他自己不是人，在上帝面前不是人，在他自己面前不是神的地方，作品在人身上让不说话的、不可命名的东西，让非人的、无真实性、无正义、无权益的东西说话。

每当作品在神的后面或是要以人的名义使自己被理解时，就犹如宣告一种更伟大的开始。神似乎取得了渊源的秘诀，神像是一切在其中闪耀发光的最初的伟力，作品在言说神的时候说出了某种比神的渊源更深的东西，说出了诸神的缺陷——它们的命运，在命运之内，说出了命运无标记，无权力地居于其中的阴影。

作品曾是神的话语，神的不在场的话语，作品曾是人的公正的、平衡的话语，然后是各种各样的话语，之后是被剥夺的人，是无话语的人的话语，之后是在人身上不说话的东西的话语，是秘密、绝望或欢快的话语，作品还有什么要说的？有什么东西总是避开作品的语言？是作品自己。当一切被说了出来，当世界作为这一切的真实成为必不可少时，当历史要在论说结束中完成时，当作品没什么可说并消失时，此时，作品趋向成为作品的话语。在消失的作品中，作品欲说话，而体验成为对作品本质的探求，成为对艺术的肯定，对渊源的关注。

我们于是在此再次抓住艺术在今天向我们提出的问题，但我们也明白在作品这种直接地显露、突现，使自己不仅在作品自身，而且在它从中产生的体验中成为可见的和在场的倾向中，有着危险和奇特之处。因为，我们曾使用过的粗线条描绘向我们说明了什么呢？又让什么成为可见的呢？仅仅是这些：艺术对于我们常

是不可见的,艺术总比它所说到的东西更早,比它自身更早。没有
什么比这种运动更让人惊讶,这种运动总使作品避开,并使作品变
得更强大有力,因为作品并不那么显露在外:犹似一种秘密法则在
要求着作品,要它始终藏在它所显示的东西里,要它只显示那种应
当隐藏的东西,最终,只是在隐藏这种东西的同时才把它显示出
来。为什么艺术与神圣有如此紧密的结合? 这是因为,在运动中:
艺术与神圣、显示的与避开的东西、显眼的与隐蔽的事实不停地交
311 换着,相互呼唤着,并在它们只是作为对不可把握之物的接近而得
以完成之处相互把握着,在这运动中,作品找到了它所需的深刻的
储存:隐藏着并由神的在场捍卫,显现着并由于神灵的黑暗而表露
着,重新由这种黑暗和这种遥远护卫并保存着,这遥远构成了作品
的空间而作品又促使它表露出来。正是这种储存使作品得以面向
外界,同时又保存自身,使作品是整个历史的始终有保留的开始。
因此,当神缺席时,不仅仅是使作品说话的那种东西的意义有可能
对于作品来说会欠缺,而是某种远为重要的东西:作品储存的内在
深处,作品在今天无法在自然界的奥秘中,在世界的昏暗中再更多
地发现它,如在现代社会之前作品所做的那样。

作品由于无法再以神为依据,甚至无法依赖神的不在场;由于
无法依赖已不再属于作品在场的人(人已交付给了实现自身的决
定,也就是人通过劳作和有效的行动已成为摆脱自然和存在),那
么作品又将成为什么? 除了在神灵中,除了在尘世,作品将在何处
找到它有可能依赖和保存自身的空间呢? 这也就是唤醒作品去体
验自身渊源的问题,犹似在探求艺术时——艺术的本质已成为探求
的关注——作品希望从此找到自己的依据和储存。

第三章　原初的体验

对艺术的思索，如美学家所做的那样，与对作品的这种关注并无关系。美学谈论艺术，并把它变成思考和知识的对象。美学以还原的方式解释艺术或是通过阐述颂扬艺术，但不管怎样，对于美学而言，艺术是一种在场的实在，环绕着这种实在，艺术毫无风险地提高着可能的思维。

作品关注着艺术。这意思是说艺术从来就不是为作品而产生的，作品只有在自我完成的同时，并且在完全无把握事先得知艺术是否存在或艺术之所是的情况下，才可能找到艺术。只要作品能为艺术服务，同时服务于其他价值，这些价值就能使作品无需去寻找艺术而找到艺术，甚至使作品无需找到艺术。由信念启迪的作品无需为自身操心，它为这种信念作证，而如果它作证不佳，如果它失败了，信念不会因而受损。今日的作品除了自身之外，别无其他信念。这个信念是对仅依赖它所激发的那种东西的绝对激情，然而，仅有作品，它却只能发现这种东西的不在场，而它也许只有在向它自己隐瞒它在寻找这东西的同时，才有能力表现这东西：在不可能保护这东西之处去找它——鉴于此因，当作品赋予自己在本质中把握它的这种使命时，恰恰是不可能成为了它的使命，而作品自身只有通过一种无限的探求才得以自我实现，因为这是渊源的本性,即总是被它成其为渊源的东西所遮蔽。

在作品之前,艺术是否存在于已对它做过阐释的其他作品中? 塞尚不是认为他在卢浮宫的威尼斯画派画家的作品中遇到过艺术吗? 里尔克若说他赞颂荷尔德林,不就是把诗,把诗歌存在着的信念归于荷尔德林吗? 塞尚也许知道艺术在威尼斯暂留过,但塞尚的作品却并不知,而这种至高无上的品质,即成果——他曾认为通过它可以艺术的本质表现出来——他的作品只能在自身完成的同时把它作为本质。

我们或许能想象这样一种探求,能描绘它,能重新找到在我们看来似乎是艺术创作的那种东西的时刻。例如,马尔罗曾指出,当艺术家生活在由艺术得以体现的意识中时——对艺术来说即博物馆——他认清了他未来的作品,艺术不是凝固在它的成果中,而是在变化中重新被把握,这些变化把作品变成特有的持续的时刻,把艺术变成这样一种运动的始终未完成的意义。这是一个重要的观点,但它尤其有助于我们理解或想象作品相对于自身如何总有欠缺,如果没有使艺术在场的各种作品的总体因而永无艺术,如果艺术只是在始终是要来临的作品中才是"真"的。

主观艺术的表达形式给予我们的习惯使我们认为,艺术家或
315 作家设法表达自己,而对于艺术家或作家来说,博物馆和文学所缺的,正是他自己:使他饱受折磨,使他努力付诸实施的东西,就是以艺术技巧为手段表达他自己。

塞尚的关注是表现自己,这就是赋予艺术更多一个艺术家吗? 他"发誓在绘画中死去":这仅仅是为了继续活着吗? 他献身于这种无幸福的激情以使他的画赋予他奇特的心灵状态以形式吗? 没

有人会怀疑,他寻求的只有一个词:绘画,然而绘画只能在他专致努力的作品中找到,这要求他本人只存在于他的作品中,而他的画只是尚未被发现的无止境道路上的痕迹而已。

　　达·芬奇就是这种欲把作品提高到艺术本质的激情的实例之一,这种激情最终只在每部作品中看到不足的时光,探求的道路,我们也一样,在未完成的、如同敞开的画中,我们认出了这种探求的过程,它现在是唯一的本质的作品。如果人们在达·芬奇身上看到一位并不把自己的艺术置于一切之上的画家的话,就一定会否认他的命运。他曾把绘画变成一种绝对,并不是他的见解告知了我们这一点,甚至也不是当他把绘画定义为"最伟大的精神历程"之时,而是每当他站在画前,他的不安和那种抓住他的恐惧。由于文艺复兴时期特有的境况,探求把他带出了绘画,而要实现不可实现之物的恐惧,在画面前的不安,在忘却所寻找的东西中,在发现某种无用的纯粹的知中,发展了这种对艺术的探求,仅仅是对艺术的探求,目的在于离这实现的令人畏惧的时刻越远越好,直至他在札记中写下这样的披露性话语,"不要渴望不可能"的那一天。然而,为什么当作品成了对自身渊源的关注时,"不可能"就成为作品所渴望的东西呢?

316

风　　险

　　在里尔克致克拉拉·里尔克的信中,我们得到了这个答案:"艺术作品始终是所经历的某种危险的产物,是从头到尾引导人直至不再可能继续下去的体验的产物。"艺术作品与风险相关联,它是对极度体验的肯定。然而风险又是什么？把作品与风险联结在一起的纽带又是什么性质的？

从作品的角度来看（从我们已经描述过的作品的要求的角度来看），我们清楚地看到，作品要求使它成为可能的那个人做出牺牲。诗人属于诗歌，只有当诗人始终在这种自由的隶属中实现，诗人才属于诗歌。这种关系并不是那种 19 世纪作家所强调的单纯的形式的忠诚。当人们谈到作家时说他只应为好好写作而活着，当谈到艺术家时说他应当为他的艺术要求奉献出一切时，人们丝毫也没有表达危险的急迫性，大量风险正在这样的隶属中形成。科学家也是将全部身心投入他的科学家的使命中。而一般意义上的道德，职责的义务表明了同一种狂热的看法，个人鉴于这种狂热的看法被要求奉献自身并消亡。但是，作品并不是那种明确的价值，会要求我们耗尽我们的精力来造就它，出于对它的激情或是出于对它为我们所体现的目的的那种忠诚。如果说艺术家冒某种风险，那是因为作品本身在本质上就是风险，艺术家在隶属于作品的同时，也隶属于风险。

在《致俄耳甫斯十四行诗》中，里尔克这样呼喊着我们：

> 我们，永远在危险中……

为什么无比危险？人是有生命之物中最有危险的，因为人自己使自己置身于危险。建设社会，通过劳动来改造自然，只有经过冒险的挑战才会成功，在这冒险的挑战过程中，最容易的东西被排除了。但是，在这挑战中，探求一种受保护的、满意的和有保障的生活在说话,准确的使命和公正的义务在说话。人以生命冒险,但是在光天化日的保护之下,在有用的、有益的和真实的指引之下。有时,在革命中,在战争中,在历史发展的压力下,人以他的世俗生活冒险,但这始终为的是一种更大的可能性,为了缩短遥远的距离,保护他自己现在之所是,保护与他的能力相关联的价值——一句话,为了调理好生活,拓宽其领域并以可能性的尺度验证它。

当作品以艺术的本质为其使命时,属于作品自己的风险又是什么呢? 然而,这样的问题不是已经使人感到意外了吗? 艺术家看起来不是不受生活所累,对他创造的东西无需负责,自得其乐地生活在想象物——倘若他在其中冒风险,这种风险还只是一种形象而已——中吗?

流　亡

318

确实,圣-琼·佩斯①在把他的诗作命名为《流亡》时,也提到了诗歌的条件。诗人在流亡,诗人被迫远离城池,远离有条不紊的事务和种种限定的义务繁事,以及远离属于结果、可把握的实在、权力的一切。作品使诗人面临的风险的外部形态正是它那种无害的表象:诗歌并无害,这意思是说听命于诗歌的人放弃了作为权力的自身,自愿被抛弃在他所能及之事和可能性的各种形式之外。

诗歌在流亡中,诗人属于诗歌,属于对流亡的不满足,诗人总

----

① 圣·琼·佩斯(Saint-John Perse,1887—1975),法国诗人,1960 年获诺贝尔奖。

是脱离他自身,脱离他的故土,他属于异域,属于无内在、无限制的外在,即荷尔德林在癫狂中看到其中有节奏的无限空间时所谓的那种间距。

诗歌的这种流亡使诗人变成游荡者,成为永远迷途者,即失去了坚定的在场和真正逗留地的人。而这应当从最严重的意义上去理解:艺术家不属于真实,因为作品本身就不属于真实运动,因为它总从某个方面质疑这种运动,避开意义,意示着这个区域:那里面没有任何东西,已发生的事并不曾发生过,重新开始的东西是还从未开始的东西,即这是最危险的犹豫不决和杂乱之地,那里没有任何东西出现,它具有永恒不变的外表,可联想到外部的黑暗的形象,在这黑暗中,人经受着真实为成为可能性和道路应加以否定的东西的考验。

319　　　　期待诗人,在诗人之后期待每个在从属于本质作品进行写作的人的那种风险,是差错。差错(erreur)的意思是弄错(errer),①是无法停留,因为在所在之处,缺少一种在此决定性的条件,在那里,来到的东西并没有事件的清楚明确的行动,以此为基础,某种扎实牢靠的东西可能得以造就,因此,来到的东西并不来临,而且也不发生,从不曾被超过,它不停地来到和返回,它是永恒的重复的恐怖、混杂和不确定。在那里,缺乏的并不是这样或那样的真实,或是一般所说的真实:也不是怀疑在引导我们,或是绝望使我们裹足不前。游荡者在真实中没有他的故土,只在流亡中才有,他

---

①　erreur 意为"错误、谬误、误解、差错"等;而 errer 为动词,为同根词,意为"流浪、漂泊、游荡"等,书面语中亦可作"弄错"(见"为什么艺术存在着,却不被证实"一节)。

置身在外，在这边，在一旁，在隐藏的深处笼罩之处，这种基本的黑暗不让游荡者与任何东西交往，而正因此，它是可怕的。

当人属于作品，当作品探求艺术，人所冒的风险就是他可能冒的最极端的风险：不仅仅是他的生命，也不仅仅是他居住的世界，而是他的本质，他求真的权利，更有甚者是他死亡的权利。他动身，他成了荷尔德林所说的移居者，即那个在神圣的夜晚周游列国的人，一如狄奥尼索斯①的祭司。

这种游荡的移居可能有时把他引向无聊之事，引向满载厚爱的生活之幸运的便利，引向颇受敬重的不负责任的四平八稳，有时把他引向歧途的贫贱——它只是那种无使命生活的不稳定，有时引向一切在摇摆不定、严肃认真被震撼的深处，在那里震撼本身粉碎了作品并隐蔽在遗忘中。

在诗歌中，并非仅仅某个个人在冒风险，这样的道理面临伤害和黑暗的灼伤。风险更为本质：它是危险中的危险，语言的本质每次都被这种危险彻底提出质疑。使语言遭受风险，就是这种风险的形式之一。冒存在之险，作品在说出开始这词时所说出的不在场这个词，是风险的另一种形式。在艺术作品中，存在就是冒险，因为在有生命之物排斥它的世上，在隐藏主宰之处，存在总被隐藏、被否定、再否定（从这个意义上讲，它也被保护起来），而隐蔽起来的东西欲显露在表象的底部，被否定的东西成为过剩的肯定——然而，显象并没有表露任何东西，这种肯定无任何东西在其中得到肯定，它仅仅是不稳定的状况，如果作品得以包含它，真实

①　狄奥尼索斯是希腊神话中的酒神。

就可能发生。

作品从黑暗中汲取光明,它是与不怕关系的那种东西的联系,它在与存在会见成为可能之前,在真实缺乏之处,遇见存在。这是本质的冒险。在此,我们触及了深渊。在此,我们通过不可能太坚实的纽带与非-真相联,而且我们设法把真实性的本质的形式与并非真的东西相联。这就是尼采所提示的,他说:"我们拥有艺术,是为了不真实而沉沦(触到底部)。"他的意思并不是像有人从表面去阐释的那样,认为艺术是那种使我避免致命的真实性的幻觉。他更肯定地指出,我们拥有艺术,为的是使我们触及底部的东西不属于真实性领域。底部属于艺术:这个底部有时是基础的不在场,即并无重要性的纯粹空无,有时是基础得以奠定的那东西——但它始终同时是二者,是是与否的交织,是本质的模棱两可的消长——因此,任何艺术作品和任何文学作品似乎都超出了理解范围,然而,又似乎永没达到理解,以致在涉及艺术作品和文学作品时,应该说人们的理解总是太过头和太欠缺。

让我们设法进一步探求一下由于"我们拥有艺术"而发生在我们身上的事情。为拥有艺术,我们应当做什么?我们还只是看到了一点这样一些问题的意义,这些问题,自从作品以艺术本质为其使命以来,仅仅在作品显示出来。我们拥有艺术吗?从应在作品中说话的东西正是其渊源之时,问题仍然未决。

根本的颠倒

在一位当代哲学家把死亡称为人的极端的、绝对固有的可能

性时,他指出可能性的渊源在人身上与这样的事实相关联:人能够
死,死亡对于人还是一种可能性,而人由之脱离可能并属于不可能
的事件却处在人的控制之下,是人的可能性的极端时刻(即当他谈
到死亡,说死亡是"不可能的可能性"①时,他所要准确表达的东
西)。黑格尔早已承认,劳动、语言、自由和死亡只是同一种运动的
诸个方面,而只有在死亡身边的坚定的逗留才能使人成为积极的
虚无,它能否定和改造自然的实在,能斗争、劳动,能获取知识和成
为历史的。这是一种神奇的力量,否定的绝对伟力,它成为世上真
实的劳作,它给实在带来否定,给不定形带来形式,给不确定带来
结果。这就是文明要求的原则,是实现的意愿的本质,它寻找完
结,它要求完成并找到普遍的控制。当实存能经受可能性直至极
点,能奔向死亡就如奔向最佳的可能时,如果实存是真实的,那么
人的本质在西方历史中多亏了这种运动才成为行动、价值、未来、
劳动和真实。若说在人身上一切都是可能性,这样一种肯定首先
要求死亡——若无死亡,人就不可能构成一种完整体,也不可能为
求得完整而存在——自身是能力,是可能,是那种使一切,使整体
成为可能的东西。

　　但是艺术又是什么,文学又是什么? 问题现在又强烈地提了
出来。如果我们拥有艺术——它是真实的流亡,是纯真无邪游戏
的风险,在人被排斥在自己所能之外,在可能性的一切形式之外之
处,它肯定了人隶属于无内在的深处,无限度的外部——这一切又

———————

　　① 伊曼努尔·列维纳斯是第一位阐明了在这种说法中关键所在的人(《时间与他
者》)。——原注

322

323 是如何发生的？如果说艺术整体就是可能性，人又是怎样赋予自己以艺术呢？这不是意味着，与它所谓的真正要求相反，即那种与当今法则相一致的要求相反，艺术和死亡有着一种关系，这种关系并不是可能性的关系，它并不会走向掌握，也不会导致理解和时间的劳作，而是使艺术面临一种根本的倒置？这种倒置是否就是作品应当触及的、将它围住和将留住的作品限于其中并且恒常保持的那种原初的体验呢？此时，结束就不会再是给人以结束的、限制的、分离的，因此给人以掌握的能力的那种东西，而是无限，很糟的无限，由于它，结束永远不可能被完成。此时，死亡将不会再是"绝对固有的可能性"，即我自身的死亡，符合里尔克祈求的这个独一无二的事件："喔，主啊，给每个人他自己的死亡"，而是相反，是那种永不会降临于我的东西，以致我永远不会死去，而是"有人死去"，总是除了自己以外有人死去，处在中性的，永恒的他的无个性的层次上。

这种倒置的特点只能在此重新提及。

有人死去：在此，这不是那种旨在将可怕时刻引向迷途的令人宽慰的说法。有人死去：死者是无名的，而无名是这样的形态：在它名下，不可把握、非限定和非确定在我们身边最危险地体现出来。谁把这一切变为体验，谁就会经受无名的、无个性的强大力量的考验，即一种事件的考验，这事件由于消融各种事件，它不仅仅是现在，而是它的开始已经是重新开始，在这种事件的视野下，所有已来到的东西再回来。从"有人死去"的时刻起，时刻就被取消；

324 当有人死去，"当"这个词并不指一个日期，而是指不管什么日期，正如有这样一种体验的层次：死亡在这层次上揭示出它的本性，不再显现为某个确定的人的死亡,也不是一般的死亡,而是处于这种中性形式下:某个人的死亡。死亡永远是某个死亡。由此产生这样的感情:亲人对刚去世者所表达的情感的特殊标志发生了转移,因为现在无需再区分亲近与疏远。唯一正当流出的眼泪是无个性的泪水,是由"人们"的无动于衷所委派的哭丧妇之一般的忧伤。死亡是公众的:尽管这并不意味着死亡是作为一种仪式的耸人听闻方面所体现的纯粹的向外部的转移,人们却由此预感到死亡是怎样成为狡黠的、不明确的、不可拥有的谬误,以此为起点,不确定性使时间注定遭受重复的、令人疲惫的停滞不前。

艺术的体验

对诗人,对艺术家,我们听到了这种要求:"永远作为欧律狄刻死去。"①显然,这种悲剧性的要求应当以宽慰的方式作补充:永远作为俄耳甫斯活着。艺术随之带来了二重性。这二重性使艺术得以避开它自己的风险,并从风险中摆脱出来,同时把风险化为保障,使艺术能进入世界,参与世界的成功和利益而又不承担义务。这样,艺术陷入了另一种风险,即无危险的风险,它仅表示艺术的未被察觉的损失,光彩闪耀的小事情,荣耀中的半静的闲聊。

二重性不可能被破除。但是它应被彻底地感受。幸运的空想的二重性要我们作为欧律狄刻忧伤地死去,以像俄耳甫斯那样光荣地活下来,这二重性是自己隐藏起来的隐藏,它是被深深忘却的

325

---

① 里尔克,《十四行诗》(第十三首,第二部分)。——原注

遗忘。但是,在这种不滥用对荣誉的满足的健忘后,根本的二重性,即使我们放弃一切能力的二重性也在行动中。此时,幸运的空想不再幸运:它转而成为噩梦,再次坠入混沌和贫困;非本质,足够的轻浮成为不可承受的本质的丧失;美减退为谬误,谬误朝着流亡,朝着无内在深处、无间息的外部迁移开放。永远作为欧律狄刻死去。是的,这就是要求,这就是命令——但是,这命令的根本之处,"永远死去"的回声是"永远活着",而活着在此并不意味着生命,而是以令人宽慰的模棱两可为托词,意味着丧失死的能力,丧失作为能力和可能性的死亡,即本质的牺牲;这种根本的颠倒,我们已见到,里尔克也许总以诡计克服了它,他在 1923 年 1 月 6 日的信中表达出来,却并未掌握其全部意义,他要求不再在死亡中看到某种否定的东西,而是无否定地读死亡这词。[①] 无否定地读死亡这个词,就是使这词失去决定的断然性和否定的能力,就是与可能性和真实隔绝,但这也是与死亡——作为真的事件——隔绝,是326 投入模糊不清和不确定,即空无的这边,在那里终结具有重新开始的沉重。

这种体验是艺术的体验。艺术,作为形象,作为词,作为节奏,表明了一种模糊的和空无的外部的具有威胁性的邻近,这种外部是中性的、无意义的、无界定的实存,是卑劣的不在场,令人窒息的浓缩,在这种浓缩中,存在不断地在虚无的掩饰下变成永恒。

艺术在原初就与这个无能为力的根基相关联,当可能变得渐弱时,在那里一切又再次坠落。与世界相比——在这世界中,真实

---

① 作者引用原文为德文:*das Wort «Tod» ohne Negation zu lesen*。

具有它自己的基础,总以决定性的断言,正如以真实能在其中涌现的地点那样为起始——艺术开始就体现着绝对谬误的和非真的某种事物的预感和轰动丑闻,但是,在那里,"非"并无界限的断然特性,因为它更多地是完全的、无止境的不确定性,"真"不可能与之往来,毫无能力去制服它,面对着它,"真"只有在变成否定的暴力时才得以确定。

如果说真的根本劳作是否定,那是因为谬误在高度的圆满中得以肯定——它在其中具有超出时间之外和在整个时间中的自身的保留。这种肯定是既不能承担开始,也不能承担终结的东西的永存,是既不产生又不毁坏的停滞,是那种从未到来的东西,是既不决断也不出现的东西,但它再回来,是那种回归的永久的波动。正是在此意义上,在艺术的周围有一种与死亡的契约,与重复,与失败的契约。重新开始,重复,回归的天命,所有一切体验所触及的东西,在这些体验中,奇特感与已见过的东西相结合,不可避免的东西获得了无终止的重复的形式,同样的东西出现在分裂的眩晕中,在这些体验中,我们不可能认识,而是再认识,所有这一切都触及了这种起始的谬误,它可以用下面这形式来表达:第一的东西,并不是开始,而是重新开始,而存在,这正是第一次存在的不可能性。

这种运动,人们可以在联想到这些形式和这些称为"情结"的危机时加以阐明——而非解释。它们的本质,就是在当它们产生之时,它们已经产生出来了,它们从来只是再次产生;它们的特征正在于此:它们是重新开始的体验。"重新,重新!"这就是与不可避免之事,与存在交手时发出的焦虑的呼声,重新,重新,这就是情结已封闭的伤口：这一切重新发生，重新开始，又一次地重新开始。体验的重新开始，而并非这样的事实：体验不成功造成了失败的基础。一切总是重新开始——是的，再一次地重新，重新开始。

弗洛伊德曾对重复的倾向感到惊讶，重复即对早先的强大的呼唤，他从中认出了死亡的召唤本身。但是，也许这必定会最终出现：努力通过死亡阐明重复的人也被引导去粉碎作为可能性的死亡，并把死亡本身禁闭在重复的诱惑中。是的，我们与灾祸相关联着，但当失败再来时，应当理解失败正是这种回归。重新开始，作为先于开始的强大力量，我们死亡的谬误，就是这东西。

回到问题上

在此，我们终于到达了这样的端点：曾向我们提出的问题使矛盾强烈地暴露出来，各种答案都回到这个矛盾上来。作品所说的，就是开始这个词。然而作品在今日却是艺术作品，作品是以艺术为起始的作品，当作品说艺术时——艺术是作品的渊源，艺术的本质已成为作品的使命——它说的是开始。但是艺术把我们带到了何处？在世界之前，在开始之前。艺术把我们抛向我们开始和结束的能力之外，它使我们转向无内在的深处，无地点和无间隙的外部，使我们投身于谬误的无止境的迁移。我们寻找着艺术的本质：它存在于"非真"不能容忍任何本质东西之处。我们求助于艺术的绝对性：它毁掉了理想之地，毁掉了渊源，它把渊源又带入旁门邪道的永恒的游荡的无际。作品以与重新开始关联的艺术为基点说出开始这个词。作品说存在，它说选择、掌握、形式，同时说着艺术,艺术说存在的命定性、说被动性、不成形的冗长,并且,在选择的内部,艺术把我们仍挽留在一种首要的是与否之中,在那里隐藏的阴沉反反复复,在一切开始之内发出轰鸣声。

问题就是这样。它要求不要被超越。作品之所以能说出开始这词,正因为渊源把它吸引到它有可能迷失之处,并因为作品应当通过跳跃避开那种无始无终的东西的百折不挠的坚持,假定作品就是这种跳跃,并且它神秘地静止在不属于它的真实和并不妨碍它属于自身的未披露东西的冗长之间——即在作为理解可能性的死亡和作为不可能性的恐怖的死亡之间——;假定作品在最接近不确定和不成形之处得以完成,从而在作品中为度量、联系、恰当和限定增光添色,所有这一切都能被说出,所有这一切都可能构成某种答案的因素。然而,我们有艺术吗? 当这个问题始终存在于这个答案中并且对这问题不可能给予断然的回答——至少在作品关注着自己渊源,并把与非本质为邻的东西的本质当作使命的情况下——这个答案又意味着什么呢?

我们曾思索:"为什么在历史对它质疑之处,艺术却趋向成为本质的在场?"这种在场意味着什么? 这种在场在艺术中仅仅是对它质疑的那种东西的形式,仅仅是它的贫乏的反转过来的肯定吗? 或者,这句痛心的话"在悲哀的时间诗人何用?"神秘所指的悲哀是否更深刻地表示艺术的本质,以致在这样一种在场艺术不再可能是什么东西,除了它自身的不在场? 然而,这悲哀的时间又是什么呢?

这种表达是从荷尔德林的哀歌《面包和葡萄酒》那里借用的:

> ……在这时间,我常常觉得
>
> 睡着比这样无伴侣而存在更好,
>
> 如此在等待中,在这时间中又做什么,说什么?
>
> 我不知道,在这悲哀的时间,诗人何用?①

勒内·夏尔也说在这时间中,"我们拥有次日的实在的唯一信念……奥秘的完善形式,我们来到其中保持清醒,提起警觉和沉睡"的时间是什么? 在这时间中诗歌的话语仅仅能说:诗人何用? 这时间是什么? 哀歌用比刚才引用的诗句稍前一点的另外诗句做出了回答:

> 人不时地承担着神的圆满,
>
> 这时间的梦幻,然后是生活。但是,谬误
>
> 如睡眠那样帮助我们,而贫困如夜那样带来收益。

艺术如此古怪的磨难,似乎使它充满活力的严肃激情,全亏了神灵的历史形式的消失。艺术过去是诸神的语言,由于诸神已消失,艺术就成了诸神的消失在其中得以表达的语言,以后又成了这种消失本身在其中不再显现的语言。这种遗忘现在便是那种独自

---

① 《在悲哀的时间》。德语的表达比法语的说法更生硬、更无情:它体现了严厉和僵硬,晚期的荷尔德林通过它防卫着因对已离去的神的盼望,保持领域的区分,即天上的和人间的领域,通过这种区分保持着因人和神的双重不忠而成为空无的神圣的领域的纯洁——因为神圣是这种空无本身,是应当保持纯洁和空无的中间的这种纯空无。用最高的要求来说:"通过作区分的纯洁性来捍卫上帝。"(关于这中心议题,请见附录四,"荷尔德林的思路")——原注

说话的东西。遗忘越深,深度就越用这种语言说话,这种深度的深渊就越能成为对话语的理解。

遗忘,谬误,漂泊的不幸可能与历史的某种时间相联系着,即这种悲哀的时间,诸神在这时间中双倍的不在场,因为诸神不再在此,因为诸神还不在此。这空无的时间是谬误的时间,我们在其中只是游荡,因为我们缺少对在场的确信以及那种真正的此地的条件。然而,谬误在帮助我们。在别处,在诗歌的变体《诗人的天职》中,荷尔德林也说过类似的话,上帝的缺席,缺陷帮助着我们:*Gotes Fehl hilft*。这意味着什么?

诗人的本色,力量和风险是在缺少上帝之处逗留,在没有真实的领域里逗留。贫瘠的时代指这样的时代,在任何时间中,它是艺术所固有的,但是当从历史上讲缺少诸神时,当真实的世界摇摆时,它如关注一般出现在作品中,在关注中作品拥有它的保留,关注胁迫作品,使作品成为在场和可见的。艺术的时间是在时间之内的时间,是神的集体在场在将其隐蔽的同时又使之联想到的时间,是历史和历史的劳作在否定它的同时又对它质疑的时间,而作品在有何为的悲哀中显示它作为隐蔽在表象深处的东西,作为重现在消失之内的东西,作为在邻近和在一种根本的倒置的威胁下得以完成的东西.在"有人死去"时,属于作品的时间,它在虚无的掩饰下使存在永存,它把光明变成迷惑,把物变成形象,把我们变成永远重复的空无内心。

然而,"谬误帮助我们"。谬误是预感着的等待,是可能也是警觉的睡眠的深处,是遗忘,是神圣的记忆的无声的空无。诗人是贫瘠的内在深处。诗人独自深刻地经历着不在场的空无的时间,在

331

诗人身心中,谬误成为迷途的深处,夜成为另一种夜。但这意味着什么呢? 当勒内·夏尔写道,"愿风险是你的光明",当乔治·巴塔耶①把诗歌和幸运相对时,他说,"诗歌的不在场是幸运的不在场",当荷尔德林把贫瘠的现时的空无称作"苦难的圆满,幸福的圆满"时,他通过这些话,想说什么? 为什么风险可能是光明? 为什么贫瘠的时间可能是幸运的时间? 当荷尔德林说到诗人——这些诗人如巴克斯②的祭司,在神圣之夜从一个国家流浪到另一个国家——这永恒的路途,无定点的迷途的不幸,是否也可能是丰产的迁移,是作为中介的运动,是使河川变成语言,又使语言变成逗留,变成能力,通过能力白天依在,白天是我们的居所?

然而,作品因此可能是开始的奇妙之物,在它之中,谬误的不确定性能使我们免遭非真实的歪曲吗? 非真实可能是真实性的本质形式吗?③ 在这种情况中,我们可能拥有艺术吗? 我们会拥有艺术吗?

对这个问题,无法作答。诗歌就是答案的不在场。诗人就是那样的人:通过他的牺牲来保持作品中敞开的问题。在整个时间

---

① 乔治·巴塔耶(G. Bataille,1897—1962),法国作家。

② 巴克斯是罗马神话中的酒神,即希腊神话中的狄奥尼索斯。在雅典,葡萄种植业是主要的农业经营,对酒神的崇拜成为宗教。

③ 为了从更接近历史现时性的层次阐述这问题,我们可说:世界越体现为真实的前景和光辉灿烂——在那里一切都将有价值,一切都会有意义,一切在人的控制下并为人所用之中得以完成——似乎艺术就越应当趋向于这方向(在那里任何东西尚无意义),艺术就更必须保持那种摆脱一切控制和一切目的的东西的运动、不安全和不幸。艺术家和诗人似获得了使命,使我们久久地想起谬误,使我们转向这个空间,在这空间里我们向自己提议的一切东西,我们所获得的一切东西,我们所是什么,一切在地上在天上敞开的东西,这一切返回到无意义,在无意义中,正在接近的东西,正是非严肃和非真实,一切真实性的源泉也许就在那里迸发。——原注

中,他经历着贫瘠的时间,而诗人的时间永远是空无的时间,在这时间里,他必须经历的,是双重的不忠:人的不忠,神的不忠,而且还是神的双重不在场,神不再存在并且还不存在。诗歌的空间完全由这个并且表示出来,它表明了双重的不在场,与它的最悲惨时刻的分离,然而要弄清它是否也是那个结合和连接的并且,即那个纯洁的词——在它之中过去的空无和未来的空无成为真正的在场,即那个中天的白日的"现在"——这个问题被保留在作品中,它是那种在作品中返回隐藏、遗忘的悲哀的同时所披露出来的东西。因此,诗歌是孤独的贫困。这种孤独是对未来的理解,但也是因无能为力而致的理解:预言式的孤立,它在时间之内始终宣告着开始。

333

附录

附录（一） 根本的孤独和世上的孤独

当我独自一人时，并非是我在那里，我远离的并非是你，也不是其他人和世界。我并不是那孤独之感、那受限定感、那对成为我自身的厌烦降临其中的主体。当我独自一人时，我并不在那里。这并不意味一种心理状况，表明那种以我为中心出发去感受我所感受到的东西的权利在消失，在隐没。与我相会的东西，并非是我自身的些许欠缺，而是那"在我身后"的东西，那我为了成为自身而隐藏起来的东西。

当在外界这层次上，我在诸物和有生命之物所在之处时，存在被深深地隐藏起来了（正如海德格尔要我们从中接待思想）。这种隐藏可能成为劳作，否定。"我存在"（于世）趋向于这个意思；即我只有与存在分离，我才存在：我们否定存在——或者，通过一个特殊情况来阐明这一点，我们否定并改造本性——在这种是劳作并且是叫问的否定中，有生命之物在自我完成，人在"我存在"的自由中站立起来。那种使我成其为我的东西，是作为与存在分离的这个存在的决定，是无存在地存在的决定，是成为丝毫不靠存在的东西的决定，这东西从拒绝存在中获取能力，即"被歪曲的"的绝对，分离的绝对，也就是绝对的绝对。

我通过这种能力，在否定存在的同时肯定自身，它却只是在众人的共同体中,在劳作和时间劳作的共同的运动中才是实在的。作为无存在而存在的决定,"我存在"只是因为这个决定是以众人为基点的我的决定,因为这个决定在它使之成为可能的运动中,在使它成为实在的运动中,才有真实性:这种实在始终是历史的,世界始终是世界的实现。

然而,这个决定,它使我在存在之外存在,它显明了对"我存在"在那里独一无二的闪光点上的那个,被集中在摆脱存在,与存在分离的这种重大的可能性,有时会成为与有生命之物的分离:我存在着的这种绝对欲在无其他人的情况下肯定自身。这就是一般所说的孤独(在外界这层次上)的那种东西。也就是独立控制的自傲,各种差异的文化,打破辩证的紧张度的主观性的时刻。或者,"我存在"的这种孤独发现了造成它的那种虚无。孤独的我被分离了,但它再也无法在这种分离中辨认出它的能力的条件,再也无法把这能力变成活动和劳作的手段,变成奠定了任何外部交流的表达和真实。

或许,这后一种体验是那种一般把它与焦虑的震撼联系在一起的体验。于是人意识到了自身,作为与存在的分离和存在的不在场,人意识到了这一点,即他的本质源于不存在。尽管这时刻动人,但它避开了本质的东西。我一无所是,这肯定是说"我使自己留在了虚无之内",这令人凄伤,令人不安,但也说出了这种绝妙之事,即虚无是我的能力——我能不存在:对于人来说自由,控制和前途便由此而来。

我是那个不存在的人,那个造成了分离的人,即分离者,或者说是那个在他那里存在受到质疑的人。人通过不存在这种能力肯定自身；因此，他们行动，他们说话，他们理解，他们始终不同于他们自己并且通过对抗，通过冒风险和殊死斗争来躲避存在。这正是黑格尔曾指出的东西。"精神的生命始于死亡。"当死亡成为能力，人才开始，而这开始意味着：要有世界，要有有生命之物，必须要缺少存在。

这意味着什么？

当存在缺少时，当虚无成为能力时，人就完全是历史的人。然而，当存在缺少时，存在缺少吗？当存在缺少时，这意味着这种缺少不欠存在任何东西，或是，这是否就是那样的存在：当它在存在的不在场的深处一无所有时，是存在还具有的那种东西呢？当存在缺少时，存在还只是被深深地掩藏了起来。对于接近这种缺少的人来说，正如不在场在"本质的孤独"中那样，前来和他相会的东西，正是存在的不在场使之在场的存在，而不是被掩藏的存在，而是作为掩藏物的存在：掩藏它本身。

或许，在此我们朝着我们寻找的东西又跨出了一步。在日常生活的平静中，掩藏把自己掩藏起来。在行动中，在真正的行动中，即那种历史的劳作的行动中，掩藏趋向成为否定（否定是我们的使命，而这个使命是真实性的使命）。然而，在这种我们称为本质的孤独中，掩藏趋向丁显现。

当有生命之物缺少时，存在显现为掩藏的深处，存在在其中成为缺少。当掩藏显现时，掩藏——已成为表象——使一切消失，但使这"一切已消失"又成为一种表象，使表象从此在"一切已消失"中具有它的出发点。"一切已消失"显现出来。被称为显现的就是这种东西：它是那种已成为表象的"一切已消失"。而显现正意味

着当一切消失后,还有某种东西:当一切全缺少时,缺少使存在的
本质显现出来,这存在是存在于存在缺少之处,即作为掩藏物的
存在。

附录（二）　想象物的两种说法

形象又是什么？当什么也没有时，形象具有自身的条件，但又消失在其中。形象要求中性和外界的消隐，它要求一切都回到任何东西在其中都得不到肯定的无动于衷的深处，它走向依然在空无中的那种东西的内在深处：它的真实性，就在于此。但是，这种真实性超越了它；使它成为可能的东西是它止步的界限。它的悲剧方面，它所显示的模棱两可和人们指责它的光辉谎言便由此而来。如帕斯卡尔所说，这是一种了不起的伟大力量，它使永恒变成虚无，又使虚无变成永恒。

形象向我们诉说，形象似乎在亲近地向我们谈论我们。然而，"亲近地"远没有尽意；"亲近地"指的是这样的层次，在那里人的内在深处被打断，而在这运动中，它标志着一种模糊而空无的外部的、具有威胁性的毗邻，这个外部是那污秽的深处，形象在此基础上继续肯定消失中的事物。这样，当什么也没有时，关于每件事情，形象向我们谈论更多的是我们，而不是每个物；而关于我们，谈的更多的是那依然微不足道的东西，而不是我们。

形象的好处，就是它与不确定物相比是一种界限。这是轻淡的轮廓，但它并没有将我们置于远离诸物之处，以致它并不能使我们免遭这间隔的盲目的压力。通过形象，我们支配着它。通过映象中那种不动摇的东西,我们以为自己主宰着间距的不在场,而密集的空无本身似乎向着另一种天日的光芒敞开着。

　　形象就这样尽其一种职能,就是使存在的不可磨灭的残存物向着我们滋长出来的不成形的虚无变得平静和让人接受。形象打扫清理着这不成形的虚无,使它变得可爱和纯洁,并使我们能在艺术往往许可的幸福遐想中,相信在现实之外并紧随在它之后,我们会发现作为纯洁的幸福和愉悦的非现实的透明的永恒。

　　"因为,摆脱了肉体的束缚,"哈姆雷特说,"在这亡故的睡眠中,梦幻向我们袭来……"形象在场于每种事物之后,它像是这种事物的溶化和它的溶化中的残存物,形象在它身后也有这种死亡的沉睡,在沉睡中梦幻会向我们袭来。形象在醒来时或在我们唤醒它时,它完全能在有形的灿烂的光环中向我们表象对象物;形象在身陷不确定的不成形的冗长之前,它与底部,与基本的物质性,与形式的尚未确定的不在场相勾联。形象所固有的被动性由此而来:被动性使我们去服从它,甚至当我们呼唤它时,当它的转瞬即逝的超越属于已回归其本质——作为一种阴影——的命运的昏暗时。

　　但是,在我们面对事物本身时,如果我们注视一张脸,一处墙角,有时不也会沉湎在我们所见的东西中,任凭它支配,在突然变得离奇的无声和被动的在场面前无能为力吗?确实如此,这是因为此时我们所注视的事物在其形象中垮塌了,因为形象与一切在其中倒塌的这个无能的底部联合在一起了。"现实"是这样的东西:我们与它的关系始终是鲜活的,它总把首创性留给我们,在我们身上借助这种开始的能力,即与开始——它就是我们自身——

的这种自由交流;只要我们在白日中,白日就还是与形象的苏醒同时代。

据一般的分析,形象在对象物之后:形象是对象物的随从;我们看到之后,我们才会想象。形象在对象物之后来临。"之后"意味着首先事物必须远离才能让自身被重新把握。但是,这种远离并不是仍然保持原样的某可动之物的位置的一般变化。在此,远离处在物的核心。物曾在那里,我们在某种可理解的行为的有活力的运动中曾把握过它——而成为形象后,顷刻间它变成为不可把握的、非现时的、不动声色的,不是那同一个已远离的物了,而是作为远离的这个物,即在场于物的不在场中的物,因为不可把握而可把握的物,它作为已消逝的东西显现,即不返回的东西的回归,作为物的生命和独一无二核心的遥远的奇特的核心。

物在形象中重新触及了它为成为物而曾经控制过的某种东西,物曾针对这某种东西建树并确立起自身,而现在物的价值和意义均已消停,世界把它弃置于一边,在物中,真实在退去,基本要素在索求它,是贫乏和丰富使它神圣,化作形象。

344

然而:映象不总是比被反映的物更加富有精神吗？理想的表达,摆脱了存在的在场,无物质的形式不是属于这个物的吗？在形象的幻想中漫游的艺术家不正是以使有生命之物理想化,把有生命之物提高到脱离其实体的相似性为己任的吗？

形象,遗骸

初看时,形象并不像尸体,但是,有可能尸体的古怪就是形象的古怪。被称为遗体的东西脱离了通常的范畴:某种东西在那里,在我们面前,它既不是有生命的人,也不是某种实在,也不是曾经活着的那同一个人,不是另一个人,也不是他物。这东西就在那里,在它找到了自身归宿地的绝对安宁中,它却意识不到确实存在于此的那种真实性。死亡中断了与地点的关系,尽管死者沉甸甸地依附在那里,如同他仅有的基础一般。可缺少的正是这基础,没有地点,尸体并不在其位。它在何处?它不在此地,却也不在别处;不在任何地方?然而,那是因为不在任何地方就是在这里。尸体的在场在这里和不在任何地方之间建起了一种关系。首先,在死者的房间里,在灵床上,必须加以保护的安息,表明这个最佳的位置是多么脆弱。尸体在这里,可是这里转而又变成了尸体:"人世间",绝对地说,无任何"天上"还在激动。人死的地点并不是随便某处。人们不会自愿地把这遗体从一处搬到另一处;死者牢牢地占着他的地盘,并与它彻底结合在一起,以致,对这个地方无所谓,即这个地方却是一个随便什么地方,这个事实成为作为死者的在场的深度,成为无所谓的支持,成为无差异的"无处"的敞开的内在深处,而应该把这"无处"定位在这里。

　　滞留对于死者来说是不可及的。常言道,死者不再属于这世界,他已把这世界留在身后,但留在身后的正是这尸体,它也同样不属于这世界,尽管它在此,它却更多地在尘世之后,它是生者(不是死者)留在身后的东西,它以此地为起点,现在肯定了一种尘世后的、向后倒退的、一种无定限的、不确定的、无动于衷的生存的可能性,我们仅知人的实在——当它完成时——再次构建起这东西的在场和毗邻。这可以说是人们共同的感觉:刚死的人最初最接近于物的处境——一件熟悉的东西,人们摆弄它,接近它,它并不与你保持距离,而它的那种顺从的被动性并没显露出令人悲哀的无能为力。当然,死是一件不可比喻的事,而死在"你怀里"的人似乎永远是你的亲近之人,但现在,他死了。人们都知道这一点,应当快一点,倒并非完全是因为发僵的尸体会使行动更麻烦,而是因为再过一会儿,人的行动将会"不合时宜"。再过一会儿,将会是不可挪动、不可触及,被最古怪的重压固定于此,却又随着他移动,将他从不再是一个无生命的而是某人的后面,拖向更下面、更底下,346这是一种难以承受的形象和变成随便什么东西的独一无二的象。

尸体的相似性

令人惊讶的事情:当此刻来到之时,在遗体(在其古怪的孤独中)呈现为那种带着蔑视远离我们而去的东西的同时,在此时,人际关系中的感情中断了,在此时,我们的哀伤、我们的关注和我们昔日的情感的特性不知可作何用,又重新落在我们身上,又向我们前来,在此时,尸体的在场在我们面前是那个陌生人的在场,也就在这时,死者开始与他自己相像。

与他自己:这是不是一种错误的表达?是不是应当说:当他还活着的时候,与他曾经是的那个人?与他自己却是一种正确的说法。他自己指的是非个性的、远离的和难以接近的存在,而相似性,为了能够相似于某人,把这存在引向白天。是的,正是他,是那位亲爱的有生命者,但是这终究不只是他,他更美,他更威严,已是丰碑式的,他如此绝对地是他自己,以致他如同由自己造成的相似,如同由相似性和由形象与自己的庄严的无个性结合在一起。这个大型的存在,它高大、优美,如同至此尚不为人知的原件的显现般使生者震惊,它就是写在存在深处并借助遥远而成功表达出来的最后审判的判决:也许,通过绝对性的表象,它使人联想起古典艺术的高大形象。若这种联想有根据的话,这种艺术的理想主义问题似乎是多余的;理想主义,说到底,不是别的保证,只是一具尸体,这可以用来说明明显的精神性,形象形式的纯粹真洁,在本原上是多么与最初的奇特性和在场于不在场中在场的存在的沉重的无形联系在一起。

让我们再看一下这光彩夺目的存在,它身上发出美的光芒:我看到了它,它与自己绝然相似;它与自己相像。尸体是它自己的形象。它与这个它呈现其中的尘世只剩下某种形象的关系,即阴暗的可能性,在任何时候都在场于活生生形式后面的阴影,这阴影远没有脱离这个形式,它把形式整个地改造成阴影。尸体是那个成为被反映的生命的主宰的映像,尸体把生命吸收,在实体上与生命化为一体,同时使生命从它的使用和真实价值变为某种难以相信的东西——不可使用的和中性的。尸体之所以如此相似,是因为在某个时刻它是最佳的相似,完全的相似,再也不是别的什么。它是类似,绝对程度上的类似,激动人心,美妙无比。但是,它与什么相似? 什么也没有。

因此,任何一个活着的人,事实上,还没有相似物。任何人,在他显示出与他自己相似的极少有的时刻,使我们仅仅觉得他更遥远,接近于某个危险的中性区域,迷失在他自身中,并如同他自己的鬼魂——除了回归的生命而无其他生命。

同样,我们还可以提醒一下,一件家用器皿已经被损坏,它成为自己的形象(有时是一个美对象:"这些过时的、零碎的、无法使用的、几乎不可思议的、邪恶的物",安德烈·布勒东曾热爱这些东西)。在这种情况下,器皿不再在它的用途中消失,它显现出来。³⁴⁸物的这种表象是相似和映象的表象:也可说是它的重复。艺术领域是与这种对于物品来说"显现"的可能性相关联的,也就是说衷心投身于纯粹的相似的可能性,在这纯粹的相似后面一无所有——除了存在。只有投入于形象的东西才显现,而所有显现的东西在这意义上都是想象的。

尸体的相似是一种萦念,但是萦绕这个事实并不是理想的非实在的来访:在那里萦绕着的东西是无法摆脱的不可进入之物,是找不到的东西,而且正由于这原因,它是不可避开的。把握不住的东西是那种无法避开的东西。固定的形象是无休止的,尤其从这意义上说:它并不栖息,也不造成什么。它的固定正如遗体的固定,是那种仍然存在的东西的布局,因为它没有地点(固定的想法不是出发点,不是一个可从那里远离和前进的方位,它不是开始而是再开始)。尸体,我们为它穿衣,在其如此安详、如此沉着的静态中,抹去疾病造成的丑陋,使它尽可能接近正常的外表,然而,我们知道,它并未变息。尸体所占的地方由它驱动,随它一起塌陷,并在这解体中,甚至向我们这些依然健在的人的某种逗留的可能性进攻。我们知道,在"某个时刻",死亡的强大力量使死亡不再停留在别人为它选定的好地方。尸体虽然安详地平躺在灵床上,但它也在这房间里,在这房子的各处。每时每刻,它能在它所在之处以外的其他地方,在我们无它之处,在什么也没有的地方,即那种强

行的在场,阴暗而无用的圆满。认为死者在某些时候开始游荡,这
349 种信念应与预感到它现在所体现的这种谬误联系起来。

　　最终,应对不可终极给予了断:人们无法和死者共处,否则就
会在此看到在不可测的"无处"倒塌,即《厄舍府的倒塌》①所阐明
的倒塌。逝者被护送到另一个地方,当然这是一处景点,它只是象
征性地在侧旁,一点也不难找,但是,确实,"在此安息"的这里,布
满了各种姓氏,到处是坚实的建筑,各种身份的表示,这里是无名
的、最佳的无个性之地,犹如在人们为它圈定的界限内,在那要胜
过一切活下去的欲望的徒劳的外表下,不断风化的单调在发挥作
用,以抹去任何地方都固有的活生生的真实,以使这种真实变成与
死亡的绝对中性相等同的东西。

　　(这种缓慢的消失,这种对终了的无尽的销蚀,也许说明了某
些下毒女人的极度激情:她们的幸福不是使人蒙受苦难,也不是用
小火烤或用窒息致人死亡,而是在于用毒化时间,把时间变成一种
强烈的消耗的方法,触及死亡这个不确定物;她们就这样触及了恐
怖,她们偷偷摸摸地生活在各种生活之下,处于一种丝毫不外露的
纯腐败中,而毒药是永恒的白色物质。费尔巴哈在谈到下毒女人
时说,对于她来说,毒药是个朋友,是伙伴,她觉得自己会被它强烈
地吸引过去;在她下毒数月之后,当向她出示属于她的砒霜小包装
袋,要她承认罪行时,她快活得颤抖起来,一时间她陶醉了。)

---

① 《厄舍府的倒塌》(*The Fall of Ushen*)是诗人爱伦坡的短篇小说。——译者

形象与意义

　　人是根据其形象造就的：这就是尸体的相似的奇特性告诉我们的。但是，这种说法首先应当这样理解：人根据其形象来分解。形象与意义，与意思毫无关系，意思，即世界的存在，真实性的努力，规律和白日的光辉所包含的意思。物的形象不仅不是这物的意思，不仅无助于对它的理解，而且会使物摆脱意思，把物保持在与相似毫无关系的某种相似的静止中。

　　当然，我们总是能够再次把握形象，并使它为世界的真实服务；但这是因为我们颠倒了它固有的关系：在这种情况中，形象成为物的随从，成为在物之后来临的东西，那物中存留并允许我们支配的东西——当物中一无所有时——即巨大的资源，丰富的、合理的能力。实际生活和真正的使命的完成要求这种颠倒。古典艺术，至少在它的理论中如此，也包含着这种颠倒，它把相似与像联系起来，把形象与物体联系起来，作为自己的荣光：形象变成富有生气的否定，变成理想的劳作，通过劳作具有否定自然能力的人，把形象提高到一种高级的意义上，或为了认识它，或为了赞美享受它。因此，艺术既是理想的也是真实的，既忠实于像也忠实于真实——它是无像的。说到底，无个性验证着作品。但是，无个性也是令人惶惑的汇合之地，在那里，高贵的、关注价值的理想和匿名、盲目的、无个性的相似，相互交换着，在互相的欺骗中把一方当作另一方。"这是何等的虚荣，绘画由于与实物相似激起赞叹，而原物却丝毫不为人所赞美！"因此，没有什么比帕斯卡尔对相似的这种强烈怀疑更令人震惊了,他从这相似中预感到,它把实物交给了空无的绝对性和最空洞的持久性,即永恒,正如他所说的那样:是虚无,是作为永恒。

两种说法

因此,便有了形象的两种可能性,想象物的两种说法,而这两重性来自于否定的强大力量随之带来的最初的双重意义以及这样的事实:死亡时而是世上真实的劳作,时而是无法承受开始和终了的东西的永久性。

因此,确实如此,正如当代的哲学家所欲求的,在人身上,理解和认识与被称为有限性的东西相关联,但终了又在何处? 当然,它包含在死亡这种可能性中,但是它也被死亡"重新开始",如果说在死亡中,死亡这种可能性也消解的话。虽然整个人类历史意味着克服这种模棱两可的希望,似乎切断这历史或超越它,在这意义或那意义上包含着最大的危险:犹如在死亡作为理解的可能性和死亡作为不可能性的恐怖之间的选择,应当也是在无果的真实和非真的冗长之间的选择,犹如理解与贫乏相联,富足与恐怖相联。由此造成,模棱两可始终在场于选择本身中,尽管唯有它才能使选择成为可能。

然而,在这种情况下,模棱两可又是怎样体现的呢? 譬如,当人们经历形象中的事件时,又会发生什么呢?

经历形象中的事件,这并不是摆脱这事件,对它漠不关心,正如形象的审美说法和古典艺术的平静理想所要求的,但这也不是通过一种自由的决定介入其中；而是任凭自己被拽入其中，从现实领域——在那里我们使自己与事物保持距离以更好地支配它们——进入距离把我们固定在那里的另一个领域，这段距离因此是无生命的、不可支配的深度，是不可评估的遥远——它已成为类似物的绝对的和最终的强大力量。这种变动包含着各种无限的等级。精神分析这样认为，形象，它远没有让我们留在原因之外，远没有使我们按照无动机的异想天开的方式来生活，它似乎把我们深深地交给了我们自己。形象是内在的，因为它把我们的内在深处变成我们被动地经受的外部的强大力量：在我们之外，在它引发的世界的后退之中，它是迷惘而灿烂的，即我们激情的深度。

神奇的能力来自这种变化。通过一种有条有理的技巧，引导事物如映像一般醒来，使意识在事物中变得厚实起来。从我们置身于我们之外这时刻起——在那种形象的心醉神迷中——"现实"进入了一种无界限，也无间距和时刻的模棱两可的阶段，在那里，每件事物由于被自己的映像所吸收，接近起意识来，而意识却让自身充满无名的圆满。普遍的统一体似这样重建了起来。这样，在事物后，每样事物的灵魂服从于随"宇宙"而飘逐的心醉神迷的人现在所拥有的魅力。神奇的悖论明显地表现出来：神奇自称是开创性的和自由的主宰，与此同时，它为了自身的构建而接受被动性的支配，即那种没有目的的支配。然而，它的意图依然富有教益：它所欲求的，是对外界产生影响（操纵外界），从先于外界的存在，即行动在其中是不可能的永恒的这边出发。因此，神奇宁愿转向尸体的奇特性，而它唯一严肃的名字是黑色的神奇。

在形象中经历事件，并不是具有这事件中的某个形象，也不是

353

给予事件以想象物的无用性。在这种情况下,事件确实发生了,但是它"真的"发生了吗? 发生的事抓住了我们,一如形象把我们抓住,也就是说使我们失去事件和我们,将我们置于外部,并把这外部变成一种"我"在其中辨认不出"自己"的在场。"包含着无限等级的运动。"我们称之为想象物的两种说法,即这样的事实:形象肯定能帮助我们再次从理念上抓住事物,形象便是富有活力的否定,但是,在形象所固有的引力把我们吸引到那里的层次上,它也有可能持续地把我们推出去,不再推回给不在场的物,而是推给作为在场的不在场,推给物的双重的中性,而在物身上,对外界的归属已经消失:这种二重性并非是人们能用一个"或者""或者"来平息的东西,即能准许做出选择并能从选择中除去的模棱两可。这种二重性将它本身推回给越来越具有初创性的双重含义。

模棱两可的各种层次

倘若思维能够在某一时刻维持模棱两可,它会说存在三种它在其中表白自己的层次。在世界层次上,模棱两可是融洽的可能性;意义总是逃离到另一种意义中去;误解用来帮助理解,它表达了融洽的真实性,这种真实的意愿是人们永远不要只此一次地相互融洽。

另一层次是由想象物的两种说法表达出来的。在此,问题不再在于一种永久的双重含意和有助融洽或欺骗融洽的误解。在此,那种以形象名义说话的东西,"时而"谈到外界,"时而"把我们带进迷惑人的不确定的领域,"时而"给我们那种支配在不在场中

的诸物的能力,并且通过想象把我们挽留在富有含意的境域中,
"时而"则使我们悄悄地进入诸物也许在场——但是在形象中——
的地方,进入形象是被动的时刻,形象无任何含有意义和感情色彩
的价值,形象是无动于衷的激情的所在。然而,当我们说"时而,时
而"时,我们所辨别的,模棱两可在某种程度上总说这个和那个时
说了出来,在迷惑中还说出了有意义的形象,但已通过最纯洁、最
完善的形象的光辉使我们着迷。在此,意义并不从另一种含意中
表露出来,而是在各种意义的另一种意义中表露出来,由于模棱两
可的原因,一切全无意义,但一切似乎具有无限的意义:意义只不
过是外表而已,外表使意义变得无比丰富,而这个意义的无限并不
需要发挥,它是即刻的,就是说是不可发挥的,仅是即刻成为的
空无。①

³⁵⁵

---

　　①　还能进一步阐述吗?模棱两可作为掩饰的东西在说存在,它说存在作为掩饰
的东西而存在。存在要完成自己的业绩,它必须被掩饰起来:存在以自我掩饰的方式
在蕴作,它始终由掩饰得以保留和保护,但也在摆脱掩饰;掩饰于是便倾向于变成否定
的纯洁性。但是,与此同时,当一切全被掩饰起来时,模棱两可就说(这就是模棱两可
本身):整个存在通过掩饰而存在,存在在本质上是存在在掩饰中。
　　此时,模棱两可不仅仅在于不停止的运动,通过这种运动存在可能返回虚无,虚无
又可能转向存在。模棱两可不再是最初的"是"或"否",在其中,存在和虚无可能是纯
粹的同一性。模棱两可在本质上也许更多是这样的东西——在开始之前——虚无与
存在并不处在平等地位,虚无仅仅是存在的掩饰的表象,或是,掩饰比否定更加"原
初"。以致我们可以说:由于模棱两可更为本质,因而掩饰更不能在否定中重新把握自
己。——原注

附录(三) 睡眠,夜

夜里,发生了什么? 一般来说,我们睡觉。通过睡眠,白天利用夜来抹去夜。睡觉属于世界,这是一项任务,我们睡觉与普遍规律保持一致:它使我们白天的活动依附于夜间的休息。我们召唤睡眠,它就来了;在睡眠和我们之间有一种类似合约的、无秘密条款的条约,并且通过这种协定,可理解为:睡眠远不是一种使人着迷的、被利用的危险力量,它成为我们行动的伟大力量的工具。我们把自身交付给它,但正如主人信赖伺候他的奴才那样。睡觉是一种使我们能预期白天的明确的行动。睡觉,这就是我们的警觉的出色行为。唯有深睡使我们避免睡眠最深处的一切。夜在哪里? 不再有夜。

睡觉这事实是属于历史的事件,正如第七天休息日属于创世。当人们把夜变成纯粹的睡眠时,夜并不是夜间的肯定。我睡觉,"我"这个至高无上,主宰着它给予自身的这个不在场,而这个不在场又是它的成果。我睡觉,那是我而不是别的任何人在睡觉——活动家,伟大的历史人物都为自己香甜的睡眠感到自豪,睡觉起来一身轻快。因此,在我们生活的正常运转中,睡眠有时让我们惊讶,却完全不是什么丑闻。我们能够从日常的喧闹,从日常的操劳,从各种事情,从我们,甚至从空无中摆脱出来,这种能力是我们自制力的标记，是我们的冷静而具有人性的表现。应当睡觉，这是意识给予自身的指令，而这个放弃白天的指令是白天的首要规则之一。

睡眠把夜变成可能性。当夜来临时，警觉就是睡眠。不睡觉的人不可能保持清醒。警觉在于并不总是熬夜之中，因为它在寻找清醒，如同寻找它的本质。当人们疲乏而各自散去，夜间的流浪汉，喜欢游荡的人，甚至是必须在夜间上工的人，便会引起人们的猜疑。睁着眼睛睡觉是一种不正常的现象，它象征性地表明了共同的意识所不赞同的东西。那些没睡好觉的人显得多少有些像犯了罪：他们做什么了？他们使夜变成在场的。

柏格森说，睡眠是无私。睡眠也许并不关心外界，但是这种对外界的否定为外界保留住我们，并肯定了外界。睡眠是一种忠诚行为和结合行为。我把自己托付给自然界的大节奏，托付给各种规律和秩序的稳定：我的睡眠就是这种信任，是肯定这种信念。这是一种依恋，从这个词的动人的意义上说：我依恋，①完全不是像尤利西斯被缚在船桅上，继之欲摆脱它，而是由于融洽，即那种由我的头部与枕头、我的身体与床的平静和舒服造成的感官上的和谐所表示的融洽。我摆脱了外部世界的辽阔和不安宁，把我自己交给这样一个世界，由于我的"依恋"，它被固定在某个有限而且完全封闭的地方的可靠的真实之中。睡眠是这种绝对的利益，通过它，我以世界的界限为基点为自己谋取了这个世界，并且，通过它的有限方面获取它，牢固地把握它，留住它，它使我停止，让我安

359

---

①　动词 m'attacher 有"固定在……"的意思，引申为"依恋、喜爱"等含义。

息。睡不好觉,正是无法找到其位。睡不好觉的人翻来覆去,寻找着这个真正的地方,他知道,它是唯一的地方,并且,在这唯一之处,世界将放弃它的飘荡着的辽阔无际。梦游者在我们看来是可疑的,因为他是在睡眠中找不到安息的人。他睡着了,却无立足点,因而可说无信念。他缺少基本的真诚,或更准确地说,他的真诚缺少基础:他自身的这个位置,就是安息,在那里,他在已成为他的支柱的不在场的坚定和固定中肯定了自己。柏格森在睡眠的后面看到有意识生命的整体性,其中没有聚精会神的努力。睡眠则相反,它是那种与中心的密切关系。我没有被分散,而是整个地被汇聚在我所在的这里,它是我的位置,并且由于我的依恋的坚定性,外界被限定在那里。在我睡觉的地方,我使自己固定,我固定外界。我这个人在那里,不再能游移,不再不稳定,不再分散和漫不经心,而是被集中在这个狭窄之地,外界集中在那里,我肯定这地方,它也肯定我,在我睡觉之处,我这个人不仅仅位于此,而且是这地方本身,睡眠这事实就是:现在,我的逗留是我的存在。①

的确,在睡眠中,我似乎将自己围困起来,那种状况使人回想起幼年时的无知的幸福。这是可能的,但是我所信赖的并不仅仅是我一人,我并不依赖于我自身,而是依赖于那个外界,它已在我身心中成为我的安息的那种狭窄和界限。睡眠一般来说并不是虚弱,不是失去勇气后抛弃了我的坚定的看法。睡眠意味着,在某个时刻,为了有作为,必须停止作为——在某个时刻,我必须停止,我必须有力地把各种可能的不稳定性改变成唯一的停止点,我靠它

---

① 伊曼努尔·列维纳斯深刻地表达了这一点(《从实存到实存者》)。——原注

安顿下来并恢复精力。

　　警觉的实存在诸物滞留在身边的睡着的躯体中并没有瓦解;它离开了诱惑它的遥远,又回到了最重要的肯定,即躯体的权威,这躯体并不与地点的真实相分离,而是与它完全一致。对睡眠醒来时一切又同样存在而感到惊讶,这正是忘却了没有任何东西比睡眠更为可靠,忘却了睡眠的意义正是警觉的实存——它汇集在信念上,把游移的各种可能性带回到某个原则的固定性上,并满足于这种信念,从而在清早,新的东西能接纳它,新的一天能开始。

梦

361

　　夜,夜的本质并不让我们睡觉。在夜里,在睡眠中找不到寄托。倘若不注意睡眠,最终,疲乏会使你受害;这种毒害会影响你睡觉,它体现为失眠,体现为不可能把睡眠变成一个纯净的区域,一种明白和真实的决定。在夜里,不能睡觉。

　　人们并不从白天走向夜:遵循这条道的人仅仅会得到睡眠,睡眠结束白天,但为了使第二天成为可能,这是一种验证飞跃的弯曲,当然,是一种欠缺,是一种寂静,却渗透着意图,通过它,职责、目的和劳作都仕为我们说话。从这意义上说,梦更拉近夜间这领域。倘若白天延续到夜里,超出了它的限度,成为那种不能中断的东西,这就不再是白天,这是不中断不停止,随同着事件——它们似属于时间,随同着人物——他们似是外界的人物,这是在接近时间的不在场,是无外界的外部威胁。

　　梦是不可结束之物的苏醒,至少是一种暗示,并如同通过不可能结束的东西的坚持不懈,向挤压在开始后面的东西的中立性发出的危险的召唤。由此产生:梦似乎在每个人身心中使最早期的存在显露出来——这不仅指孩童,而是指超越孩童的最遥远的东西,神话,空无和先前的含糊不清的东西。做梦的人在睡觉,但那个做梦的人已不再是那个睡觉的人,这不是他人,另一个人,这是预感到他人,是那种不再能说我的东西,是那种在自身和在他人身上认不出自己的东西。当然,警觉的实存的力量和睡眠的忠诚,还有赋予勉强算作意义的东西以意义的阐释,去捍卫个人实在的框架范围和形式:那种成为他者的东西再次体现在另一人身上,复制依然是某人。做梦的人认为知道自己在做梦和在睡觉,这正是在这两者之间的隙缝显示出来之时:他梦见他在做梦,而这种逃离梦,它使做梦的人又重新落入梦中,这梦是在同一个梦中的永恒的坠落,这种重复——欲逃亡的个人的真实越来越深陷其中——犹如同一些梦的回归,犹如总在逃避而又无法避开的某个实在的难以言喻的纠缠,所有这一切如夜间的梦,在这梦中,梦的形式已成为它的唯一内容。也许有人会说,梦,尤其是夜间的梦,是因为梦更多地环绕着自身,因为梦在梦见自己,它把它的可能性作为内容。也许,只有梦中的梦。瓦莱里怀疑梦的实存。梦如同显明的事实,如同这种怀疑的不容置疑的实现。

梦触及纯粹的相似主宰的领域。在那里一切似乎彼此相像,每种像是另一个像,相似于另一个还相似于另一个的像,后者又相似于另一个。人们寻找原初的样本,人们愿意被推回到起源地,推回到最初的启示,然而,这一切在梦中都没有:梦是那种永远退回相似物的相似物。

附录(四) 荷尔德林的思路

青年荷尔德林,即写作《伊贝利翁》[1]时的荷尔德林想要避开自己的形式、界限,而与自然结合。"与一切活着的东西结合为一体,在一种忘怀自我的福乐中,回到自然的一切当中,那里是人的天堂。"回归唯一的、永恒的和火热的生活,无保留也无度量,这种渴望似乎是我们要把它与灵感联系在一起的愉快的运动。这种运动也是对死亡的渴望。狄奥梯马由于感情的冲动而死,这种冲动使她与一切都亲密无间地生活在一起,但是,她说"我们分离只是为了更亲密地与一切事物,与我们自己在一种更为神圣的平静中生活……"

恩培多克勒[2]在那部悲剧——它是荷尔德林成熟初期的作品——中,体现了通过死来强行介入不可见的世界的意志。根据这部未竟之作的各种不同版本,动机也各异,但愿望仍是同一个:与火元素结合在一起——它是灵感的标志和在场——以达到神灵交往的内在深处。

---

[1] 《伊贝利翁》(*Hypérion*),又名《希腊隐士》,作于 1799 年,荷尔德林时年 29 岁。

[2] 恩培多克勒(Empedocles,公元前约 490—前 435),希腊哲学家。此处为荷尔德林的诗作,写于 1799 年。

伟大的赞歌不再有暴力和恩培多克勒式的过度。然而,诗人

364 在本质上仍是中介人。在法国,赞歌[①]通过各种不同的译本和海
德格尔的评论成为知名的作品之一,犹如在节日中,诗人直立在神
面前,他如同与最强大的力量在接触,它使诗人面临最大的危险:
被火灼伤,被震撼崩裂四碎的危险,而他以平息这种危险为己任,
在自己内在深处的平静中,在自己身心中接纳它,使幸运的话语从
中诞生,大地之子能无危险地听到它。这个中介的使命,我们往往
把荷尔德林的名字与它联起来,也许只有他在这唯一的章节中以
如此大胆的方式表白出来;[②]赞歌可能写于 1800 年,但是这段中
的诗句可追溯到更早时期。在同一首赞歌中,大自然被当作神灵
的内在深处来赞颂;确实,自然不再是应当以无限从容的姿态投身
其中的那个自然;它"教育"着诗人,通过睡眠,通过宁静时光和风
暴(即火)之后来临的暂停时间:随风暴之后来临的时刻,就是有利
的时刻,神恩和灵感的时刻。

《断然的回归》

然而,荷尔德林的体验,他对希腊那段历史时期的思考,他对

365 西方纪元这时期的同样急迫的思考,引导他在民众和个人的生活
中去构想诸神在场的时间和诸神不在场的时间的交替,即白天阶

---

① 荷尔德林的诗歌以与自然、以太、太阳、地球以及四季相沟通为基本旋律。他
的颂歌、赞歌和哀歌以此为主题。

② 在《诗人的天职》中。——原注

段和黑暗阶段的交替。在《诗人的天职》末尾，他首先写道：

> 但是，必要时，人在上帝面前无所畏惧，
>
> 简洁在保护他，
>
> 他不需要武器，也不需要诡计，
>
> 只要对他来说上帝并不缺少。

但是不久之后，最后一句他改成："直至上帝的缺陷帮助他。"这修改很奇怪。它意味着什么呢？

当荷尔德林从法国南方返回时——这段旅行以他首次精神失常明显发作而告终——他在半隐退中度过了好几年，写下了最后的赞歌或赞歌片断，翻译《安提戈涅》[①]和《俄狄浦斯》以及理论评述，即这些翻译的序言。正是在这些文章之一当中，他提出了他称之为回归故里的东西，这不是一般的返回故乡、回到故土，而是根据这地方的要求而完成的运动。这种要求是什么样的？在他动身前不久，在给友人波黑朗道夫的一封著名的信中含蓄地批评他的一部作品时，已经表达了出来。他对友人说："描述的清晰对于我们来说如同天火对于希腊一样当然是原初的。""我们"首先指德国人，然后是指赫斯帕里得斯仙女[②]，西方纪元的人们。"描述的清

---

① 安提戈涅是希腊神话人物，俄狄浦斯之女。

② 赫斯帕里得斯仙女是希腊神话中守护神奇的金苹果的仙女。中世纪基督教作家把她们守卫金苹果的神话解释为关于极乐世界的传说。传说中金苹果园位于地球的西部边缘。

晰",在同一封信中,他把它叫作"清醒或是西方朱诺[①]的有分寸的
度量",它是把握和确定的能力,是坚定的条理的力量,最后是辨别
和留在大地上的意志。"天火"是诸神的标记,是风暴,是恩培多克
勒的基本元素。荷尔德林紧接着又说:培养和教育人的那种本能
具有这种结果:人们实际上只学习,只拥有对于他们来说陌生的东
西;对于他们相近的东西并不与他们相近。因此,希腊人——清晰
对他们颇为陌生——在超乎寻常的程度上获得了那种有分寸的度
量的能力,而荷马始终是这种能力的最高典范。因为赫斯帕里得
斯仙女们,尤其是德国人,成了神圣的夸张的大师,这对于他们来
说曾是陌生的,但现在这是他们应当去学习的对于他们来说是特
有的东西,而学习度量,学习清醒的意识和坚定在世上的生存,这
是最难的。

荷尔德林在此提出的这类法则似乎只具有有限的告诫意义,
是要他本国的诗人,要他自己不要过度沉迷于恩培多克勒的意志,
沉迷于火的眩晕和耀眼。从此时起,他只觉得自己过分被诸神的
标记所诱惑,并且危险地接近外国。在同一封信中,他说,"我必须
注意不要在法国失去理智"(对于他来说,法国表示接近火,象征着
向着古希腊的开口),后来当他受到决定性伤害时,他说:"我们在
国外几乎失去说话能力。"

他去了"外国",受到了决定性伤害,他在某种程度上时时受到
伤害,他生活在这种伤害的威胁下,与伤害为邻。正在此时,他更

---

　　①　朱诺是罗马神话中的天后,即朱庇特之妻。

为宏大地设想起他以前对他的友人①表达过的那种回归。他说，　367
今天我们处在一位更真实的宙斯的法则下。这位更真实的神"把
走向另一个世界的自然的进程折回大地，这进程永远敌视人类。"
这提法已让人震惊，它表明荷尔德林已多么远离恩培多克勒：恩培
多克勒，就是去另一世界的愿望，而正是这愿望现在被称为不真
实，应当返回这个世界，正如深受热爱、被热情歌唱的大自然，这个
最佳的教育者，成了"人类的永恒仇敌"，因为大自然把人带向这个
世界之外。

　　今天的人类应当返回。人类应当背离诸神的世界，它也是亡
灵的世界，最后一位上帝——基督——召唤的世界，基督已作古，
他要我们消亡。但是，这返回又怎么是可能的呢？人类被要求起
来反对仇视人类的高超的力量，因为这些力量使人类背离在人间
的使命吗？不，正在此处，荷尔德林的思维——已经蒙上癫狂色彩
了——显得比人文主义的思想更深思熟虑，更不易理解。若西方
纪元的人们要完成这个决定性的转折，那是随着诸神之后，诸神自
己完成了他称作"断然回归"的那种东西。今天，诸神背离而去，他
们不在场，他们不忠诚，而人类应当理解这种神灵不忠的神圣含
义，不是去阻挠它，而是为自身去完成它。"在这样的时刻，"他说，
"人类自我忘怀并忘记上帝，人类像叛逆者那样返回，虽然以神圣　368
的方式。"这种回归是一种可怕的行为，是一种叛逆，但是它并不是
亵渎神灵，因为，通过世界的分离体现在其中的那种不忠，同样在

---

　　①　在此我们借用彼达·阿勒马纳的研究，《荷尔德林与海德格尔》，该书致力于阐
明晚年荷尔德林的思路。——原注

这分离中,在这种绝然的区分中体现出了对神灵回忆的纯洁性。荷尔德林又说:"为了使世界的进程无缺憾,使对神灵的回忆不失传,神和人在忘却一切的不忠的形式下进行交流,因为不忠正是人们最能容纳的东西。"

这些话不易理解,但是倘若想到它们是围绕着俄狄浦斯悲剧而写的,就会显得明白一点了。《俄狄浦斯》是诸神远去的悲剧。俄狄浦斯是那个被迫远离诸神和人的英雄,他不得不经受这双重分离,保持这种距离的纯洁而不用徒劳无用的安慰来充实它,把双重的厌恶,诸神和人的双重的不忠所造成的空无之地作为居中之点来保持,而他应当保持这空无之地的纯净和空无,以使领域的区分得以保证,这种区分从此便是我们的使命——按照荷尔德林所表达的那种要求,此刻,他正贴近着夜:"由那种作为区分的纯洁性来保卫上帝。"

诗人与双重不忠

人们可以从荷尔德林的观点和他个人命运的角度评论"回归"这种思想。这种思想神秘而动人。就好像在写作《伊贝利翁》和《恩培多克勒》时期所形成的愿望,即与自然,与诸神结合的愿望变成了一种体验,这种体验使他整个身心受约束,而他也感受到了这种体验具有威胁性的过激。在那时还只是一种他能无风险地夸大地表明的心灵愿望,转变为一种超出他的现实的运动,而他必须谈到他屈服于它的那种善行的过激,而这种过激,正是过分强烈的压力,过于强大的朝着并非是我们的那个世界——直接的神灵的世界——的牵引力。在最后几首赞歌中，在重新找到的属于从1801年至1805年这阶段——在此期间尚未发生决裂——的赞歌的片断中，不断使人感到为控制难以抵御的召唤，为持存，为建立起这种持存和留在尘世而做的努力。"如同肩上扛着的木柴，有许多东西要容纳……""欲望总朝着无限性。但有许多东西要容纳。"

荷尔德林越经受"天火"的考验，就越表现出不可无度投身进去的必要性。这可说是了不起的。但是，他不仅揭示出体验是危险的，他还把它揭示为虚假的，但至少体验欲成为直接交流和与直接的直接交流："直接，从严格的意义上讲"，他说道，"对于要死者和对不朽者都一样，都是不可能的；神应根据其性质区分不同的世界，因为上天的善，因它本身的原因，应当始终是神圣的，无杂质的。人也同样，作为一种认知的巨大力量应当区分不同的世界，因为只有对立物的对立才能使认识成为可能。"在此，有一种高度的清醒，对体验——一切会要求人无保留地沉湎于这种体验——的局限的有力肯定：体验不应当使我们转向直接，不仅仅在熊熊大火中有着遭难的危险，而且体验对直接无能为力，直接是不可能的。

关于灵感方面，从"回归"中产生一种更为丰富，对一般的愿望更不相干的观念。灵感不再在于获取神圣的光芒和使光芒变得柔和，以免灼伤人类。诗人的使命不再局限于这种过分简单的中介——为此，曾要求诗人直立在上帝面前。诗人应当站在上帝的不在场面前，他应当捍卫的正是这种不在场，而不是沉迷在其中，不是丢失它，诗人应当容纳、捍卫的是神灵的不忠，正是在"忘怀一切不忠的形式下"，诗人与背离而去的神进行交流。

这是一个更为接近人类的目标——如同今天对于我们来说必

须确立的目标——的使命,但它比允诺恩培多克勒并确保希腊人
与诸神结合的那种使命更悲切。今天,诗人不应再处于诸神和人
类之间,就像是他们的媒介那样,而是应当处在这双重的不忠之
间,保持在神灵和人的这种双重回归的交叉上,即双重和相立的运
动的交叉上,通过这种运动,打开了一种间隙,空无,从此后,它将
构建成两个世界之间的基本关系。诗人因此应当抵御正在消亡的
并在他们的消亡中将他吸引过去的诸神的热望(尤其是基督);诗
人应当抵御纯粹的在尘世的生存,即他们无法建起的生存;诗人应
当完成这种双重的颠倒,担负起双重不忠的重担,从而使两个领域
泾渭分明,同时纯粹地经历着分离,同时又是这种分离本身的纯净
371 的生活,因为这个空无而纯洁的地方区分着两个领域,在此,便是
神圣,是神圣这个撕裂的内在深处。

诸神远离的奥秘

这种返回故乡的要求,即荷尔德林所说的"痛苦的极限",与童
年亲情的温馨的召唤,即那种回归母亲怀抱的渴望没有任何共同
之处。这要求更不意味着对尘世故土或爱国情感的颂扬,更不意
味着简单地返回尘世的义务,称颂四平八稳的度量,平庸乏味的适
度和日常的稚气。断然的回归,时光在某种意义上倒流的那种极
艰难的时刻,这种思维或观念与让·保尔曾经召唤过的东西相应,
它宣告着后来尼采振聋发聩的"上帝已死"。荷尔德林经历着同样
的事件,但是理解更宽阔,与简单化更不相干,甚至尼采似乎也赞
同这种理解。他至少有助于我们排斥那些简单化,今天当乔治·

巴塔耶把他的作品的一部分取名为《无神论大全》①时,他请求我们不要从这些词的表面意思的平静中去阅读它们。

我们处在转折处。荷尔德林在其中感到了这种回归的力量。诗人是这样的人:在诗人身上,从本质上,时间在返回,对于诗人来说,神在这时光中总在转身和背离而去。然而,荷尔德林也在深入地设想,诸神的这种不在场并不是纯粹的否定关系;因此这种不在场是可怕的;它是可怕的,不仅因为它剥夺了我们诸神善意的在场,得到启迪的话语的亲情,不仅因为不在场在一种空无的时间的贫乏和悲哀中把我们抛弃给了我们自身,还因为不在场用这样一种关系——它以那种高于诸神的东西,以神圣本身或以它的邪恶本质,始终有可能把我们撕裂和引入迷途——来取代神灵形式的有分寸的恩惠,正如希腊人所想象的形式,白天的诸神,最初的纯真无邪的诸神。

诸神远离黑夜的奥秘就在于此。在白天,诸神具有白天的外形,他们照明,他们照顾人类,教育人类,像奴仆一样培育自然。但在夜间,神变成返回的和掳劫一切的时间精灵,"那时,神毫不宽容,他是无法表述的野蛮和永远具有活力的精灵,是亡灵区域的精灵"。对于诗人来说,由此造成了过度的诱惑,那种无节制地把诗人带向没有被束缚的东西的欲望,但由此也产生了更多的义务:克制,保持明确区分的意志以维持区域的不同,由此维持着诸神和人类的永恒回归产生的裂口处的纯净和空无,这裂口处是神圣的纯

372

---

① 三部曲中第一部《内心体验》,新版。——原注

洁的空间,是居中之地,是间隔的时间中的时间。在《谟涅摩叙涅》①的片断中,荷尔德林说道:

> 诸神,他们并非全能。
>
> 人,触及了深渊。
>
> 回归便随人一起完成。

373　深渊保留给人,但深渊不仅是空无的深渊,它是野蛮的并永远是具有活力的深处,诸神免遭深渊,使我们免遭深渊,但诸神不像我们一样能达到深渊,以致更多地在人的内心,即水晶般纯洁的象征中,回归的真实得以完成:正是人的内心应该成为光亮被感觉到之地,变成空无的深处的回声在那里成为话语的内在深处,但这不是通过一种简易的变化完成的。从 1801 年起,荷尔德林在赞歌《日耳曼》中以极其严谨的诗句提出了诗歌话语的职责,这种话语不属于白天也不属于黑夜,而总是在昼夜之间说出来,而且只要有一次说出真实,真实就难以表达:

> 若黄金流淌胜过纯净的泉源
>
> 当苍天震怒时,
>
> 在白天黑夜间
>
> 真实应显现一回。
>
> 在三重变幻中记下它来,

---

① 谟涅摩叙涅是希腊神话中的记忆女神。

却永不被表达，如它那样，

纯真的，它应永远这样。

当荷尔德林的精神完全错乱时，他的诗也颠倒过来。在最后的赞歌中，那些生硬、集中、紧张、几乎难以支撑的东西，变成静息，安静和平息的力量。这是为什么？我们不得而知。这似乎如阿勒马纳所提示的那样，他被那种为抵御把他冲向一切的过度的势头和黑夜野蛮的威胁而作的努力压垮了，他也同样粉碎了这种威胁，完成了回归，犹如在白天和黑夜之间，在天地之间，从此敞开了一块纯净和纯真的领域，在那里，他能看到透明的事物，在空无、显明的真实中看到上天，在这显而易见的空无中看到上帝遥远的面孔。他在那时的一首诗中说："上帝是陌生的？他像天空一样敞开着？我宁可相信这一点。"还有："何为上帝？陌生的。可是，远离着他，苍天向我们呈现出他的面目，品貌出众。"当我们读到这些闪耀着癫狂的词句："我要成为彗星？是的。因为彗星有鸟一般的迅捷，开放出火花，彗星像孩子一般纯洁"时，我们预感到了诗人与火，与白天相结合的欲望，是如何在他的超凡脱俗的正直赋予他的纯洁中实现的，而我们并不会对这种变化感到意外，它以飞鸟般的安静和迅捷，从此带着诗人遨游天空　　日光的花朵，燃烧着，然而纯真似鲜花怒放的星辰。

图书在版编目(CIP)数据

文学空间 /(法)莫里斯·布朗肖著;顾嘉琛译. —
北京:商务印书馆,2023
　(当代法国思想文化译丛)
　ISBN 978 - 7 - 100 - 22700 - 1

　Ⅰ.①文⋯　Ⅱ.①莫⋯ ②顾⋯　Ⅲ.①文学评论—
法国—文集　Ⅳ.①I565.064 - 53

中国国家版本馆 CIP 数据核字(2023)第 125905 号

当代法国思想文化译丛
文学空间
〔法〕莫里斯·布朗肖　著
顾嘉琛　译

商 务 印 书 馆 出 版
(北京王府井大街 36 号　邮政编码 100710)
商 务 印 书 馆 发 行
北京艺辉伊航图文有限公司印刷
ISBN 978 - 7 - 100 - 22700 - 1

2023 年 10 月第 1 版　　　　开本 880×1230　1/32
2023 年 10 月北京第 1 次印刷　　印张 10½
定价:50.00 元